中公文庫

新装版

国境事変

〈ジウ〉サーガ4

誉田哲也

中央公論新社

目次

国境事変

序章

平和を憎む気持ちが、確かにある。

それはたとえば、こんな電話を受けたときだ。

『桑島《くわじま》さん、今すぐ来て。釣竿持ってクーラーボックス提げた韓国人だァが、海岸から岩場ん方に回っていくの見たんだってば』

電話の主は、厳原《いづはら》町豆酘《つつ》の海水浴場近くに住む漁師、前間邦夫《まえまくにお》。彼は撒《ま》き餌《え》で磯を荒らす韓国人釣り師を、ひたすら目の仇《かたき》にしている。

ここ対馬《つしま》は、韓国釜山《プサン》まで五十キロもないという国境の島。韓国人観光客との摩擦は、もはや日常風景となっている。

「……邦夫さん。そういうのは本署じゃなくて、まず駐在に言ってよ」

『ああ、佐山さん？　駄目駄目ェ。あん人は押しが利《き》かんもん。韓国語だって喋れんし』

「そんなの俺だって喋れないよ。それに俺、いま署にいるんだよ。お宅んとこまで、二十キロはあるでしょう。今から行っても、けっこうかかっちゃうよ」

この島の道は、どこもかしこもクネクネと曲がりくねっている。二十キロ程度を走るのにも、三十分から四十分はかかると考えなければならない。

『それでもいいから来てって。現行犯やないとどうにもできん言うたの、桑島さんやねえか』

確かに、そう言ったのは自分だ。

岩場の地面を赤茶色に汚した撒き餌。針が付いたままの釣り糸。放置された使用済み固形燃料。カップラーメンの器とプラスチックのフォーク。ハングルで商品名が書かれた包装ビニール。タバコの吸殻《すいがら》。小便と大便。尻を拭いたと思《おぼ》しきティッシュペーパー。加えてそんな諸々が、海水と混じって放つ悪臭。

しかしそんなものを見せられたところで、刑事である自分に一体何ができる。カップ麺の容器から指紋を採取して、韓国政府に照合してもらえとでもいうのか。そんなこと、できるはずがない。だから言ったのだ。現行犯ならなんとかできるんだけどね、と。だがそれは、二十キロを超える距離を走破して即刻逮捕に向かうという決意表明では、決してなかった。

さて、どうしたものか。

受話器を持ったまま、それとなく辺りを見回す。課長を入れても十人に満たない刑事生活安全課には今、定年間近の刑事係長と、ぎっくり腰で身動きがとれない生活安全係長が残っているだけだ。他の数名は昼飯にでも出てしまったのか姿が見えない。

そして自分の机。書きかけの書類も、頼まれている仕事もない。当たり前だ。ここ三ヶ月、事件と呼べるようなものは何一つ起こっていないのだから。

この島における警察業務の花形といえば、それは何をさて措いても交通事故の処理であろう。原因はいうまでもない。あの、どこまで行っても曲がりくねっている道路だ。この島では、パトカーでさえ頻繁に接触事故を起こす。だがそれらは交通課の分掌事務であり、刑事には関係ない。刑事生安課の人間は、自然とそれ以外に発生する厄介事の処理を担当することになる。自分が四十年近く、長崎県警察で盗犯や強行犯を相手にしてきた歴戦の兵《つわもの》であることなど全く斟酌《しんしゃく》されない。いや、斟酌も何も事件がないのだから仕方ない。甘んじて、マナーの悪い韓国人観光客のクレーム処理に当たるしかない。

溜め息を、受話器にかからないよう静かに吐き出す。

「……分かりました。今から行きますから、逃げられないよう見張っててくださいね」

『早くね。早く来てよね、桑島さん』

「うん、急いで行きますよ」

サイレン鳴らして、大騒ぎしてという要請は、笑って誤魔化《ごまか》した。受話器を置き、改めて思う存分溜め息をつく。

ちょっと豆酘まで行ってきます。そう係長に言ってはみたが、返事はなかった。

よく見ると、彼は新聞を構えた姿勢のまま眠っていた。

桑島の生まれは対馬ではない。ましてや長崎でも九州でもない。新潟県小千谷《おぢや》市。先の新潟県中越地震で大打撃を受けた、ちょうどあの辺りだ。今は実家も親戚もないが、それでも生まれた町が被害に遭ったのだと考えると、ひどく心が痛んだものだ。

三年前に亡くなった父は旧郵政省の小役人だった。お陰で子供の頃は、日本全国をあっちにこっちに引っ越して回る生活を余儀なくされた。長崎にたどり着いたのは高校二年のとき。桑島は高校を卒業してすぐ長崎県警に奉職し、両親と離れて暮らすようになった。父は以後も転勤を続け、最終的には千葉県の松戸に定住。余生もそこで終えた。ちなみに母はまだ健在で、八十歳になる現在も松戸で達者に暮らしている。姉夫婦が面倒を見ているので、それについてはあまり心配していない。

桑島が交番勤務の地域課から刑事課に移ったのが二十七歳のとき。県警本部に取り立てられたのは三十をいくらか過ぎた頃だった。以後は刑事部捜査第二課、第一課と渡り歩いた。巡査部長に昇任して所轄に出たが、三年ほどでまた本部の捜査一課に戻った。その後も強行犯捜査を手掛けることが多い警察官人生だった。

ところが二年前だ。一体なんの仕打ちか、急にここ、対馬南署の配属になった。長崎の街に慣れ親しんだ女房と二人の娘は、対馬という離島での生活をよしとはしなかった。なんの躊躇《ちゅうちょ》もなく「お父さん一人で行って」と言い放った。そんなわけで今は単身赴任。お陰で料理も洗濯もだいぶ上手くなった。

まあ、小さな頃から渡り鳥生活を続けてきたせいか、島の暮らしに馴染《なじ》むのにさほどの苦労はなかった。あるとすれば、それは「離島の平和」という退屈の中で、いかに刑事として生きていくかというスタンスの模索がそれだったろうか。

最初は島全体の事情を把握しようと、対馬北署の管区にまで足を延ばし、いろいろ見て回った。むろん、上対馬随一の名所である韓国展望所にも行ってみた。最初のときは曇っていて何も見えなかったが、二度目には肉眼でもはっきりと、もう本当に、すぐそこに釜山の山影が見てとれた。

ここから釜山までは四十九・五キロ。対して九州本土までは百三十二キロ。対馬が日本より韓国に近いといわれるのはこういうことかと、肌身で感じた瞬間であった。

また対馬という島自体は、簡単にいえば小さな山が無数に寄り集まってできたような形をしている。そして、山から下りたらいきなり海。平野と呼べるような場所はないに等しい。島民の多くは複雑に入り組んだ海岸線、その入り江のわずかな平地に集落と港を作り、主に漁業を営んで暮らしている。そんな集落同士を結ぶのが、山間を縫うように作られた国道三百八十二号線と、それに連絡するいくつかの県道だ。

漁村はどこも小さい。ブリやイカがよく獲れ、特にイカは歯応《はごた》えと甘みがあって実に美《う》味《ま》いのだが、こと犯罪はというと、全くといっていいほど発生していなかった。

それも当然といえば当然だった。窃盗を働いたところで、まず島内では盗品を換金できない。かといって外に持ち出すのも容易ではない。空港は島の中心部に一つ、フェリー乗り場は南北に計二つ。外部との連絡手段はそれだけ。九州本土とを行き来するフェリーは一日二便、お盆でも三便。釜山・対馬間を繋《つな》ぐ国際便に至っては、朝対馬に着いて夕方釜山に帰っていく一日一往復のみ。逃走や運搬の手段にはまず使えない。

島内を逃げ回るにしても、集落と集落の間は何キロも離れている。車があればいいが、なければ山に逃げるしかない。だがこの島の山は、陸上自衛隊対馬警備隊のレンジャー隊員でさえ難儀するほど複雑な形状をしており、よほど慣れた人間でないと、逃げ込んでも野垂れ死ぬのが関の山である。

また一つ、山を越えた。豆酘まではあと少しだ。

まあ、そんな島内の巡回のお陰か、桑島はほんの数ヶ月で「本土から来た熱心な刑事さん」として、特に島の南部ではよく知られる存在になった。それ自体は決して悪いことではないと思っているし、自身の熱意が実を結んだのだと自負してもいるが、今回のような案件が名指しで舞い込んでくるようになったのには、少々閉口している。係長や同僚たちは「余計なことをするから」と鼻で笑い、だんまりを決め込んでいる。間違っても、付き合ってやろうかなどと首を突っ込んではこない。

急カーブの上り坂に差し掛かった。カーブミラーを注視すると、白いワンボックスカーがこっちに下りてくるのが分かった。スピードを弛め、安全にすれ違えるようギリギリまで左に寄る。ワンボックスカーはこっちの譲る意思を読みとったか、ほとんどスピードを落とさずに走り抜けていった。運転手の顔には見覚えがあった。たぶん、この近くの民宿で働いている韓国人だ。後部座席にはキャップをかぶった男性が数人。もしやと思ったが、この時点で桑島にできることは何もない。

再びアクセルを踏み込み、カーブを抜ける。

窓を開けると、九月半ばの乾いた風が、思いのほか頬に楽しい。ほどよく混じった緑と潮の香りも好ましい。そう、この島に来たのは、ちょうどこんな陽気の頃だった。いや、もっと涼しくなってからだったか。

長い坂を下り、ようやく豆酘の板形《いたんかた》海水浴場に着いた。

公共駐車場に駐め、玉砂利の浜が見渡せる場所に立つと、すぐに向こうから前間邦夫が駆け寄ってきた。

「んもぉーッ、遅かったい、桑島さァん」

無理を言わんでほしい。あれ以上急いだら、自分の運転技術では確実に事故を起こしていた。

「いやいや、すんませんね。でも、きっちり三十分ですよ。これ以上はどうにも」

邦夫が石造りの階段を上ってくる。

「つい今し方、その道を通ってった白のボックスカー、すれ違わんかった？」

やはり。あの車がそうだったか。

「ああ、ちょっと手前のカーブですれ違ったけど……そうか、あれだったのか」

「なんで捕まえてくれんかったの」

おいおい。

「無茶を言いなさんな。私にとっちゃ、ただの対向車ですよ」

「乗っとったろうが、釣竿持った韓国人だァが」

「釣竿は、分かんなかったな……キャップかぶったのが何人か乗ってたのは、ちらっと見えたけど」

邦夫が「チクショウ」と自ら腿《もも》を叩く。

「逃げられちゃいけんと思って、桑島さんに言われた通り見張っちょったら、俺ん後ろにもう一人仲間がおって。そんで、先いっちょった仲間に、大声で『チョンガラチャンガラ』言うて、ここは駄目だァってな顔して……」

「ん、じゃなに、今日のところは、被害なしってこと？」

邦夫は、一本に繋がった眉をＶ字に吊り上げた。

「俺は、桑島さんの言う通りにしただけたい」

「いやいや、悪いとか良いとか言ってるんじゃなくてね、今日はなんにもなかったんだねって、その確認ですよ」

すると、うんと頷《うなず》く。

「……被害はなかよ。俺が見てるのに気づいて、尻尾巻いて逃げよったんやから」

これはこれは。とんだ骨折り損と嘆くべきか、被害が未然に防げたと喜ぶべきか。

「ああ、そう……まあ、よかったじゃない。今日のところは」

だが邦夫は、納得には程遠い表情で続ける。

「何がよかったたい桑島さん。あん連中は、ここでやんなきゃ別んとこでやりよる。俺たち漁師にとって、島の海は一つたい。汚されんのが他所《よそ》ならよかなんて、そんな理屈はなかと」

まあまあと、とりあえず肩を撫ぜてみる。

「……そりゃね、釣り客を装って、プロの漁師が入ってきてるって話だって聞いてるよ。でも、そんなのはごく一部、大多数は素人でしょう。言葉が通じないって不便はあるし、態度がね……なんたってあっちは横柄《おうへい》だから、勘弁《かんべん》ならないことだってあるとは思うけど、でも手振りでだってなんだって、それは駄目だよ、撒き餌は禁止だよって、示すことはできるじゃない。市の観光商工部だって、パンフレット作り変えたりしてさ、いろいろ釣り客のマナーについては注意してますよ」

「そんなんじゃ、一向にようならんやないかァ」

啖呵《たんか》のついでに唾を吐く。ちょっとこっちの靴にもかかったが、ここは我慢だ。

「……でも、徐々に減ってはきてるでしょう。こういうことはね、地道にやるしかないんだよ。市が韓国との交流を一つの事業方針としている以上、ある程度のすり合わせは必要なんだって。なんでも、あっちの人は自分とこでも普通に撒き餌をするらしいからね。知らなくてやっちゃった人だって、少なくないらしいですよ。それだからって、大目に見てやれっていってるんじゃないよ。それは、ここじゃやっちゃ駄目なんだよって、根気強く、いっていきましょうって……そういうことですよ」

白のワンボックスカーについては、こっちで心当たりを調べてみると約束して、この件は終わりにした。最近の仕事には、よくある顛末《てんまつ》であった。

だがその夜、ちょっとした事件が起こった。

夜の十一時。島の南西部の海域を航行する不審船と思しき船影を、漁協のレーダーがキャッチ。通報を受けた対馬海上保安部はただちに巡視艇「たつぐも」を当該海域に向かわせたが、残念ながら到着前に、韓国側の海域に逃げられてしまった。

一九九九年の日韓漁業協定改定以降、韓国籍漁船の違法操業は目に見えて少なくなってきている。また不審船による領海侵犯、あるいは密出入国などの事件も急激な減少傾向にある。おおまかにいえば年に、片手に余る程度の件数である。

だが、決してゼロになったわけではないというのもまた事実で、現に今回のように逃げられてしまうケースもある。敵船もレーダーを装備し、エンジン性能をアップさせ、排他的経済水域境界線ギリギリでの違法操業をし、日本側に見つかったとなったら即逃げる、というのを繰り返している。いわゆる「ヒット・アンド・アウェイ」操業。この手の事案は根気よく哨戒を続け、取締りを徹底していくほかない。

ただ、今回の事件はそれで終わりではなかった。

二日後の午前十時半頃。厳原町の西側沿岸にある「元寇《げんこう》古戦場跡」近くの住人から、クラゲ避《よ》けの網に妙なものがかかったとの通報が入った。

早速、その「妙なもの」を確認するため、桑島を含む五人の刑事生安課捜査員が現地に急行した。

行ってみるとそれは、百数十枚にも上ろうかという、黒く薄っぺらい、何かの断片だった。それが綺麗に、浜辺に並べられている。

もとは一つの物体だったのだろうことは、その均一な質感から容易に察せられた。それを何者かが切り刻み、海中に遺棄した。だがどういうわけかクラゲ避けの網に掛かってしまい、こうやって引き上げられる結果になった。

刑事係長が眉をひそめる。

「やけに分厚いゴムだな。タイヤか、あるいは……ボートか何かか」

これがゴムボートの残骸だとしたら、一大事だ。

「係長。まさか、一昨日の不審船と、関係があるんじゃ」

そうなると密入国、密輸入、果てはテロという最悪の事態まで、この島では想定する必要が出てくる。

桑島の問いに、係長は首を捻《ひね》った。

「断言はできんが……その可能性も、考えておくべきだろうな」

ただ、これが仮にボートだったとして、だったらなぜ切り刻んだのかというのは、少々気になる。刻みさえしなければ、また帰りに使うこともできただろうに。つまりこれの持ち主は、帰りは別の方法で島を出ていくことを想定している、ということなのか。

桑島は潮風の中に、濃密な事件の臭いを、嗅いだ気がした。

第一章

1

昨日、警視庁本部にいる間に、事件発生の第一報は受けていた。

早朝に北新宿で発見された撲殺死体。カバンや財布はもとより、スーツの上着まで持ち去られたと思しき、身元不明の遺体。

所轄署の初動捜査で挙げられるホシではないだろう。経験則から、東弘樹《あずまひろき》はそう直感していた。所轄署で挙げられなければ、本部の捜査一課が出張《でば》ることになる。その時点で「在庁」と呼ばれる出動待機状態にあった殺人犯捜査係は二つ。東がいる六係と、十一係だ。

順番からいえば、先に在庁に入っていた六係に出番が回ってくるはずだ。しかも場所は新宿。東は二年前に「歌舞伎町封鎖事件」の捜査を手掛けている。それ以前にも何度か新宿署の特捜（特別捜査本部）に入った経験があり、比較的新宿には縁がある刑事として知られている。

もし在庁の順番が逆だったとしても、捜査一課長は六係を指名するだろう。刑事捜査に携わる者は、相性だの縁起だのというものを意外なほど気にする。そういった意味で、自分は新宿と相性がいい。新宿絡みの事件は、自分のいる六係に回してくるに違いない。どっちでもいい話なら、必ずこっちに振るはずだ――。

しかし、残念と言おうかなんと言おうか、その日のうちに臨場要請が出ることはなかった。午後五時十五分で通常待機を終え、東は品川にある自宅マンションに帰った。

直属の上司である殺人班（殺人犯捜査）六係長から連絡があったのは、夜十時を少し過ぎた頃だった。

『北新宿の件、知ってるよな。あれ、殺しで特捜を設置することになったから、明日から新宿に入ってくれ』

東は了解し、受話器を置いた。

一週間分の着替えは、すでにバッグに詰めて用意してある。だが念のためもう一度確認し、少し早いがベッドに入った。

しばらくはゆっくり寝られなくなる。それを心のどこかで嬉しく思う自分がいることを、東は決して否定しない。

九月五日水曜日、午前九時。

東は新宿署に設置された「北新宿三丁目　会社役員殺害・死体遺棄事件特別捜査本部」の初回捜査会議に出席していた。

七階の講堂に招集された捜査員は五十八名。東を含む、警視庁刑事部捜査第一課殺人犯捜査第六係員が十二名、同じく本部の機動捜査隊から四名、新宿署刑事課強行犯係員が九名、他課から十三名、近隣署からの応援要員が二十名。現在はこれに、本部鑑識《かんしき》課員と所轄署の鑑識係員が加わっている。

「……では、本件について、現在までに判明していることを説明する」

マイクを握るのは殺人班六係長、河野《こうの》警部。上座には他に、捜査一課長、同課管理官、新宿署長、同副署長らが座っている。

東はあらかじめ配られていた資料のページを捲《めく》った。

「遺体は昨日、九月四日の午前五時半、三丁目三の雑居ビル脇の路地において発見された。通報者は田崎和範《たざきかずのり》、六十六歳。犬の散歩で近くを通りかかり、犬が現場に執拗に近づこうとしたため、発見に至った。発見現場に……」

現場見取り図によると、発見現場は路地というより、建物と建物の隙間といった方が近い。

幅は一メートル余り。遺体は、通りから二メートルほど入ったところに倒れていたようだ。

「マル害（被害者）の身元が分かるような所持品はなかったが、幸い、指紋から確認がとれた。通名、若松吉男《わかまつよしお》。本名、呉吉男《オギルナム》、三十二歳。朝鮮籍の在日三世だ。指紋押捺《おうなつ》を行った最後の方の世代、ということになるか……住所は、新宿区大久保二丁目、十一の△。東《とう》侑《ゆう》エンタープライズという貿易商社の代表取締役ということだが、同社は亡くなった父親、若松虎男《とらお》こと、呉虎男《ホナム》が創業したものだという。虎男は去年の六月、同社社長室で首吊り自殺を図り、死亡している。以後、長男である吉男が引き継いで業務を行っていた」

　父親が自殺、その翌年に息子が殺されたとなると、かなり「わけありな親子」という印象を抱かざるを得ない。

「身長百七十六センチ、体重六十三キロの痩《や》せ型。遺体の背中、頭部、腹部、両腕には、鈍器で殴打されたと思しき打撲痕が多数。直接の死因は、内臓破裂から起こった内出血による失血。死亡時刻は、昨日零時から二時の間。殴打に使用された凶器の形状は現在調査中だが、鉄パイプか、バットのようなものだろうと見られている。現場からは凶器他、ホシのものと思われる遺留品は発見されていない。……ただ、この図でも分かる通り、遺体発見現場はそんな棒を振り回せるほど広くはない。争った形跡や、鈍器が当たったような跡は左右の壁にはない。犯行現場が別の場所である可能性は、考えておくべきだろう」

鈍器が三十センチ程度ならこの場所でも殴打可能だとは思うが、まあいい。

「……遺体に打撲痕があるわりには、ワイシャツの胸、腹以外に目立った汚れはなかった。これにより、上着を着た状態で暴行を受け、だが遺棄に際して脱がされ、持ち去られたことが考えられる」

河野は続けて、昨日所轄捜査員が行った地取り（現場周辺での聞き込み）捜査の結果を読み上げたが、今のところ目撃証言など目ぼしい情報は得られていないようだった。またマル害の、事件直前の行動を東侑エンタープライズに確認したところ、夜九時半頃まで接待で新宿の飲食店にいたことが分かっていた。

「本件は現状、怨恨とも、通り魔的犯行とも断定できない状況にあるが、財布や腕時計、その他にもあったであろう所持品がなかったことから、路上強盗の側面は無視できない。鑑取り（関係者に対する聞き込み捜査）はむろん、特に地取りを徹底し、まず犯行現場を特定することを優先したい」

捜査本部からの一次報告は概ねそんなところだった。続けて、捜査員の担当区分が言い渡された。

東が受け持つことになったのは、マル害の実弟、若松英男《ひでお》こと、呉英男《ヨンナム》への事情聴取だった。

特捜における捜査は、基本的に警視庁本部と所轄署の捜査員が二人ひと組になって行う。

今回も例外ではない。東の相方を務めるのは、新宿署刑事課強行犯係のデカ長（巡査部長刑事）に決まった。

「林田《はやしだ》です。よろしくお願いします」

東は警部補。つまり林田の方が、階級は一つ下ということになる。

歳は逆に八つ上、五十五歳だそうだ。

「よろしくお願いします。東です」

名刺交換をし、林田の案内で四階の刑事課に向かう。すでにマル害の弟、呉英男は出頭してきているとのことだった。母親もすでに他界しており、現状、彼が唯一の遺族になるという。

エレベーターに乗り、ドアが閉まるのを待って東は切り出した。

「……昨日の段階で、一応その弟にも、事情聴取はしているんですよね」

林田は「はい」とこちらに体を向けた。

丸く、厚みのある柔道体形をしている。ちなみに東は剣道の方が得意だ。

「うちの、担当係長の津田《つだ》が当たりましたが、何せ遺体を確認させた直後だったもので、どうも要領を得ないというか、あまり喋れる状態でもなかったようです」

なるほど。さっき確認した参考人供述調書に碌《ろく》な記載がなかったのは、そういうことか。

「弟のアリバイは、確認できたのですか」

「はい……犯行当時、英男は池袋の、レンタルスタジオとやらにいた、ということでしたので、一応、電話での確認はしました。が、直接現地に行ったわけではありませんので、再確認は必要かと」

「そうですか……では今日、一から始めるような形で構いませんね」

「はい。それでよろしいかと」

四階に着いた。

廊下を進み、その中ほどにあるドアから入ると、人が忙《せわ》しなく行き交うデカ部屋の奥、窓際の応接セットに、青年が一人で座っている。髪は今ふうに明るく、やや長い前髪が目を隠すように垂れている。それでも顔立ちは、なかなか端整であるように見えた。

「初めまして。警視庁の、東です」

会釈《えしゃく》しながら言うと、青年、呉英男はのっそりと立ちながら頭を下げ返した。背は東より若干《じゃっかん》低い。百六十五、六センチといったところか。なかなか骨太な感じの、ハンサムな青年。第一印象はそんなところだ。

「お兄さん……吉男さんは、お気の毒でした。こちらとしましても、犯人逮捕に全力を尽くしますので、お力落としとは存じますが、何卒、ご協力をお願いします」

英男は「はい」と力なく頷き、だがまた座ろうとするので、東は慌てて彼の背後を示した。

「……申し訳ない。ここは何かと人の出入りが多いので、あちらの別室で、お話しさせていただけますか」

この部屋には盗犯や鑑識の人間も大勢いる。事件相談や被害届の受付窓口もある。とても事件関係者に、特に遺族に話を聞くような環境ではない。

東は部屋の端にあるドアに彼をいざなった。英男は素直に従ったが、ドアを入る直前、ちらりと上にあるプレートを見上げた。第一調室。まあ、そこのところは気にしないでもらいたい。

「どうぞ」

スチール机の向こうの席を勧める。東はその向かい、東の右後ろには林田、という位置関係。完全に取調べと同じ配置だが、こういうふうにしか座れないのだから仕方ない。

すぐに女性職員がお茶を運んできた。強いていえば、これが取調べとの差異だろうか。相手が犯人かもしれない人間の場合、瀬戸物《せともの》の湯飲みなどは凶器にもなるため絶対に出さない。

どうぞ、と勧めたが、英男は湯飲みを取ろうとはしなかった。

「昨夜は、お休みになれましたか」

それには小首を傾げ、溜め息と共に「いえ」と漏らす。

「無理も、ありませんね……私も、三年前に兄を亡くしました。仕事のせいにしたくはないんですが、私は通夜にも告別式にも、出てやれませんでした。いまだにそれが、心残りでなりません」

軽くジャブを放ったつもりだったが、英男がこれといった反応を示すことはなかった。同情するでも、頷くでもない。かなり激しく落ち込んでいる、と見ることもできるが、さて。普通この歳になって、口が利けなくなるほど兄の死を悲しんだりするものだろうか。昨日の調書の写しには、英男の年は二十六歳とあった。殺された吉男が三十二歳。二人ともいい大人だ。ひと晩中泣いて過ごしたわけでもあるまい。それとも、朝鮮人の感覚というのはまた少し違うものなのだろうか。

「まあ……私もこの事件の捜査には、今日から加わりましたもので、昨日お伺いしたことの、繰り返しになる部分もあるかと思います。ご面倒でしょうが、ご協力ください」

小さくだが頷く。

「ええと……では早速ですが、現在お兄さんとは、離れて住んでいらしたようですね」

英男の住所は、練馬区大泉学園《おおいずみがくえん》となっている。吉男は新宿区大久保在住だった。

「……高校を出て、すぐ、一人暮らしを始めたんで……もう、八年くらい……一緒には、暮らしてません」

「普段、お会いになったりは」

「……まあ、たまには」

「お食事をされたり？」

　ふっ、と肩の力を抜く。

「去年、父親が死んで……それからは、できるだけこっちから、行くようには……してましたけど」

「大久保のご自宅に？」

「ええ……外に行くことも、まあ……ありましたけど」

　なんと味気ない返答だろう。まるでコンクリートの壁と話しているようだ。この青年には、感情の起伏というか、人間らしい熱のようなものがほとんど感じられない。それでいて、冷たいかというとそれも違う。あえて言うとしたら、無機質。昨今の世相からすれば、こういう無気力、無感動な若者がいても、決して不思議ではないが。

　ちょっと、挑発してみるか。

「大久保というと……すぐ近くにコリアンタウンがありますね。やはり、お兄さんと行かれたのは、そういうところが多かったですか」

　それでも英男は、顎《あご》をひと振り、横にやっただけだった。

「別に、在日だからって……そういう店にばっか、行くわけじゃないですよ」

「あ、いや……そういうつもりではなかったのですが……すみません。失礼な訊き方でしたね」

この手の挑発にはいちいち乗らない、ということか。

「ご遺体の方は、昨日、確認していただいたんですよね」

「……ええ」

今は東朋《とうほう》医大の法医学教室に保存されているが、英男が確認を行ったのは、ここの霊安室だったはずだ。

「直接の死因は、腹部を殴打されての内臓破裂、それによって引き起こされた内出血による失血と、断定されました……かなりひどい手口だと、我々も思います。大変失礼な訊き方になりますが、あえてお尋ねします」

ひと呼吸、間をとる。

「……お兄さんが、このような目に遭われるような原因に、何か、お心当たりはありませんか」

英男は固く目を閉じ、ひと息に吐き出した。

「ありません」

ここは頷いておく。

「……ですよね」

だが、別に納得したわけではない。むしろ逆だ。

いま英男は、一つ嘘をついた。少なくとも東にはそう感じられた。ここまでの流れからいけば、この青年ならば、少し考えてから「いいえ」と返事をしそうなものだ。だが実際は、あらかじめ決めていたかのように「ありません」と言い放った。

呉吉男は、何者かに撲殺されるような状況にあった。少なくともそのことを、弟の英男は察知していた。そういう見方も、一方に持っておく必要はあるだろう。

少し切り口を変える。

「お兄さんは普段、派手好きでしたか」

英男は「は？」と眉をひそめた。

「お兄さんは発見されたとき、腕時計も、ボールペンの一本も持ってはいなかった。むろんカバンも、財布もなかった。常識的にいえば、それらはお兄さんを殺害した何者かが持ち去ったと考えられる。実際事件前に、最後に会ったという方に伺ったところ、新宿のお店を出た時点ではカバンも持っておられたようですし、スーツの上着も着ておられた。すると、それ以後の道中で何者かに目を付けられ、金品を奪う目的で襲われた可能性が考えられる。どうでしょう……見ず知らずの人間が、一見して高級品だと分かるようなものを、お兄さんは普段から身に着けていらっしゃいましたか」

「いや……そんなに、金ピカでは、なかったと……思いますけど」

そうだろうか。遺体が穿《は》いていたのはアルマーニのボトムだ。金ピカではないにせよ、それなりの装飾品を身に着けていたとは考えられないか。

　ここまでの調べで、吉男は一昨日の夕方四時頃に会社を出て、取引先のスポーツ用品店で担当者と打ち合わせをし、そのまま新宿西口にある飲食店で会食、その会は九時半頃お開きになった。そこまでは分かっている。だがそれ以降の足取りが分からない。新宿西口から大久保の自宅までは、歩いても二十数分。山手線に乗ればもう少し早く帰ることができる。だが吉男が殺害されたのは夜中の零時以降。少なく見ても二時間の空白はある。

「では、お兄さんが新宿でよく立ち寄る店などに、心当たりは」

　英男は湯飲みの小さな水面に、じっと視線を合わせた。

「……酒は、そんな、強い方じゃなかったんで……よく立ち寄るとか、馴染みみたいな店は、なかったと思います」

「お兄さんは独身でいらした。交際している女性などは、いらっしゃらなかったのでしょうか」

　さあ、とまた首を傾げる。

「キャバクラ、風俗……そういう話は、お兄さんとはしませんでしたか」

　あえて不躾《ぶしつけ》に訊いてみたのだが、やはりこれといった反応はない。

「ねえ、英男さん。お兄さんは独身だったんですよ。恋人もいない三十過ぎの男性で、しかも住まいは大久保。会社は新宿六丁目。通勤は主に徒歩。帰りはタクシーという手もあるでしょうが、徒歩なら普通、歌舞伎町の近くを通る。夜の歌舞伎町です……特にお兄さんは、急死されたお父さんの跡を継いだという事情があるにせよ、実際に会社社長をしておられた。少なくとも、金に困っていたというのはないでしょう。だったら、そういう女性のいる店の一つや二つはですね」

「知りません」

ようやく、少し温度のある反応が見られた。よしよし。この線で、もうひと押ししてみるか。

「……そんな、普通はあり得ませんよ。キャバクラと申し上げたのが失礼なら、高級クラブでもいい。そういう店の女性と懇意にしていたとか、あるいは気になっている人がいたとか、そういう話も、一つや二つはしたでしょう」

「ですから」

腹立たしげに鼻息を吹く。

「……そういう人も、いたのかもしれないし、本当にいなかったのかは分かりませんけど、俺は知らないです。紹介されたこともないし、話を聞いたこともないです」

「たった二人の兄弟なのに？」

呆れたようにかぶりを振る。

「……正直、それどころじゃなかったと思いますよ。警察があの会社をどう評価してるかは知りませんけど、兄はそんな、会社の金で贅沢《ぜいたく》をするような人じゃなかった。もしかしたら、そんな余裕は、あの会社にはなかったのかもしれない……そういう、会社内のことは、俺には全く分かりませんけど」

ちょっとやり過ぎたか。あまり挑発して、今後協力が得られなくなっては元も子もない。

「すみません……つい余計なことを、お訊きしました。いや何しろ、昨日の今日ですんで、こちらには吉男さんがどういう方なのか、どういう暮らしをしてらした方なのか、皆目分からないんです」

と、とりあえず謝って場の空気を鎮めておく。

こういったさじ加減を間違えると、得られるはずの情報も得られなくなるので注意しなければならない。特に身内の発言というのは、家庭の裏事情や財産に絡む損得勘定など、様々な要素で雁字搦《がんじがら》めになっているのが普通だ。そのため、押したり引いたり、時には怒鳴って宥《なだ》めて、感情を剝き出しにさせた上で、本音を吐かせる。そこを端緒に、真実の情報を腹の底から引きずり出す。それが犯罪捜査における事情聴取の本道であると、東は思っている。

吉男の女性関係については、これくらいにしておく。

「それはそうと、英男さんは今、カラオケボックスでアルバイトをされてるんでしたよね」

昨日の調書によると、場所は西池袋一丁目となっている。

「ええ……」

「なぜ、お父さんの会社で働かないのですか」

ピク、と英男の黒目が動いた。別に何かを期待した質問ではなかったが、これはもしかしたら、思わぬ拾い物かもしれない。

「お聞きした限りでは、兄弟仲もよかったようにお見受けします。お父さんが亡くなり、会社も何かと大変だったでしょう……なのになぜ、お兄さんと一緒に、会社に入らなかったのですか」

英男は一瞬、奥歯を強く嚙《か》みかけ、だがすぐにやめた。

平静を装おうとしている。東にはそう見えた。

「別に、どうだっていいでしょう、そんなこと……それと、兄が殺されたことに、何か関係があるんですか」

刑事というのは嫌らしい生き物だ。人が知られたくないと思うところにこそ、触れられたくない場所にこそ、真実が隠されているのではないかと期待してしまう。

「いえ、関係は、ないですかね……」

いや、絶対に関係はある。

もはやその思いは東の中で、確信に近い大きさにまで膨らんでいる。

2

たいていの仕事には、向き不向きというものがあると、川尻冬吾《かわじりとうご》は思う。そして、警察官という仕事自体は自分に向いている、と自負している。

正義感は間違いなくある。法律やその他の勉強も苦手ではない。事案処理における書類の作成もできる。体格も並み以上で、それに見合う体力だってある。今年三十五歳になったが、衰えたと自分で感じる部分などどこにもない。

刑事ならよかった。ときおりそう思う。

泥棒でも人殺しでもいい。強姦魔でも詐欺師でもいい。法律に照らして明らかに悪だといえる者を追い詰め、逮捕する。そういう、ごく普通の良心に従ってできる警察業務の方が、自分には向いているのではないか。

刑事が贅沢だというなら地域だっていい。むろん交通でも警備でもいい。生活安全でも警務でもいい。

ただ、公安というのは、どうだろう。

ささいな特技を買われ、十年ほど前から非公式に携わるようになった。警視庁本部の公安部に取り立てられたのは三十一歳のときだ。以来四年余り、この外事二課四係に籍を置いている。

向いてないと、はっきり思っているわけではない。小さな失敗は多少あったが、取り返しのつかない大失敗は特にしていない。そういった意味では、これもまた向いている方だと、いえるのかもしれない。

しかし、拭い難い矛盾《むじゅん》は感じている。

自分は一体、何をやらされているのだろう。その疑問が常に、心の片隅にある。

頭では分かっている。右翼に左翼、共産主義政党に新興宗教、そして外国人。これらは全て、日本の国益に反する活動を過去にし、これからもする可能性がある集団、及び人種である。

だが、我々が直接相手にするのは、あくまでも個人だ。

特に外事二課が担当するアジア系外国人、その多くは在日朝鮮人及び韓国人なのだが、彼らは両翼やその他の団体と違い、一様の思想で括《くく》れる人種では決してない。ただの商店主もいれば、ごく普通の学生も赤ん坊もいる。

むろん、なんの罪の疑いようもない善良な市民を、外国人だからという理由だけで取り締まることはない。ただ、犯罪を犯す可能性が、あるいは加担する可能性が高いのではないか、という危惧を持って監視してはいる。

その線引きは曖昧《あいまい》で、実に困難だ。

それにしても、まさかあの呉吉男が殺されるとは思ってもみなかった。

川尻はその夜、呉英男の行確（行動確認）にも、吉男のそれにも付かず、新宿で東侑エンタープライズの監視に当たっていた。

東侑は主にスポーツ用品を取り扱う中規模商社だ。本社は新宿六丁目の「釜本ビル」内にあり、営業を三階に、管理部門を四階に分けて使用している。この他には、品川に倉庫を二ヶ所借りている。社員数は七十八名。一年三ヶ月前に自殺した先代社長、若松虎男こと呉虎男も、二代目の吉男も在日朝鮮人だが、社員は全員日本人だ。三年前まで元朝鮮籍の帰化日本人が二人いたが、彼らはすでに退職し、それぞれ別に会社を立ち上げている。

現在、外事二課四係前田《まえだ》班が監視拠点としているのは、東侑の向かいにあるマンションの、四階の一室だ。間取りは２ＤＫ。特に八畳間のベランダからは、四階の管理部門と社長室内部がよく見える。

吉男が殺された一昨日の営業内容に、特に変わった点はなかったように思う。品川埠頭《ふとう》まできている何番のコンテナが何時に税関を通るだとか、倉庫からの出庫伝票に記載の誤りがあったとか、いずれも通常業務の範囲内の会話しか傍受しなかった。

吉男が社長室を出たのが午後三時五十三分。社員と二、三分立ち話をし、会社の前でタクシーを拾ったのが午後四時二分。以後のことは、川尻たちには分からない。呉吉男はこのところ、二十四時間態勢の監視対象にはなっていなかったのだ。

一方、弟の英男の行確には、同僚の広瀬《ひろせ》巡査部長が当たっていた。

英男は午後一時から夜の十時半まで、池袋西口のカラオケ店「パテオ」池袋本店でアルバイト。勤務内容は分からないが、十時四十五分にはギターを担いで店を離れている。そこから十分ほど歩いてサンシャイン60の近く、南池袋二丁目にあるレンタルスタジオ「スカイ」に入店。夜中の二時まで三時間のバンド練習を行い、メンバーの杉本《すぎもと》優治《ゆうじ》、池谷《いけたに》俊介《しゅんすけ》と共にスタジオを出ている。

そこからは杉本の車で移動。広瀬はタクシーを拾って追尾。彼らは環状七号線沿いのファミリーレストランに入り、いつものように夜食を兼ねてミーティング。店を出たのが午前四時二十八分。杉本にアパートまで送ってもらい、英男が部屋に入ったのが五時三分。ここで広瀬はアパートの監視拠点に入り、そこで待機していた荒巻《あらまき》巡査部長と交替したという。拠点は斜め向かいにあるマンションの三階。直接部屋を覗くことはできないが、出入り口を見張ることはできるし、盗聴マイクの電波も届くので問題はない。

それ以後は特に動きがなかったらしい。当然だろう。一日中働いて、三時間もバンドの練習をして帰ってきたのだ。風呂にでも入ったら、あとはもう寝るだけだ。

むしろ、動きがあったのはこっちだった。

翌朝。東侑には通常通り、八時を過ぎた頃から社員が入り始めた。だが、いつも九時十分前から始まる朝礼が、昨日に限っては九時を過ぎても始まらなかった。理由はすぐに分かった。社長の呉吉男が出社してこないのだ。

社長秘書というのは特にいないようだが、先代のときから社長のスケジュール管理や雑務を担当している古株の女性社員が、何度も何度も携帯電話に連絡を入れていた。だが通じない。この日は営業部長が代わりに訓示をし、業務を開始した。

ちなみに監視といっても、川尻たちは別に、双眼鏡でずっと覗き見をしているわけではない。社内の電話主装置にピンホールカメラを一台、事務所内に隠しマイクを三台、社長室にも一台、社長の電話には盗聴器も仕掛け、それらをすべて無線で傍受し、こちらのベランダに置いたビデオカメラの映像と合わせて、二十四時間態勢でモニターしているのだ。

共に監視に当たっていた前田警部補の携帯が震えたのは、十一時を少し回った頃だった。この前田を班長とし、荒巻、広瀬、それと川尻を加えた四人が、外事二課四係前田班の現メンバーである。

「……えっ」

滅多に感情を表に出さない前田が、珍しくこのときは眉をひそめた。

「本当ですか……」

相手は外事二課四係長、高杉《たかすぎ》警部だろう。

公安警察官は、直接の上下関係を飛び越えての接触というものをまずしない。川尻たち巡査部長が高杉警部と話をすることはないし、その上の課長代理管理官や外事二課長となったら、顔も分からないのが普通だ。だから逆に、前田に電話をかけてくるとしたら、それは高杉警部しかあり得ない。

「確かに、出社してきていません……はい、分かりました。早急に、報告書をまとめます」

　電話を切り、前田はメインのモニターを睨《にら》んだ。

「……どうしたんすか、モグさん」

　前田は、若い頃に潜入捜査を得意としたことから「もぐら」、転じて「モグ」と、公安部内では呼ばれている。公安警察官は全員、それぞれ何かしらニックネームを持ち、普段はそれで呼び合う。迂闊《うかつ》に本名を呼ばないようにするための工夫である。

「……吉男が、死んだ」

　正直、川尻も驚いた。だが声は出さなかった。その代わり、一列に並べられたテレビモニターや受信機を、一往復見回した。

「死んだって……なんすか、事故ですか」

　前田がかぶりを振る。

「殺しだ。鈍器で殴られて、内臓破裂だそうだ。所持品はごっそりなくなってたが、サッチョウ（警察庁）が保持してる外登（外国人登録）指紋がヒットしたというから、まず間違いないだろう」

「ホシは」

「まだ何も分かってないらしい。今は顔の分かる関係者捜しと、司法解剖の順番待ちだそうだ。特捜を立てるかどうかも、まだ決まってない」

「場所は」

「すぐそこ、新宿だ。まあ、刑事部がどう出るかは分からんが、とりあえず昨日の吉男、及び周辺人物の監視報告書を作れとよ」

前田はポケットからタバコの箱を出し、一本銜《くわ》えた。

「……アントン。シャケかトノ、どっちか一人、こっちに戻るように言ってくれ。俺はちょっと、新宿署の様子を探ってくる」

「アントン」は川尻、「シャケ」は荒巻、「トノ」は広瀬のあだ名だ。

「分かりました」

ちなみに「アントン」というのは、あの元プロレスラー、アントニオ猪木の愛称である。確かに、川尻の顎は若干、前に出ている。だが、断じてあそこまで大きくしゃくれてはいない。配属当初は必死で抵抗した。自ら別の呼び名を提案してもみた。だが、無駄だった。

今はもう、すっかり慣れた。いや、慣らされてしまった。

午後になって動き出した英男の行確は荒巻が担当。報告は広瀬がしにきた。

「しかし、殺しって……なんでまた」

背中を丸め、ダイニングのテーブルでノートパソコンのキーを叩き始める。広瀬は前田班きってのデータバンク。訊けばたいがいのことには答えられる、極めて優秀な公安警察官だ。

「アントン、なんか食うもんないの」

「ああ、冷や飯なら残ってる」

「なんか作ってよ」

公安警察官は、監視拠点では可能な限り自炊をする。通いの場合は弁当持参。なぜか。外食をすれば店側に顔を覚えられる。弁当を買えばゴミが出る。そんな諸々の面倒を避けるためだ。そのため、買い出しもできるだけ拠点から離れた大型スーパーで済ませ、出入りも一人ひとり別々に、できるだけ目立たないよう心掛ける。

川尻は冷や飯を炒め、チャーハンのようなものを作って出してやった。

「おお、サンキュ」

広瀬は報告書の作成を中断して食べ始めた。

「ん、美味いね……やっぱ、メシはアントンのが一番だな」

「あんたらがみんな下手《へた》過ぎるんだよ」

ちなみに前田は四十七歳、広瀬が三十七歳、荒巻が三十六歳。だが決して、川尻が一番年下だから料理を作らされているわけではない。たまたま最後に配属されてきた関係で、なんとなくそういう機会が多くなってしまったに過ぎない。

そして食事の間も、モニターでの監視は続ける。やむを得ず拠点を留守にした場合は、あとで記録映像をチェックする。だが最近はそれも楽になった。記録媒体はビデオからハードディスクになり、早回しや検索も格段にスピーディになった。さらに映像の変化を自動的に探してくれるソフトまであり、夜中の記録などはものの数分でチェックが完了する。

ちょうど広瀬が食べ終わったとき、彼の携帯電話がテーブルの端で震え始めた。

「シャケだ……はい、もしもし」

手の甲で口元を拭い、同じ手でボールペンを握る。

「うん……三時十分……うん……了解……ああそう……まあ、そんときはアントンに行かせるよ……はい、お疲れさんです」

携帯電話を置き、いま書いたメモを見ながら、またキーを叩き始める。

「なんだって」

「……Ｇ４は三時十分にバイト先を出て、いま新宿に向かってるって。モグさんとは連絡とれたから、新宿署近くで落ち合ったら、どっちか帰ってくるって」

「Ｇ４」は、警察庁が割り振った呉英男のコード番号だ。

「俺を行かせるって、なに」

「モグさんと、どっちが残るか揉めるかもって言うから、そしたらアントンが行くよ、ってこと」

「はあ」

それもありだろう。川尻も、ちょうど拠点でのモニター観察には飽きていたところだ。

結局、川尻が交替に出ることはなかった。

夜の七時過ぎになって、前田が帰ってきた。

「……夕方四時頃にＧ４が署に入って、身元確認ができたからだろう、遺体が運び出された。こっからだと、東朋医大だろうな。で、しばらく事情聴取の時間があって、Ｇ４は六時頃に帰っていった。池袋で西武線に乗り換えたから、バイトには戻らず、今日は直帰ってことだろう。あとはシャケに任せた……報告書は」

広瀬が切手大のメモリーカードを差し出す。昨今の公安は、いちいちレポートを紙に印刷したりはしない。前田はそれを、自分のシステム手帳に差し込んだ。

「……でも、大したことしてないですよ、あいつ。いつも通りバイトに行って、バンドの練習してメシ食いに行って、帰って寝ただけですから」

前田は鼻で笑い、緩くかぶりを振った。

「それが大したことかどうかは、上が判断することだ。俺たちはひたすら見る、聞く、読む……で、分かったことをまとめて報告する。それだけでいい……このチャーハン食っていいか」

「どうぞ」

冷めたままでは気の毒だと思い、川尻が炒め直してやった。前田は二分でそれを平らげ、水を一杯飲み、じゃあと出ていった。

彼が報告書をどこに持っていくのかは分からない。だが警視庁本部でないことだけは確かだ。公安警察官は、滅多なことでは本部庁舎に顔を出さない。潜入捜査が長引けば、何年も行かない者までいるという。前田もおそらく、都内のどこか人目につかない場所で高杉係長と会うのだろう。そして報告書を渡し、代わりに当面の捜査費用を受け取るのだ。領収証の類は必要ない。それが公安と、他の捜査部門の大きな違いである。

夜になると、いくつかのニュース番組で呉吉男の事件が取り上げられた。

通名の「若松吉男」での報道が三局。本名を併せて報じたのが、ＮＨＫを含めて二局。いずれも新宿の路上で殴打、殺害され、金品を奪われたとしか言っていなかったが、本名で報道した民放局だけは、吉男を「貿易会社社長」としていた。他局は全て「会社員」。事件に対する各局の温度差と、在日絡みのネタにおける報道姿勢の違いが透けて見えた。

今日の朝刊でも、その辺りの差異は同様だった。通名報道をした局の系列紙は、やはり通名報道。本名を報じた局のそれは、倣ってちゃんと「呉吉男」と載せていた。撲殺されるのに日本人も在日もないとは思うが、この手のことは気にし始めるときりがない。通名で報道しておけば、とりあえず朝鮮総連も人権団体も騒がない。一度それを味わってしまうと癖になる。あとはずっと通名で通すことになる。在日が加害者だろうと、被害者だろうと――そういうことなのだ。

午前九時半頃、引き続き英男の行確に当たっている荒巻から連絡が入った。本部刑事部の人間十数名と、英男が朝一番で新宿署に入った。おそらく半日は事情聴取を受けることになるだろう、ということだった。

危惧していた事態が、起こってしまった。

外事二課前田班はこれまで、東侑エンタープライズに対して様々な観点から監視を行ってきた。通常業務に紛れて密輸に手を染めているのではないか。北朝鮮に不正に資金を送っているのではないか。国内に多数いるとされる工作員に拠点を提供してはいないか。資金洗浄に利用されてはいないか。

それらの疑惑はすべて、先代社長の呉虎男が、在日朝鮮人であるという一点から生じたものだった。彼が自殺したのちも嫌疑が消えなかったのは、会社を継いだのが実子の呉吉男だったからだ。

だが、今度はその呉吉男が何者かに殺された。犯人がすぐに捕まり、捜査が所轄レベルで収束してくれればよかったのだが、残念ながら現在、事態は悪い方に転がり始めている。

特別捜査本部の設置。刑事部捜査一課の介入。

同じ警視庁といえども、公安部の活動は外部の人間には絶対に知られてはならない機密事項だ。公安部は、違法性の高い捜査手法を日常的に用いている。刑事部がそれらを知った場合、同じ組織のよしみで庇《かば》ってくれるとは限らない。逆に告発される可能性の方が大きい。それだけは、何がなんでも避けなければならない。

盗聴、盗撮、書類のコピーに持ち出し。スパイの育成、運営、贈賄《ぞうわい》。軽微《けいび》な犯罪なら揉み消すこともあるし、場合によっては人が殺されても見て見ぬ振りをする。こう並べるとまるで公安自体が犯罪組織のようだが、それらをするには相応の理由がある。

公安が相手にする敵は大きい。刑事捜査のように、一人殺したから逮捕するだとか、百万盗んだから起訴するだとか、そんな小さな話ではないのだ。左翼に右翼、共産主義政党に宗教団体、自国の国益、あるいは私欲のために日本を食い物にしようとする外国人集団。そんな敵に対し、場当たり的に逮捕、起訴、裁判などしていては、いつまで経っても公共の安全などは確保できない。

組織を丸ごと根絶やしにする。活動を完全に不能にする。公安の目的はそこにあり、そのためには内部情報の徹底把握が必要とされ、多少は違法性のある捜査手段も用いざるを得ないのが実情だ。そしてその活動は国家に、政府に認められている。現に公安予算は地方からではなく、国費から捻出されている。これは国防であり、国内の小さな諍《いさか》いを治める他部署の捜査活動とは根本的に発想が違うのだ。

それを理解していながら容認しようとしないのが、刑事警察だ。

彼らは公安を目の敵にしている。湯水のように税金を使い、役に立たない情報を集めてばかりいると揶揄《やゆ》する。新聞で逐一報道される自分たちの仕事こそが正義であり、陰でこそこそ、金で情報を買い漁《あさ》る公安をドブネズミ同様に思っている。

決して否定はしない。当たっている部分もあるからだ。だが目的が違うのだから仕方ないだろうというのが、表立った公安側の言い分だ。

加えて彼らは、予算が都からではなく国から、捜査命令が警視庁ではなく、警察庁から直接下りてくることにも苛立《いらだ》ちを感じているようだ。

しかし、だからといってこっちの邪魔だけはしてもらいたくない。

具体的に今回の、東侑エンタープライズの件についていえば、呉英男だ。前田班が一から仕込み、運営してきたスパイだ。東侑の内部情報を引き出すための工作員だ。彼に事情聴取をし、あまり根掘り葉掘り訊かれるのは困る。殺人犯捜査にかこつけて、東侑の内部事情をほじくるような真似《まね》はしてほしくない。特にどんなことがあっても、「アンドウ」についてだけは知られてはならない。

午後二時過ぎになって、前田が戻ってきた。今朝からずっと、新宿の捜査本部に参加したメンバーの割り出しを行っていたのだという。

「マズいことになった。捜査一課から出張ってきたのは、殺人班六係だ」

コップ一杯水を飲み干し、前田はそう吐き捨てた。即座にタバコを一本銜える。

「六係というと……あ、アズマ警部補か」

広瀬がノートパソコンを叩き始める。

「あった、これだ……アントン、よく覚えとけ。こいつだ」

液晶画面には、その東弘樹という警部補の経歴が事細かく表示されていた。特に目を引くのは「歌舞伎町封鎖事件」の捜査に大きく貢献し、警視総監賞と警察庁長官賞を授与されたという点だろうか。写真で見る限り、はっきりとした二重瞼《ふたえまぶた》の、なかなかの色男ではある。歳は四十七。ちょうど前田と同じだが、入庁年期は東の方が二年早い。

「……悪かったな、二浪もして」

前田は煙を吐きながら言い、また水を汲みに行った。

しかし。

「この東警部補の、何がマズいんですか」

この問いには広瀬が答えた。

「東警部補は、捜一の人間も煙たがるくらいの、有名な堅物だ。とにかく動いて動いて、いったんネタに喰らいついたら、喰い千切るまで放さない。デカの不眠不休は当たり前。行くとなったら一人でも突っ走る。その上、大の公安嫌いで通っている。俺様こそが正義……まあ、そんな感じのデカだよ」

流し台のところで振り返った前田が続ける。

「今の六係には警部補が四人いる。他のはともかく、東がＧ４の聴取に当たったら、少々厄介かもしれないな。奴は何かあると思ったら、目撃者だろうが遺族だろうが徹底的に絞りかねない。それでＧ４がゲロしちまったら、今度こそ俺らの、東侑捜査は引き揚げだ」

公安は、その活動が明るみに出た時点で捜査をストップする。尾行は相手に気取られたら即中止。拠点に至っては、通り掛かりに目を向けられただけで引っ越すこともある。

川尻は今一度、東の顔写真を見た。確かに、並外れて意志の強そうな目ではある。

「……特捜の内部情報は、取れないんすか」

前田は小首を傾げた。

「新宿署の警備課から何人、特捜に応援に入ったか……それ次第だろうな。その中で使えそうなのがいたら、そいつを上に釣り上げてもらう」

所轄署の警備課には、たいてい公安係というのがある。仮になくても、警備課には必ず公安活動をする警察官がいる。前田はそういう人間をスパイに使おうというのだ。

「使えそうなのが、いなかったら？」

「そんときは、使えそうなのをあとから捻じ込むだけだ。だがそれだと、向こうに気づかれる可能性も出てくる。ちょいと、難易度は高くなるな」

川尻自身はある程度、呉英男のことを信じている。彼なら「アンドウ」については語らずに通してくれる。そう思う。だが、東という刑事がどれほどの人物か分からない以上、それは確信にはなり得ない。

「俺、近いうちに、接触してみましょうか」

前田は静かにかぶりを振った。

「……駄目だ。危険過ぎる。とりあえず、新宿の特捜が吉男殺しのスジをどう読むか。それが分かるまで、こっちは動かない方がいい」

吸殻を灰皿に潰しながら、上目遣いに川尻を見る。

「なに、お前もすぐ忙しくなるさ。どっち道、吉男殺しのホシは刑事部には挙げられないだろう。ここ三年の、東侑と若松家の動きはこっちが押さえてるんだ。いざとなったらこっちでホシを挙げて、刑事部に進呈してやればいい。それで東に恩を売って、ちょっとでも大人しくなりゃあ一石二鳥《いっせきにちょう》だろう」

そう言い置いて、また前田は出ていこうとする。

川尻は慌ててその背中を追った。

「モグさんは、吉男殺しのホシに、心当たりがあるんですか」

前田は振り返り、不敵な笑みを浮かべた。

「……ねえよ、そんなもん。公安部員は、推理なんかしなくていい。ただ目の前にあるものを見て、聞いて、読んで、報告。それでいいんだ……じゃあな」

ドアスコープから外を確認し、前田が扉を開ける。

まだ熱い九月の外気が、ドア口から雪崩《なだれ》込んでくる。

川尻はその熱に、ある種の安堵《あんど》と、焦りが入り混じる感覚を味わった。

3

呉英男の事情聴取を続けている。

「つまりお爺さんが、日本に渡ってきた最初の代、ということになるわけですね」

「……ええ」

「お爺さんは、今どこに」

東はぬるくなった茶をすすり、少し間をとった。

「……半島に帰って、死にました……俺が、小学校の頃に」

在日朝鮮人の帰国事業は、一九五九年から八四年くらいまでだったはず。おかしい。勘定が合わない。その頃はまだ、英男も吉男も生まれてなかったはずだ。

「あなたが小学校の頃に、北朝鮮に帰られたのですか」

「いや、帰ったのは俺が生まれるずっと前です。死んだのが、小学校の頃ってことです」

なるほど。

「でも、お父さんは日本に残られた」

「……もう、上野でお袋と、食堂やってたから。生活基盤っていうんですか、こっちにあったんで、それで、ついては行かなかったみたいです」

「ということは、お婆さんは、一緒に帰られた」

「それと、親父の妹……俺の叔母《おば》さんです。会ったことないですけど」

呉虎男の両親と妹は、帰国事業で半島に帰っていた。

一九一〇年。当時のロシアが朝鮮半島での影響力を強めることを危惧した日本は、今日の北朝鮮と韓国に相当する地域、当時の大韓帝国を併合、統治下に置いた。これが合法であったか否かは論議の分かれるところだが、一九四五年、太平洋戦争に敗れた日本はこの支配権を喪失し、日本の朝鮮半島統治は終結した。

この三十六年の間に、多くの朝鮮人が日本国内に流入した。その際に強制連行があったか否かはさて措き、五三年までの朝鮮戦争で国力が著しく低下していた朝鮮民主主義人民共和国、つまり北朝鮮が当時、この在日朝鮮人のマンパワーを欲した。その動きに日本政府も乗った。人権云々《うんぬん》という表向きの理由とは別に、生活保護受給者の多い在日を厄介払いできるとの目算が、日本政府側にもあったからだ。

在日は在日で、当時「地上の楽園」と喧伝《けんでん》された共産主義祖国に夢を抱いた。今となっては馬鹿馬鹿しいとしか言いようがないが、当時は本気で、共産主義を素晴らしいものと信じる輩《やから》が多かったのだ。学生運動がいい例だ。あれには日本中が揺れた。今では、共産主義者は武装し犯罪集団化していくという、悪い意味での代表例になっている。

だが、この帰国事業に乗らない在日も大勢いた。いま英男が語ったように、生活基盤がすでに日本国内にあるから、という者も多かったのだろう。また半島南部や済州島の出身者は、北を祖国とは思えないというのもあったかもしれない。実際、韓国はこの帰国事業に乗らなかった。当時経済的に困窮していた韓国の政府は、人口の増加をよしとしなかったのだ。

「では今、お婆さんと叔母さんは、どうされているのですか」

英男は「さあ」と肩をすくめた。

「連絡とか、仕送りとかはしないんですか」

「別に、俺の親でも、キョウダイでもないんで。っつか、会ったこともないし、そんな余裕ないんで」

ふいに、その目つきが厳しくなる。

「……刑事さん。そんな、爺さんだの婆さんだのって、そんなの兄貴が殺されたことと、なんの関係もないんじゃないすか？　そんなことより、証拠集めたり聞き込みしたり、そういう方が大事なんじゃないすか」

東は曖昧に頷いてみせた。

「証拠の分析も聞き込みも、ちゃんとやってますよ。別の者が」

「あんたもやったらどうです。その方が能率上がるでしょう」

「それはどうですかね」

英男が眉をひそめる。ちょっと、不快感が募ってきたらしい。だがそれは決して、事情聴取においては悪いことではない。

「……英男さん。この事件の犯人が、単に金品を奪う目的で、たまたま目を付けたのがお兄さんで、それで運悪く殺されてしまったのだとしたら、私が今お訊きしたようなことは、確かに的外れ、全くの無意味でしょう。ですが、お兄さんが仮に、若松吉男という個人として殺されたのだとしたら、あるいは呉吉男として、また東侑エンタープライズの代表取締役として殺害されたのだとしたら、私の質問も、決して無意味ではなくなってくる」

互いの視線が激しくぶつかり合う。だが東は引かない。むしろ望むところだ。

「唯一のお身内を亡くされた胸中は、お察しします。しかし、若松吉男という個人の人脈。

呉吉男という、在日朝鮮人が抱える個人的な事情。東侑エンタープライズという会社の事情。社長という地位、人間関係、行動範囲……もしそこに犯人の犯行動機が隠されているのだとしたら、私はそれを、誰かから聞き出さなければならない」

　そのとき、東は英男の目に、何か強いものが宿るのを見た気がした。それが何かは分からないが、先の無機質、無気力という心証は、ひょっとしたら誤りだったのかもしれない、英男の、ある種の芝居だったのかも、と思い直した。

　英男が、東を見据えたまま口を開く。

「兄は、在日だから殺された……そういうことですか」

「その可能性は否定できません」

「だったら、犯人は誰ですか」

「それを調べるために、いろいろお訊きしているのです」

　視線が逸《そ》れる。

　先の東の発言の、一体どの部分が英男の心に引っ掛かったのだろう。もう少し、探る必要がある。

「……仮に、在日朝鮮人だという理由でお兄さんが殺されたのだとしたら、いま野放しになっている犯人が、またいつあなた方の同胞を殺さないとも限らない。もしかしたらそれは、あなたなのかもしれないし、全く別の方かもしれない。また東侑の社長ということで殺されたのだとしたら、会社の方だって危ない。次の犯行が一時間後なのか、まさに今なのか、それも分からない。分からないが、もしそういうことが起こり得るのだとしたら、私の質問に答える意味はないですか。私と一緒に考える価値は、ありませんか」

　東も本気でそこまで危惧しているわけではないが、まあ方便だ。

　英男は短く息を吐き、二度瞬きをした。

「……で、あとは何が訊きたいんです」

あと、何か。いや、呉家と東侑に関すること全てだ。

「では……そう、先ほどお母さまのお話が出ましたが、もう、亡くなられたんですよね」

「俺が小学四年のときに……癌で。我慢強い人だったんで、それでかえって、発見が遅れたんだと思います」

「それは、お気の毒でした……で、食堂の方は」

「まもなく閉めました」

「東侑エンタープライズは、そののちに創業されたのですか」

「だと、思います」

　ここからが本題だ。

「その設立資金は」

「そんなこと、会社の人に訊いてくださいよ」

「ご存じの範囲でけっこうですんで」

英男はあからさまに嫌な顔をしたが、ここで引くわけにはいかない。

「……資金ったって、最初は小さかったはずですよ。知り合いの、在日の人二人と金を出し合って、三人で始めたんだと、聞いてますけど」

「なんという方ですか」

「カナヤマさんと、イイダさんという人です」

メモに「金山」「飯田」と書き、漢字はこれでいいかと訊くと、「それ以外にないでしょ」と返ってきた。

「本名は」

「知りません。俺もずっと、日本人だと思ってましたから」

「下のお名前は」

「知りませんよ。普通知らないでしょ、子供は。それに、もう何年も前に東侑を辞めたらしいですから」

袂《たもと》を分かった在日の盟友と、その後継者となった息子、か。

「何年も前というと、お父さんが自殺される前に、その金山さんと飯田さんはお辞めになってるわけですね」

呉虎男の自殺は去年だ。

「そうです……そうだと、思います」

「お父さんが亡くなられたとき、会社側は、その金山さんか飯田さんを、東侑に呼び戻そうとは考えなかったんですかね」

「だからッ」

それでも、英男が激したのはほんの一瞬だった。

「……だから、そういうことは、会社に訊いてくださいよ」

「分かりました。そうします……では、お兄さんが東侑に就職したのはいつ頃ですか」

「高校を卒業して、すぐです」

「お父さんとお兄さんは、仲がよかったですか」

「なんすか、俺が親父と不仲だったから、東侑に入らなかったとでも言いたいんですか」

そうとるなら、それでも構わないが。

「いえ、そういう意味ではありませんが、一応お伺いしておこうかと」

「別に、兄貴だって好きで東侑に入ったわけじゃないですよ。ただ、なんていうか……長男の責任感みたいな、そんなもんだったと思います」

「何か別に、やりたいことがおありになったとか」

「ああ、そうですね。服飾関係の仕事をしたかったんだと思います。実際、もう何年か東侑で働いて金貯めたら、ジーンズチェーンのフランチャイズでもなんでもいいから、とにかく自分で服屋をやりたいって言ってました。そこにきて、親父が自殺して……」

英男の表情が曇る。父親とはどうだったか分からないが、少なくとも英男は、吉男とは腹を割った話ができていたのではないか。そんな印象を受ける。

「でも、お父さんの自殺を契機に、会社を畳むという選択肢もあったわけですよね」

それには、鼻で笑って答える。

「そんな……高校卒業して、十年以上もやってきたんですよ。社員の人たちとだって、それなりに人間関係できあがってるわけですよ。その全てを放り出して、自分は服屋をやりたいから、はいサヨウナラって、そんな薄情な真似ができる男じゃなかったですよ。うちの兄貴は」

ここは、納得したように頷いておく。

「……立派な方、だったんですね」

それを嫌味《いやみ》ととったか、英男は不愉快そうに壁の方を見やった。

「会社の経営状態は、どうだったんでしょう」

「会社のことは会社に訊いてください」

「でも、お兄さんにしてみれば、お身内にだからこそ言えるというのも、あったかもしれない」

「会社で言えなくて、俺にだけ言うような秘密だったら、なおさらこんなところで喋るわけにはいかないでしょう……別に、そんなもんはなかったけどね」

それも一理ある。

「しかし、これは殺人事件の捜査です。一企業云々の話では済まないんですよ。人命にかかわる問題だ。実際、被害に遭われたのはあなたのお兄さんでしょう」

今度はだんまりだ。また少し、刺激が必要か。

「……それとも、これが通り魔的犯行なら、次に被害に遭うのはおそらく日本人だ。在日である俺たちには関係ない……そんなふうにお思いですか」

これには、さすがに目の色が変わった。ぐつっと、その腸《はらわた》が煮える音まで聞こえた気がした。

「おい、そりゃどういう意味だよ」

今度はこっちが黙る番だ。続く言葉を待つ。

「……気安く、在日在日言いやがって」

いいぞ。そのまま本音を吐き出してしまえ。

「俺は……日本で生まれて、日本の学校に通って、高校だって都立高で、朝鮮語も喋れない、ハングルも読めない、ただの……」

悔しげに肩を震わせる。

「それなのに……テメェらは在日だ在日だって、何かあったら色眼鏡で見やがって。外登証だって、言われた通りこうやって、ちゃんと持ってんじゃねえか。それなのに……嫌な話なら、反吐《へど》が出るほど兄貴から聞かされたよ。クラスで何かなくなったら、真っ先に在日が疑われるとかよ。女にバレたらその瞬間にフラレるとかよ。だから、目立たねえように大人しくしてんじゃねえか。在日だってバレねえように、俺は呉英男なんてヘンテコな名前じゃねえ、若松だ、若松英男だって、必死で自分に言い聞かせて生きてきたんじゃねえかッ」

　そうだ。その調子で喋れ。もっとだ。

「それを、汚えもんを靴底で踏み潰すみてえに、在日だろ、朝鮮人だろって……同胞？　なんだそりゃ。そんなもん知ったこっちゃねえッツーんだよ。あんたさ、北朝鮮のニュースをテレビで見る俺たちの気持ち、分かるか？　行ったこともねえし、行きたいとも思わねえし、そもそも祖国だなんて思ってもねえけどよ、自分のルーツはあっちだって、実際書類でもなんでもそうなってる国がだよ、日本人ラチって何十年も返さねえで、核ミサイル造ってブッ放して……自分が、そんなことやる連中の仲間だって思われんじゃねえかって、いつか魔女狩りみてえに街から狩り出されて八つ裂きにされんじゃねえかって、日本人はそんなことしねえって思いながらも想像してビクつく俺たちの気持ちがよ、あんたら真っ当な日本人に分かんのかよッ」

　分かる、と言ったら嘘になるだろう。だが理解はできる。こうやって面と向かって言われれば、彼が北朝鮮という国にどういう印象を持っているかを知ることはできる。ただそれは、聞かなければ分からない。そしてここまで挑発しないと、彼らも容易には口にしようとしない。それもまた、一方にある事実だ。

しかしそんな感情を、安易に受け入れるべきではないとも、東は思っている。

在日朝鮮人として生まれたのは、確かに彼らの責任ではない。朝鮮人なら朝鮮に帰れというのも、国を奪われたことのない日本人特有の傲慢だろう。ただ、日本には「帰化」という制度がある。朝鮮人でありながら朝鮮に愛国心を持てないのなら、日本人になればいい。多少面倒な手続きや時間は要するだろうが、在日韓国朝鮮人に対してその門は、比較的広く開けられていると聞く。もし帰化したいのにできていないのだとしたら、それは十五歳までは親の責任であり、それ以降は自己責任だ。

むろんこれは、それぞれの在日外国人と日本国家以外に、別の要素が存在しなければ、の話だ。

「……帰化する考えは、ないんですか」

英男は黙っている。

「お兄さんはどうだったんです。お兄さんは帰化について、どう考えてらしたんですか」

まだ黙っている。

これについて、兄弟間で全く意見交換がなかったというなら、それは嘘だと思う。いま束に吐いたような北朝鮮についての言葉は、必ず兄弟間でも交わされていたはずなのだ。だとしたら、当然帰化についての相談もあってしかるべきだ。帰化するのか、しないのか。するとしたら、どういう資格や手続きが必要になるのか。自分たちはそれに当てはまるのか否か。あるいはしないとしたら、できないとしたら、それは如何なる理由からなのか。仮説を立てるとすれば、二つだろう。祖国も憎いが、自分たちを迫害した日本はもっと憎い、というスタンス。もう一つは、北朝鮮に係わるなんらかの理由が、帰化を許さない場合だ。

以前なら、民族系信用組合「朝銀」に多額の借金があるから朝鮮人社会から抜け出せないとか、あるいは民族団体である「朝鮮総連」からの圧力が怖いとかいう理由があったと思う。だが現在、朝銀はすでに破綻し、朝鮮総連は脱会者が相次いで弱体化し、以前ほどの影響力は持ち合わせていないというのが実態だ。

だとすると、いわゆる「一本釣り」というやつか。

朝銀や総連という、日本国内における集金システムを失った北朝鮮は、北朝鮮国内にいる在日朝鮮人の家族を人質化し、多額の送金なりなんなり、北側の要求を突きつけるようになった。これが俗に「一本釣り」と呼ばれる集金手法だ。呉家の場合、虎男の母親と妹がこの人質役にされた可能性が考えられる。

ただ、その息子の吉男となると、どうだろう。会ったこともない祖母と叔母のために、北が喜ぶほどの額を、果たして送るだろうか。ただでさえ吉男はいつか東侑を辞め、別の仕事をしたいと考えていた。一本釣りの線は、やや考えづらい。

　いや、それを拒否したから粛清《しゅくせい》を受けた、という線なら考えられるかもしれない。

「では……吉男さんが、北朝鮮の人間と接触していたというようなことは、ありませんか」

　すると、どうしたことだろう。

　英男は、とても奇妙な目付きをし、顔を横に向けた。

　東にも、どう表現していいのか分からない。強引にいえば、目玉が奥に引っ込んだようなというか、とにかく、明らかな動揺の色が見てとれた。

「ない、と……思いますけど」

　声は、かろうじて震えてはいなかった。だが頬が強張るのか、言葉は決して明瞭《めいりょう》ではなかった。

　何かある。そう思わない方がおかしいくらいの狼狽だ。

「どんな人でもいいんですよ。お婆さんや叔母さんの知り合いという人でもいい」

「知りません……ほんとに、全く」

「朝鮮総連の関係者でも、またビジネスに関わる人でもいい」

「うちは、親父の代から、総連とは係わってないんで」

「でもお父さんは、お祖母さんに何か贈り物をするくらいのことはしたでしょう」

「だから、知らないってッ」

両拳を机に落とし、中腰に立ち上がる。

「そんなこと、兄貴が殺されたこととなんにも関係ないだろう。そんなことぐちゃぐちゃ言ってねえで、さっさと外出て人殺し捕まえてこいよッ」

なるほど。これは、ちょっと調べてみる価値がありそうだ。

昼過ぎには英男を解放した。彼にも仕事や生活がある。また吉男の葬儀に関することなど、いろいろやらなければいけないことも多いはずだ。その全てをなしにして捜査に協力しろとは、さすがに言えない。

「今後も、ご協力をお願いすることがあると思います。その際は、また一つ、よろしくお願いします」

英男は先の動揺を引きずったまま、ふらふらと新宿署を出ていった。

だが、そのときだ。

東は、青梅《おうめ》街道の向こう側から、こっちの様子を窺《うかが》うようにしていた男の姿を認めた。垢抜《あかぬ》けないグレーのジャケットにノーネクタイ。顔は遠くて分からない。背は百七十センチくらいだろうか。男は英男に合わせるように、駅東口方面へと姿を消した。

何者だ。北の工作員か。

4

相変わらず、川尻は東侑エンタープライズの監視拠点に詰めていた。

広瀬は三時頃に前田からの指示で出ていき、それ以後は一人だった。リビングの壁際に並べられた機器の前で、じっと東侑の日常的営業風景を眺め続けている。社長は亡くなって不在だが、だからといって営業を休止するわけではない。社員にも生活がある。得意先に迷惑をかけるわけにもいかない。

ふと、この手の機器に囲まれて監視を続けていると、妙な感覚に囚《とら》われることがある。自分が監視拠点にいるのではなく、直接現場の片隅にいて、誰からも意識されずにその様子を窺っているような錯覚だ。

おかしなことも多々目撃する。

伝票か何かがはらりと床に落ち、なんの悪戯《いたずら》か、そのままスッと、コピー機の下にすべり込んだりする。しばらくは誰も気づかない。問題が発生するのは数日後という場合もある。

得意先から抗議の電話が入る。担当者が不在なら、別の者が泣きそうな顔で受話器に謝る。電話を切ったら犯人捜しだ。お前、ちゃんと発注通さなかっただろ。いいえ、私はちゃんとやりました。伝票も打ち出しました。記録も残ってます。早速担当者に電話確認。受け取ってないって言ってるぞ。嘘です。私はちゃんとここに置きました。だったらそれを出してみろ。知りませんよそんなの。

川尻は人知れずほくそ笑む。コピー機の下を見てごらん。電話をかけ、匿名《とくめい》でそう告げたらどうなるか——。

監視はときに楽しく、また悲しくもある。神のような気分になる場合もあれば、自己嫌悪で吐き気を催すこともある。

呉虎男の自殺がそうだった。感覚的には、その場に居合わせているも同然だった。なのに、実際は手も足も出ない。他の者にそれを教えることも、直《じか》に自分が現場に向かうことも許されない。監視対象であろうと、相手は血の通った人間だ。傍《はた》から見る自殺というのはたいがいそうだが、何も死ぬことはないだろうと言ってやりたかった。自殺だけは思い留まらせたかった。だができなかった。見殺しにしてしまった。

幽体離脱をして、他人の生活を覗き見る。それが底辺であれ、なんらかの形で国防に寄与しているのだと考えられるうちは、まだ冷静でいられる。だが目の前で突発的に何かが起こり、それでいて手出しできない状況に直面すると、さすがに心が乱される。自分は何をやっているのだろうという疑問に身悶《みもだ》える。

　東侑の前に手掛けた案件では、女性社員が上司に強姦される場面を目撃した。激しい抵抗、悲鳴。それらが徐々に小さくなっていき、やがてすすり泣きになる。その一部始終をモニターで見、ヘッドホンで聞いた自分は、一体何者なのだ。公安である前に、一警察官ではないのか。犯罪を取り締まり、治安を維持し、市民を守るのが任務ではないのか。ドブネズミ。そう言われても仕方がないと思う。だが必死で言い聞かせる。ドブネズミでいいんだ。見て、聞いて、読んで、報告する。それらを判断し、どう使うかは上が決めることだ。目の前で起こることに、いちいち意味を見出そうとするな。手も足も出なくていい。自分はちっぽけなドブネズミだ。忍び込み、盗み見るだけが取り得の、薄汚い——。

　ふいに玄関の鍵が開き、現実に引き戻された。入ってきたのは荒巻だった。彼と顔を合わせるのは一週間ぶりになる。

「……アントン、ますますマズいぜ。Ｇ４の担当は東だ」

　玄関に入るなり、野暮ったい鼠《ねずみ》色のジャケットを脱ぐ。一秒でも早く、こいつを自分の体から引き剥がしたい。そんな手付きだった。確かに、色男の荒巻には似合わない服だ。丸めて風呂場の戸口に放り投げる。

　川尻はそれを目で追いながら訊いた。

「間違いないのか」

　さらにシャツも脱ぐ。

「ああ、まず間違いない。ご丁寧にも、署の玄関まで見送りに出てきやがった……俺、よく知ってんだ。若い頃に成城署で一緒になってよ、特練でもねえのに、やたらと剣道が強くてな。しかも、大人気ねえんだ。一本取られっと、めちゃくちゃムキになってさ。ほんと、しつけえし手加減しねえし、嫌な野郎なんだよ」

さらにはスラックス、靴下も脱ぎ、下着姿になる。ビキニパンツがなんともイヤらしい。その姿で、モニターを見渡せる位置に置かれたソファに座る。

「G4、どこまで喋ったかな……」

なんの気なしに呟くと、荒巻は眉を段違いにしてこっちを睨んだ。

「そりゃこっちが訊きてえよ。G4はお前のマル協（協力者＝情報提供者）だろう」

確かに。英男をスパイに仕込んだのは自分だ。

「どうなんだよ」

「……ああ」

英男は基本的に、他人に対して強い警戒心を持つタイプだが、それは自身が在日であることからくる防御姿勢であり、本来の性格とは違うものであると川尻は分析している。

「……基本的には真面目で、すぐバレるような嘘はつかないタイプだ。おそらく、家庭事情に関しては正直に話すんじゃないかな」

「家庭事情って、どのレベルでよ」

「たとえば……家系のこととか。奴の知ってるのは祖父母と叔母さんが北にいて、親父はもう結婚してたから日本に残った、って辺りからだ。その辺は、しつこく訊かれたら喋っちまうかもしれないな。あと、祖父さんが死んだこととか」

眉をひそめ、荒巻が天井《てんじょう》を見上げる。

「ババァとオバちゃんが生きてると分かったら、一本釣りの線は疑われるだろうな」

「でも、それが通じるのはせいぜい虎男止まりだろう。吉男殺しの動機には遠いんじゃないか？　それに、一本釣りが吉男にも有効だとしたら、逆に殺すのは得策じゃない」

荒巻は不味《まず》そうに口を尖らせ、小首を傾げた。

「そう、思ってくれりゃあいいがな……しかし現実に、殺人の動機なんてのは暑くてムカついたでも、口の利き方が気に喰わなかったでも成立しちまう。逆に捜査する側は、そんな不条理な動機まで想定して動かなきゃならなくなる。一本釣りが吉男に通じるかどうかなんて、厳密に検討する必要はないのかもしれんぜ」

ふいに立ち上がり、さっき脱ぎ捨てたジャケットを拾いにいく。どうやらタバコを出し忘れていたらしい。この班でタバコを吸うのは前田と荒巻だけ。酒は全員が飲む。飲めないと、公安は何かと仕事がしづらいのだ。

川尻はモニターを見ながら、思わず溜め息をついた。

「……そうなると、東主任はなんでもかんでも、根掘り葉掘り突っ込んで、訊いてくるんだろうな」

「ああ。それでうっかり『アンドウ』についてゲロされたら、お前……クビだぜ」

それはマズい、と思う一方で、それもアリかと思う自分がいる。

荒巻が一服、煙を天井に吹き上げる。

「……G４の反日感情って、実際、どんなもんなんだ」

川尻は、英男と交わした数々の会話を思い返した。

「まあ、朝鮮学校には一切通ってないし、虎男自身も、総連とは距離を置いてたからな。日帝がどうたら言う連中とは、全く違うだろう。上野で食堂をやってる頃は、茶の間に金《キム》日成《イルソン》の肖像画があったらしいが、大久保に引っ越してきてからは、その手のものも飾らなくなったみたいだ。G４も、ガキの頃はその肖像画を自分の祖父さんだと思ってたくらいだから、ほとんどそういう、主体《チュチェ》思想だとか、将軍様マンセーみたいな、民族教育とは無縁だったはずだ」

荒巻の鼻から、フッと煙が漏れる。笑われたのだ。

「……なんだよ」

「いや、感情移入しちゃって、相変わらずアントンは甘ちゃんだなぁ、と思ってよ」

またか。荒巻には過剰に厭世《えんせい》的な面があり、暇潰《ひまつぶ》しに他人を揶揄するという困った癖がある。右翼は悪友、左翼は狂人、共産主義政党は売国奴、在日は半分腐った飯の種《タネ》。刑事が死体に群がる蝿なら、公安はその腐った飯の種に群がるゴキブリ。それに比べたら今の「甘ちゃん」は、まだだいぶマシな言い回しだと思わなければならない。

「……どんなんだって訊くから、答えたんだろうが」

「だからお前は甘いっつーんだよ。朝鮮学校行ってなくたって、将軍様の肖像画を飾んなくたって、外登証持たされてるってだけで、奴らは日本人を恨むんだよ」

「確かにそういう奴もいるだろう。だがG４はそうじゃない」

また鼻で笑う。

「なんでそう熱く断言しちまうかな……お前が知ってるG４は何年分だ？　たったの二年分だろう。その前の二十……何年だ、二十四年か、その間に奴が何を肚《はら》に溜め込み、腐らせてきたのか、たったの二年でその洗いざらいをお前が汲みとったと言いきれるのか」

まったく。こいつと話をしていると、本当に嫌な気分になる。

「洗いざらいでなくたって、こいつは大丈夫だ、こいつとならやれる、そう思える場合だってあるだろう」

「お前はまだ、朝鮮人ってもんを分かってない」

「G４は朝鮮人じゃない。在日朝鮮人だ」

「小蝿は蝿じゃねェみてえなこと言ってんなよ」

「その在日だって一色じゃない。総連幹部の家族もいれば、日本人と全く変わらない生活をしている者もいる」

「そんな限界事例を訊いてんじゃねえよ。Ｇ４はどうなんだって言ってんだ。現に東侑は北に金を送ってたろうが。Ｇ４はその家族だろうが」

声が大きくなり過ぎた。荒巻と二人でいると、ついこうなりがちだ。

「……それを俺たちが説得して、マル協に仕立て上げたんだろうが」

「俺『たち』じゃなくて、『俺』ってはっきり言えよ。それに関しちゃお前のお手柄だろう」

「手柄の話じゃないッ」

駄目だ。なぜこうなる。

ひと呼吸入れる。

「……Ｇ４は、北の罪悪も、こっちのスタンスも、ちゃんと理解してるよ。虎男が自殺したのも、結果東侑の調査に遅れが生じたのも、別にＧ４の責任じゃないだろう」

「吉男殺しについては分からんぜ」

ふいに投げつけられた、小石。

川尻は一瞬、言葉を失った。胸の真ん中に、今まで意識したことのない揺らぎが、波紋となって広がる。

「……どういう意味だ」

「Ｇ４がこっちだけじゃなくて、あっちとも繋がってる可能性だって考えろってことだよ」

荒巻が、打って変わって真剣な表情で頷く。

「Ｇ４が、北と？」

「……吉男の知人で、身元が分からなかった中年男がいるよな」

前田班は東侑の調査に際して、関係者が接触した人物の身元を可能な限り割り出してきた。虎男から始まった調査は、二人の息子、社員全員、取引先へと繋がり、それぞれがどんな人脈を持っているかまで、徹底的に調べた。そうやって公安は、点から線、線から面へと調査範囲を広げていく。そしてその中で、誰が、どんな意図で、何をどうしたのか、あるいはどうしたいのかを把握していく。

しかし、やはり調べきれない部分もある程度は出てくる。荒巻が言った、吉男と会っていた中年男というのもその一つだ。吉男はその男を、英男にも紹介している。それについて英男は、兄貴の仕事仲間、ちょっとファンキーなオヤジ、としか説明しなかった。しかしそれには疑問が残った。

中肉中背、やや後退した額、後ろで束ねた長めの黒髪、口ひげ、二重瞼、右の目尻にホクロが二つ。吉男が仕事上で付き合う人物に、そのような風貌の持ち主はいない。

「あれが北の人間だったら、見方は変わってくるぜ」

「だがあれ以後、Ｇ４はあの男と接触していない」

「カラオケ屋に出入りした客の全てはチェックしきれない。池袋のスタジオ内で接触されても確認のしようはない」

「……それは、あんたの担当だろう」

「だからできないと言ってるんだ」

なんなんだ、一体。

川尻がうな垂れると、荒巻はそれで気が済んだのか、立ち上がって隣室へと向かった。

「寝てくる。三時間経ったら起こしてくれ」

「……分かった」

時計を見る。午後五時三分。


今でもときどき思い出すことがある。

川尻が初めて在日韓国朝鮮人の存在を意識したのは、高校三年のときだった。

サッカー部員で、勉強は中の下くらい。背は百七十八センチとやや高めで、どちらかといったら奥手の、ごく普通の高校生だった。

倉田《くらた》亜佐美《あさみ》という女子がクラスにいた。ショートカットがよく似合う、目のくりっとした、クラスのアイドル的存在だった。確か吹奏楽部か何かに入っていたのだと思う。焦げ茶色の、変な形のケースをよく持ち歩いていた。

実は一年生の頃から、彼女のことを可愛い娘だなと思ってはいた。人づてに名前を聞いただけで、ちょっと親しくなれたような気になっていた。だが話をする機会は一度もなかった。廊下でペンを落とし、偶然彼女に拾ってもらったことはあったが、そのときは「どうも」としか言えなかった。別に君になんて興味ありませんよ。そんな態度をとってしまった。

それが思いがけず三年で同じクラスになり、さらに席まで隣になった。川尻と倉田。同じ「か行」で、たまたま男女別の出席番号が同じだったのだ。

彼女は明るい性格で、積極的に誰とでも付き合えるタイプだった。だから話し掛けられても、変な勘違いはしないよう心掛けていた。

「川尻くん、昨日シュート決めてたね」

朝一番。挨拶代わりにそんなことを言う。

「……その前に、何発もはずした」

「でも、一つ決められたんだから、凄いじゃん」

別に大したことないよ。せめてそれくらい続ければいいのに、思っただけで口には出さず、首を傾げてやり過ごす。いつもそんな感じだった。彼女の顔を見ているだけで、声を聞いているだけで、自分の顔が赤くなってしまうのではないか。そんな危惧から早く解放されたくて、つい会話を自分から断ち切ってしまっていた。

　教科書を忘れたときなんかは、もう最悪だ。

「……見せてって、言えばいいじゃん」

　ズズッと机を寄せて、椅子も体も寄せて、真ん中に教科書を置いて、

「今ここね」

　緑色のシャープペンシルの先で教えてくれる。

「……わり」

　シャンプーか、それとも香水の類か。洒落《しゃれ》た匂いが鼻腔《びこう》をくすぐり、教師が黒板に何か書いている間などは、その息遣いまで耳に届いてくる。近い。近過ぎる。そうなると今度は、自分の息が気になってくる。臭くないか、俺。慌てて息を止める。だが一分くらいで耐えられなくなり、かえって大きく吐き出すことになる。

「……何やってんの」

　息止め競争。誰と。田代と。田代くん、今日休みじゃん。ええと、んんと――。

　妄想の会話もすぐに行き詰まり、また黙り込んでしまう。

「変なの」

　そうだったと思う。どうでもいい女子とは軽口を利けるのに、彼女とだけはそうできない。その「君とだけはできない」ところを汲んでくれ、こっちの気持ちに気づいてくれ、

というのはあまりに虫のいい話で、結局彼女とは、席が隣という以上の関係にはなり得なかった。

だが梅雨《つゆ》に入った頃、ある異変が起こった。

倉田亜佐美の様子が、ひどく暗くなったのだ。

席が離れても、顔を合わせれば挨拶くらいはしてくれた。目が合えば、唇を笑みの形にさえしてくれた。

それが、完全無視。しかしそれは川尻に対してだけではなかった。彼女は誰にも微笑《ほほえ》まなくなり、誰にも、明るく話し掛けたりしなくなっていた。

理由は全く分からなかった。だが事情を知っていそうな女子に訊いて回ることも、川尻はしなかった。無駄だと思ったのだ。彼女はすでにクラスで孤立していた。誰も彼女に近づかなくなっていた。いや、彼女自身が、みんなを遠ざけるようになっていたのだ。

何度か勇気を奮い立たせ、声を掛けてみようとは思った。しかし、実際やろうと踏み出すまではするのだが、決して上手くはいかなかった。邪魔が入ったり、ときには彼女にすかされる予感がしたり。それでも思いはずっとあった。機会があったら声を掛けよう。声を掛けよう——。

あれは、まさにそんな瞬間だった。

すぐ前を彼女が歩いていた。よう、と肩を叩くには絶好の距離だった。だが、別のクラスの男子が向こうから来ていた。素行が悪いので有名な、北村と栗田だった。

「……パンチョッパリ」

北村がすれ違いざま、彼女に、そんなことを囁いた。

その瞬間、彼女は腹を殴られでもしたかのように身を屈《かが》め、その姿勢のまま硬直した。

北村たちは不敵な笑みを浮かべ、彼女の横を通り過ぎた。さらに川尻にも「なに見てんだよ」と毒づき、去っていった。

それから、十日くらいした頃だ。

雨でグラウンドが使えないため、急遽《きゅうきょ》体育館で体育の授業をすることになった。

短パンとTシャツに着替え、体育館に入ると、

「……うひゃぇあッ」

先に入っていったクラスメートの田代が、いきなり悲鳴と共に尻餅をついた。

原因は、すぐに分かった。

バスケットのゴールに、誰かがぶら下がっている。しかも、両手を垂らしたまま。ブラウスにスカート。横には跳び箱。ゴールに彼女を繋ぎ留めているのは、縄跳び——。

悲鳴は何十倍にも膨れ上がり、それでも冷静だった誰かが教師を呼びに行ったのだろう。

まもなく生徒たちは体育館から出され、教室に戻るよう指示された。

死んでいたのは、倉田亜佐美だった。

表向き、自殺の理由は不明とされていたが、数日後には、ある噂が実《まこと》しやかに囁かれるようになった。

倉田亜佐美は、在日朝鮮人だった。これまでずっと隠してきたのに、誰かに知られ、それをネタに、強請《ゆす》られていたらしい。

川尻には、すぐにピンときた。北村と栗田だ。

しかも、さらに尾ひれのついた噂が出回った。

ヤバい写真があるらしい。倉田が、体育館で、誰かに――。

実際にその写真を見たという者はいなかった。だがその代わり、犯人は北村と栗田だという噂が出回り始めた。しかも、あの二人も元は在日朝鮮人で、つい最近帰化したばかりらしい。

当時の川尻にできることは、何もなかった。彼女の死に事件性は全くなかったようで、警察が動いたという話もついぞ聞かなかった。

やがて大学生になり、川尻はさして深い理由もなく、第二外国語に韓国語を選んだ。教えてくれた先生は在日二世で、かなりユーモアのある女性だった。

「『チョッパリ』は、豚の足を意味します。その形から、日本人の穿く足袋《たび》を揶揄する言葉として用いられるようになり、やがて日本人を蔑視する言葉として定着しました。ですから『チョッパリ』なんて言われたら、なにィ？　って、怒った顔をしてくださいね。私なんかは韓国に行くと『パンチョッパリ』と馬鹿にされます。『パン』は半分の『半』、つまり『パンチョッパリ』は半日本人、在日韓国人の意味なんです」

そんな頃になって意味を知っても、なんにもならなかった。では、あのとき知っていたら何かできたのかというと、それもよく分からない。

ただ、元在日が現在日を差別して、死に追いやった。あの事件をそんな方程式に、図式に当てはめて終わりにしてはならない。そんな思いは、漠然とあった。

5

九月八日土曜日、午後九時十分。夜の捜査会議。

東は英男への事情聴取のあと、関係者の聞き込みに当たっていた。呉吉男の住居周辺の住民や、顔馴染みの定食屋、会員になっていたフィットネスクラブなどがそれだった。あまりいい捜査範囲とはいえないが、そう割り当てられているのだから仕方ない。刑事は他人の捜査範囲を侵さない。それが組織捜査の基本だ。

仕事関係への聞き込みは、別の同僚たちが行っている。たとえば東が英男から聞き出した、虎男と共に東侑を立ち上げたという、金山と飯田。あれも仕事関係に分類されるため、たとえ自分で仕入れたネタでも、会議で発表したあとは東の担当ではなくなった。

ならば発表などせず、独自に捜査すればいい、という考え方もないではない。場合によっては東も、そういう手段に出ることがある。ただ、なんでもかんでも自分で抱え込んで、パンクしてしまっては元も子もない。挙句、その捜査範囲にホシがいて、結果的に取り逃がしでもしたら目も当てられない。

組織捜査というものは、分掌の徹底、情報の共有と整理、柔軟な発想、あと少しの運によって支えられている。一人の名探偵が綺麗さっぱり解決してみせる、などということはまずあり得ない。可能だとしたらそれは、霊能者の類か、犯行に加担した何者かに限られるだろう。ちなみに東は、オカルティックなものは一切認めていない。

いま報告に立っているのは、同じ係の諸角《もろずみ》巡査部長だ。

「……午前四時頃、遺体発見現場の前で、黒いワンボックスカーが目撃されています。日産のキャラバン辺りかと思われますが、目撃した近所の住人も、残業帰りの勤め人も、さほど自動車には詳しくなかったため、車種の限定には至りませんでした。むろん、ナンバーも覚えていません」

気になる報告だった。しかも悪い意味で。

東は講堂の後方を振り返った。

「……おい、諸角。別個にある目撃証言を一緒くたに括るな。目撃状況は、それぞれ個別にあったはずだ。だったらそれぞれを分けて報告しろ」

諸角は一瞬眉をひそめたが、近所の住人は向かいにある自宅マンションのベランダから、勤め人は車両を後方から見て、邪魔だなと思いながら通り過ぎたらしい、と付け加えた。

　地取りの報告はさらに続けられた。その中で、マル害の上着について興味深い情報があった。やはり六係のデカ長からだったが、先の者よりはだいぶ若い、吉永《よしなが》巡査部長だ。

「本日も、大久保通りを中心に聞き込みをしましたが、わりと上等な上着を着ているホームレスと遭遇し、事情を訊くと、四日未明にコンビニのゴミ箱から拾ったというので、さらに詳しく事情を訊きました」

　四日未明に、コンビニのゴミ箱。

　夜中の二時までに吉男をどこかで殺害し、遺体を北新宿三丁目に遺棄、剝ぎ取った上着を大久保通り沿いのコンビニのゴミ箱に捨てたのだとすると、ホシの動線としては無理なく繋がる。

「ホームレスの氏名は、自称、サトウユウタロウ、六十九歳。タバコを買いに件《くだん》のコンビニに向かったところ、到着寸前、店の前のゴミ箱に、男が紙袋を逆さまにして何か捨てるのを目撃。衣類だと直感したサトウは、男が立ち去るのを待ってゴミ箱からそれを取り出し、広げてみると、背中の辺りに傷みと汚れはあるものの、かなり洒落たスーツの上着だったため、もらっておいたのだそうです。捨てた男は二十代後半から三十代前半。髪はオールバックで黒。着衣は全体に黒。紙袋は東急ハンズのものだったそうです」

河野係長がマイクを取る。

「未明というのは、何時頃だ」

「五時、前だったろうと言っていますが、定かではありません」

「その上着はどうした」

「四千円で買い取ってやりました。ここにあります」

ビニール袋に入った、濃紺の衣類。

「銘柄は、アルマーニか」

「はい。さきほど調べまして、マル害が穿いていたズボンと、対の上着であることを確認しました」

「よし。明日朝一番で科捜研に持っていけ」

誰かが「その四千円は経費じゃ落ちねえぞ」と野次を飛ばす。いい拾い物をして上機嫌なのか、吉永は「勘弁してくださいよ」と声の方を向き、泣き顔をしてみせた。

再び河野係長。

「今日夕方、鑑識から、凶器は鉄パイプと断定できたとの報告があった。その上着の破損個所と遺体の打撲痕が一致すれば、重要な物証になる……吉永、まさかお前、素手でベタベタ触ったりしてないよな」

「はい。そのコンビニで一番デカいレジ袋をもらって、それに入れて持ち帰りました」

まあ、そのホームレスが四日も着ていたのだから、直接犯人に繋がるものが残っているかどうかは怪しいが。

「ええと……東主任。遺体の方は、今どうなってる」

訊かれると思っていたので、あらかじめノートのページは開いておいた。

「はい。今夜が通夜でして、明日午後一時から告別式です」

「通夜には誰か行ってるのか」

「宇都木《うつぎ》と、二宮《にのみや》の組が」

二人とも六係のデカ長だ。

「……もう、ストップはかけられんよな」

「無理でしょう」

警察の都合で葬儀を延ばせるなら、東は全ての被害者の葬儀を犯人逮捕まで禁止する。

翌日、東たちは聞き込みを午前中で切り上げ、午後一時からの告別式に向かった。

会場は新宿区上落合《かみおちあい》の斎場。最寄駅は、西武新宿駅から三つめの中井駅だ。

こんな日に限ってよく晴れている。

「……こりゃ、堪《たま》りませんな」

今日は東も林田も黒スーツ持参で、正午頃に新宿の歌舞伎町交番で着替えさせてもらってここまで来た。むろん東も暑いは暑いが、林田のそれはやや度を越している。林田はハンカチをポケットにしまえない。眉毛が薄いせいか、すぐ汗が目に入って困るという。

「仕事に差し支える、夏が来る前に痩せなきゃ……毎年、そう思いはするんです。でも、夏になったら、自然と痩せるんじゃないかと、心のどこかで思ってしまう。そんなはずないのにね……で、夏をやり過ごして、秋になって油断する。冬はもっと油断する。春はさらに気が弛む。そしてまた夏が来る……四十を過ぎてからですよ。段々、腹の断面図が正円に近づいてきたのは」

一応、同情したように笑っておく。

「数値はどうなんです。コレステロールとか」

「そういう数値は、案外いいんですよ。不思議なもんで」

「刑事は、どうしても歩きますからね。消費するべきものは消費して、悪いものは意外と流れ出ているんでしょう」

「こいつもついでに、流れ出てくれるといいんですが」

がっしりと腹の肉を右手で摑《つか》む。

「……東主任は、スリムですね。何か秘訣《ひけつ》でもおありですか」

「いえ、特にないです。まあ、離婚してだいぶ経ちますんで、食生活はむしろ乱れっぱなしですよ。数値も、歳のわりにはだいぶ悪いです」

まずいことを訊いたと思ったのか、林田は以後、しばらく口数を少なくした。

一般弔問《ちょうもん》客に紛れて、焼香《しょうこう》をした。

呉英男は祭壇に最も近い場所で、一人ひとり、丁寧に頭を下げていた。東と林田にも気づいたはずだが、特にその表情が変わることはなかった。

焼香後、改めて弔問客の受付コーナーを訪ねた。この葬儀を取り仕切っているのは東侑のスタッフだが、何名かは町会からも参加しているようだった。聞き込みの際には会えなかった、

話をしてくれたのは町会長という年配の男性だった。呉家関係者の一人でもある。

「男ばかりの家族なんでね、そんなに近所付き合いがある方でもなかったけど、でも町内の祭だとか、そういうアレでは、けっこう気前よく寄付してくれたりね。町内清掃なんかも、まめに参加してくれてましたよ」

「ご親戚の方とかは、見えてないんですか」

「ん？　いないでしょ、一人も。みんなあっちに帰っちゃったって聞いてるよ」

「会長は、昔からよく、若松さんをご存じなんですか」

どうもこの「会長」という呼び名が気に入っているらしく、言うたびに彼は、どんどん饒舌《じょうぜつ》になっていく。

「ええ。亡くなった虎男さんも、二人の息子さんも知ってますよ。男手一つで、しかも在日でしょ。何かと大変だったと思うけど、グレさせもせず育て上げたんだから。立派だと思いますよ」

そのとき、妙な風体の二人組が受付に現われた。一人は金髪を後ろで束ね、耳にいくつもピアス穴を開けた大男。一人は短髪だが、やけに丁寧に眉毛を整えた細身の男。しかも色白。あえて喩《たと》えるとするなら、貧相なドラキュラといった感じか。

二人が斎場に入っていくのを見届けてから、東は訊いた。

「……今の二人は、吉男さんの、幼馴染みかなんかですか」

町会長が「さあ」と首を傾げると、すぐ隣にいた東侑の女性社員が教えてくれた。

「あれは英男くんの、バンドのメンバーですよ」

なるほど。そう言われれば、まさにそういう雰囲気だ。

霊柩車《れいきゅうしゃ》を見送ると、バンドメンバーと言われた二人は火葬場行きのマイクロバスには乗らず、駅方面へと歩き始めた。

「あの、ちょっとすみません」

背後から声を掛けると、彼らは「はい」と、意外なほど柔和な表情で振り返った。

「若松英男くんの、バンドメンバーの方ですよね」

「ええ、そうですけど」

大男の方が頷く。

「警視庁の、東といいます。吉男さんのことで、いろいろ皆様にお話を伺ってるんですが。今、少しお時間をいただくことは、できませんか」

二人は目を見合わせ、初めて怪訝《けげん》そうな顔をした。

大男の方がリーダー格なのか、また答える。

「なんでしょう。別に、時間は、いいですけど」

「じゃあ、立ち話もなんですから、そこの、喫茶店にでも」

山手通り沿いに喫茶店があるのは、来るときに確認してある。

「ああ、まあ……いいっすけど」

店は歩いて三、四分のところにあった。

格子ガラスのドアを開けると、別世界のような冷気に出迎えられた。一番喜んだのは林田か。いや、大男の方も「あー涼し」と、思わずといったふうに声を漏らした。

大男だけアイスティー。あとの三人はアイスコーヒー。よかったら食事もと言ったのだが、二人は済ませてきたと遠慮した。

いきなり「吉男さんが殺された原因に心当たりは」と訊くのはあまりにも芸がないので、まず自己紹介をしてもらった。

大男が杉本優治、二十八歳。色白の方は池谷俊介、二十五歳。杉本がドラムで、池谷がベースなのだそうだ。

「じゃあ、英男くんは何を」

「ギターとボーカルです」

「三人だけ？」

「ええ。スリーピースなんです」

東はあまり音楽には詳しくないのだが、可能な限り想像してみる。

ハンサムだが背の低い呉英男。彼がステージ中央でギターを弾きながら唄う。傍らには貧相なドラキュラ、池谷。ベースというのは、ギターと似た形のアレだろう。後ろのドラムには、大男の杉本が控えている。まあまあ、バランスはとれている、ように思える。

「練習は、いつも池袋でするの？」

「ああ、よく知ってますね」

杉本は「ああ」と手を叩いた。

「……吉男さんが亡くなったときの、アリバイっすか。ヒデ、警察で訊かれたって言ってましたよ」

そうあっけらかんと言われると身も蓋《ふた》もないが、そういうことだ。

「うん、奇遇なもんだね。ちょうど吉男さんが被害に遭われている頃、英男くんは、君らとスタジオにいたことになるんだよね」

杉本は神妙な顔をしてみせた。

「そっすね……ごく普通に、ヒデはバイトひけてからスタジオ入って、三時間練習して、そっから……あれ、メシって食いに行ったっけ」

池谷が「うん」と頷く。

「だよな。うん……んで、俺がヒデをアパートまで送ってったんすから、奴のアリバイはばっちりっすよ……でも、刑事さんだって、別に本気でヒデが殺《や》ったなんて、思ってるわけじゃないでしょ？」

「ええ、それはないです。ただ、何か知っておられるならと思って、一応その時間、何をしてらしたかを伺ったまでです。そこまで明らかに別行動だと、まあ……心当たりも何も、なかったでしょうね」

ほらな、と杉本は、自慢げに池谷の方を見た。三人の間でどんな会話が交わされたのかは、それで大体想像がつく。

「練習は、週一回ですか」

「いや、キホン二回っすね。みんな仕事持ってるんで、必ずってわけにもいかないすけど」

「じゃあ、たまにはコンサートとかもやって」

「まあ、月イチっすかね……ライブハウスで」

「いっぱい、お客さん来るんだ」

「いや、どうかな……最近はそれでも、そこそこノルマは達成できるようになりましたけど。最初の頃なんて、メンバーより客の方が少ないことの方が、多かったですから……な」

　同意を求めると、池谷はニヤリとしながら頷いた。笑う、ドラキュラ。

「ノルマって、そんなのがあるの」

「ありますよ。店から、二十枚とか三十枚は絶対売れって、チケット買わされるんす。それが売れなきゃ、まんま赤字っすよ」

　なるほど。バンドの世界も厳しいようだ。

「じゃあ、最初は毎回持ち出しだったんだ」

「そっすね」

「一回に、どれくらい赤字出ちゃうの」

「一枚も売れなかったら、そっすねぇ……四、五万、出ちゃうでしょうね。で、絶対そのあと飲みに行くでしょう」

　すぐに「アッ」と漏らして口を押さえる。

「いや……車は、アレっすよ、こ、こ、こいつが、ゲコなんで、こいつに運転さして。ええ」

別に、東は交通部ではないから、過去の飲酒運転を今ここでとやかく言うつもりはない。

「じゃあ、なんだかんだ、赤字は覚悟の上なわけだ」

「そ、そっすね……それでも、最近は、けっこういいんすよ。ヒデに、いい感じのファンができて。ガバッとまとめて、買ってくれるようになったんで」

なぜか「おい」と池谷が杉本をつつく。むろん、それを見逃す東ではない。

「……いい感じのファンって、やっぱり女性？」

すると杉本は、池谷の顔色を窺いながら答えた。

「いや、女じゃ、ないっすけど」

「へえ。男なんだ……どんな人？」

また池谷が杉本を肘でつく。杉本は「別に、隠すほどのこっちゃねえだろ」とつつき返す。

「……あ？　ああ、三十過ぎくらいの、サラリーマンふうの人ですよ。最初はレザパン穿いた、ちょっとキレた感じの、同い歳くらいの人と来てたんすけど、その後は一人で来るようになりましたね。その人が、チケット十枚とか、まとめて買ってくれて。それが、徐々に広がってった感じで。最近は四十とか、五十とか出るときもあって。けっこう助かってます」

どういう素性の人間だろう。

「なにそれ、業界の人？」

「いや、そういうわけでも、ないみたいなんだよな……なあ、アンドウさん、別に業界人ではないんだよな」

池谷は答えない。

「んだよ……でも、けっこういい人っすよ。ライブあとの打ち上げも毎回来るし。ヒデは、たまにメシ食いに行ったり、飲みに行ったりしてるみたいっすけどね」

ちょっと、引っ掛かる話だった。

アマチュアバンドのライブチケットをまとめ買いする、業界人ではない、サラリーマンふうの男。最初は二人で、のちに一人でくるようになった。以後は、個人的な付き合いにまで発展している。

これは、ほとんどスパイ工作の手法、そのままではないか。

第二章

ホテルの窓を細く開け、潮気の強い外気を取り入れる。

下の路地から朝鮮語が聞こえ、窓枠に身を隠しながら見下ろすと、わりと年配の男女が五人、街の中心部に向かって歩いていくところだった。

全員がリュックを背負っている。ハイキングから帰ってきた観光客のように見える。夕方のフェリーで帰るらしい。出発は何時かと、最後尾の女性が大声で尋ねている。

芝居、ということはなさそうだった。

本物の韓国人観光客。そう見て、まず間違いないだろう。

朝鮮民主主義人民共和国、即ち北朝鮮は今、明らかな岐路に立たされている。

米大統領の提唱する「ニュー・ワールド・オーダー」に屈し、核を放棄、現体制の解体を受け入れ、世界と共に新たな道を歩むのか。それとも、飢えた国民が凍えた大地の土となるのを横目で見ながら、偽札と覚醒剤、ミサイルと核によって世界を脅かし、綱渡り的に現体制の維持を図るのか。

答えは出ている。後者だ。

北朝鮮はこれまで、一度たりとも循環型の社会機構を構築しようとなどしたことはなかった。

農業は、肥料と農薬の大量投入による破滅型。経済は市場原理の導入がいまだなされておらず、公営市場より闇市が活況を呈するようになって、初めて一部を公営化するというなし崩し型。重工業は、時代遅れの発想と継ぎ接《は》ぎだらけの設計図を弄《いじ》り回し、とても国際メディアには晒《さら》せない出来損ないのミサイルばかりを抱え込んでいる不良在庫過剰型。国家運営は、朝鮮労働党総書記が国防委員会委員長と人民軍最高司令官を兼ねるという、極度に硬直した中央集権体制による典型的な腐敗型。国益に至っては、暴力と犯罪によって他国から調達するという強奪型だ。

国民のことを考えない国家元首に怖いものなどない。自国民が死のうが腐ろうが関係ない。自らの地位と名誉を維持するためならば、そのために必要な周辺の官僚に贅沢品を行き渡らせるためならば、偽札も誘拐も覚醒剤も詐欺も是とする。そんな彼の目に、支持率の上がり下がりに一喜一憂するこの国の元首の姿はどのように映るのだろう。さぞや滑稽《こっけい》なものに見えているのではないか。

他国からの干渉がなければ、彼はその命が尽きるまで国民の生き血をすすり続けるつもりだ。それはまず間違いない。

そんな悪の枢軸を、なぜアメリカが今まで放置してきたのか。世界共通の害虫を駆除するのに今一つ本腰を入れなかったのか。その答えも分かりきっている。北には資源がないからだ。国情を安定させ国交を樹立したところで、お宝を何一つ持っていないのでは侵略予算のかけ甲斐がない。

どんなに厄介な相手でも、油の出る井戸さえ持っていれば、アメリカは徹底的に付き合う。体制を崩壊させるための戦争も、内政干渉もとことんやる。

だが、北には一滴の油もない。それどころか、昨今は国内需要に見合う供給すら受けられない状況にある。

かつて面倒を見てくれたロシアも、今現在は原油の供給をストップしている。千年属国として子飼いにしていたよしみか、中国だけは多少油を垂らしてくれるが、これがまたえらく粗悪な品質ときている。

こんな国をアメリカが相手にするわけがない。世界の警察も、報酬が出ないと分かっていたら働かない。

だが、本気で困っている国、人もいる。

いうまでもなく、それはまず日本だ。核とテロの脅威に晒され、拉致被害者は戻らず、朝銀の破綻に際しては莫大な国庫負担を余儀なくされ、今また偽札の流入が懸念されている。

次に挙げられるとしたら、やはり同胞隣国の韓国だろうか。大統領は媚朝の姿勢を崩さないが、韓国政府は北の現状をよしとはしていない。脱北者は跡を絶たず、体制が無計画に崩壊すれば難民の流入は避けられない。そうなったら、今度は自国が窮地に立たされる。祖国統一などというのは表向きのスローガン、得意のプロパガンダにほかならない。本音をいえば、三十八度線は保ったまま、あっちはあっちで立ち直ってほしいと思っている。むろん、北朝鮮人民が一番つらい。いや、立ち上がるべきはやはり、北朝鮮の国民なのである。実際、その兆候もあるにはある。

九〇年代に入って国家元首である総書記が交代。以降、総書記の暗殺計画は二十回以上も企てられている。だが、そのいずれもが失敗に終わっている。総書記も馬鹿ではない。護衛の層は年毎に厚くなり、今では官邸と執務室がトンネルで直結しているとまでいわれている。

もはや、暗殺は銃器では成功しない。我々はまず、その点を第一に認識しておかねばならない。

ここに、朴《パク》大容《デヨン》という男が立案した、一つの計画がある。

仮に「アイアン計画」としておく。

朴大容は、かつて護衛司令部第二総局の局長も務めた、朝鮮人民軍の元高官だ。七年前に総書記の暗殺を企て、だが事前に情報が漏れて失敗。のちに自身と数名の部下は脱北に成功したが、それ以外の部下、関係者、血縁者は皆殺しにされた。彼の妻と一人息子、二人の娘に至っては、平壌《ピョンヤン》郊外の緑地帯に両脚を切断された状態で三日間磔《はりつけ》にされ、死亡したのち、その場で戦車に踏み潰されたという。

それでも彼は、この「アイアン計画」を私怨によるものではなく、あくまでも朝鮮人民の解放を目的としたものと位置付けている。私は、彼のそんな志に共感、計画への参加を決意した旨を告げ、今日に至っている。

私がこの計画の第一段階として引き受けたのは、日本国内における協力者の選定であった。

海上運輸のルートを持つ企業。しかも、アメリカと直接行き来する便を利用する商社。その中に、北の体制崩壊を望む人間がいるのが最も理想的だった。そこがこの計画の出発点になる。基礎調査は極めて重要だった。

まず、公に出回っている資料から絞り込んでいった。初期条件をクリアし、なお会社が安定した利益を生んでいれば申し分ない。場所は東京がいいだろう。地方都市のゆるい税関も魅力的だが、「木は森に隠せ」という。スパイ及び工作活動も同様、やはり都会の方がカムフラージュはしやすい。

半年ほどの基礎調査で私がこれと定めたのは、東侑エンタープライズという、新宿に本社を置くスポーツ用品の専門商社だった。

ここの代表取締役は、呉虎男という在日二世。だが私が注目したのは彼ではない。その実子、長男である呉吉男だった。

英男という次男もいるが、これよりは長男の方が適任と思われた。次男は小学校から中学までは区立に、高校は都立校に通っていた。これでは満足な民族教育は受けられない。

この、幼少期に民族教育を受けたか否かは重要だった。

小学校の間だけだったが、吉男は朝鮮学校に通っている。二〇〇〇年を過ぎた頃からは朝鮮学校でも個人崇拝的教育をカリキュラムから排除したり、本国の共産主義教育とは異なる在日民族教育を導入したりしてきてはいるが、吉男が通った八〇年代は、まだバリバリの民族教育がまかり通っていた。

日本の小学校が、戦争は悪いことだ、太平洋戦争は失敗だったと教える程度であるのとは対照的に、朝鮮学校では、半島が植民地支配を受けた経緯から、現体制が確立されるまでの現代史を徹底的に叩き込む。むろんそこにあるのは、大日本帝国の暴挙と、その被害に遭った我々の先祖、というお決まりの図式だ。あるいは戦後、拝金主義の泥沼に沈んだ日本人と、崇高な社会主義を標榜《ひょうぼう》し、「地上の楽園」を作り上げた英雄の姿だ。

また朝鮮学校では、一応我々はこの日本社会で生きているのだから、日本人とは親善を図らなければならない、と教えている。だが一方で、絶対に日本人に負けてはならない、とすり込むことも忘れない。遠く離れ離れになってはいるが、お前たちは朝鮮民族だ。祖国を誇り、指導者を敬い、忠義を尽くし、共産主義を信じて資本主義を拒絶せよ——それが、朝鮮学校における民族教育の柱だ。

だが、よほどの馬鹿でなければ途中で気づく。

こんなものは嘘っぱちだ、デタラメの大ボラだ、と。

実際、吉男がそうだった。

私が出会った頃の吉男は、そんな民族教育の呪縛《じゅばく》など微塵《みじん》も感じさせない、実に垢抜けた在日朝鮮人だった。

「よくまあ、真顔であんなことが言えたもんだと思いますよ……いま思い返すと、ですけどね」

吉男は私を同胞と認め、腹を割って話をしてくれた。

「中学に入った頃は、ほんと苦労しました。若松って、通名を使ってましたからね。日本人の振りをしなきゃ、朝鮮人だってバレないようにしなきゃ、って……でも、いつのまにか忘れてるんです。在日とか通名とか、そういうこと全部。普段の生活と、学校生活が地続きになったってのが、大きかったですね。朝鮮学校の頃は、学校内では朝鮮語でしょ。

普段の生活は日本語なのに……そんなの、一緒の方がいいに決まってるんですよ。マンガもテレビも、好きな歌も日本語。だったら、友達と話す言葉も、授業も日本語の方がいいに決まってます。子供なんて、そんなもんですよ」

　そうはにかんで語る彼は、実に好ましい青年であった。

「そのうち、歴史の授業とかで習うわけですよ。朝鮮学校で習ったのと、同じ時代のことを。でも、びっくりしました。ほんと。だって日韓併合なんて、たったの三ページですよ。金日成なんて、脚注に一行、ちっちゃく載ってるだけ。韓国と北朝鮮の独立の経緯なんて書いてもいなくて、朝鮮戦争に至っては、あとは家で読んでおくように、ですからね。舐めてんのかと思いましたよ」

　ひとしきり笑ったあと、彼はかぶりを振った。

「……でも、それに異議を唱えたりはしなかったです。だってそんなことしたら、なんでお前そんなこと言うの、ってことになるでしょう。その頃はとてもじゃないけど、実は俺、朝鮮人なんだ、なんて、言えなかったですからね。それよりも……日本人の友達と、一緒にいたかった。この国の一員でありたかった。ごく普通に、女の子からプリンセス・プリンセスのCDを借りたり、こっちは爆風スランプを貸したり。そういうことを、してたかった……あの頃が一番楽しかったんじゃないかって、思います。自分でさえ、在日だってことをほとんど忘れてた……あの頃が、一番」

ひと息つき、ビールを喉に流し込む。あまり酒には強くないらしく、ジョッキ二杯で真っ赤になった彼の顔を、今は懐かしく思う。

その後はどうだったの、と訊く。

「……十六歳の、アレですよ。外国人登録証の作成。あれで、やっぱりガツンときましたね。あれ、俺って、ほんとに朝鮮人だったんだ、って……思い知らされるんです。その頃は、親父としょっちゅう喧嘩《けんか》ですよ。なんでいまだに朝鮮人なんだよ、って、どうしてこんなことになってんだよ、って。でも、ちょうどその頃に、母親が亡くなって……なんか有耶無耶《うやむや》になっちゃって。親父は……すまない、すまないって、それしか言わなかったです。今は、辛抱してくれ……そればっかりで」

帰化という方法は考えなかったのか、とも訊いてみた。だが、彼は答えなかった。曖昧に首を傾げるばかりで、それについては喋ろうとしなかった。

それでも会う回数を重ねていき、私という人間の北に対するスタンスが分かってくると、彼の方から自然と話し始めた。

「親父自身は、総連とは付き合いがなかったし、朝銀にもそんなにべったりじゃなかったんで、いいんですけど、何しろ、祖母と叔母が北にいましたからね。帰化するって知れたら、あっちで何されるか分かんないって……たぶんそういうのが、あったんだと思います。実際、その後に一本釣りに遭いましたしね。ひどい年なんて、二億ですよ、二億……それ、俺も手伝いましたからね。万景峰《マンギョンボン》号に運び込むの。わざわざ新潟まで現金で運んで、紙袋に小分けして、他の乗客と手分けして運び込んで……なんでこんな目に遭うんだ、なんで顔も知らないバァさんや親戚のために、俺たちが稼いだ金、二億も送ってやんなきゃなんないんだって、ほんと、悔し涙が出ました。親父も憎かったし、万景峰号も……北朝鮮は、何よりも憎かった」

その気持ちが確認できれば、充分だった。

私はそれから、初めて自身の立場について説明した。「アイアン計画」とは何か。そのために自分たちは、日本で何をなすべきなのか。

彼は、ひと通りの説明が終わる頃には、ガクガクと肩を震わせていた。

「……そんな、なんで……俺に、そんなこと」

協力してほしいのだと、率直に言った。

「で、できないですよ……そんな、大それた」

むろん、最初から承諾してもらえるなどとは思っていない。私も二段、三段構えで攻め落とすつもりでいたから、そのときは引いた。私の気持ちと、決意さえ分かってもらえたらいいのだと、聞いてくれてありがとうと、手を握り合ってその夜は別れた。

善良な人間が道を踏みはずすには、それなりのきっかけが必要である。大いなる決心をするには、それに見合ったエピソードが要る。それは、周りがお膳立てしてやらなければならない。

まず、積荷だ。

中国を経由してくる東侑のコンテナには、密入国者が乗っている。そういう情報を関係筋にリークする。調べるのは入国管理局だ。これで予定していた荷が東侑の倉庫に入らなくなる。むろん、それを当てにしていた客はカンカンに怒る。

ついでに、その客にも情報を流してやる。東侑の荷は入管の抜き打ち検査に引っ掛かってますよ。それで荷が入らないんですよ。なんたって社長は在日ですからね。そういう怪しげなビジネスにも、手を出してるってことなんじゃないですか。

数日経って、密入国云々はデマだったことが判明する。だがもうその頃には、東侑はその得意先から契約打ち切りの三行半《みくだりはん》を突きつけられている。密入国の手引きをするような会社とは付き合えない。それがデマだと分かり、東侑側が釈明に出向いても、関係は修復されなかった。大口の客だったので、東侑のダメージは甚大だった。

別のパターンも試みた。覚醒剤、拳銃。だがどれもデマ。それでも顧客離れは進む。またそれとは別に、北の送金要求は依然として厳しく続けられていた。

私は吉男が暴発するのを待っていた。頼むから、前に言っていた計画に参加させてくれ。彼の方からそう言ってくるのを心待ちにしていた。

だが、暴発したのは別のところだった。

虎男だ。彼がある日、突然自殺してしまったのだ。

正直、困った。これで東侑も終わりかと思った。だがそうはならなかった。吉男が即座に会社を継いだからだ。

彼は来る日も来る日も得意先を回り続けた。離れていった取引先にもだ。そして頭を下げ続けた。そもそも営業部門を担当していた彼は、そういった巡回訪問が決して苦手ではなかった。

このお詫び行脚《あんぎゃ》はなかなか見ものだった。主体思想などという妄想に憑《つ》かれた朝鮮人には到底できない芸当だった。いや、日本人でもここまで肚を据えてできる若者は滅多にいないのではないか。

そして、彼は私にこう言った。

「お願いします……俺も、例の計画に、協力させてください」

瓢箪《ひょうたん》から駒《こま》とはこのことだ。

虎男の自殺という想定外の出来事はあったが、結果的に吉男は東侑の経営権を一手に握ることになり、得意先もほとんど戻り、会社の経営状況はむしろ以前よりも安定した。挙句、デマに踊らされた過去のある税関や入管は、東侑の積荷検査に消極的になるという嬉しい誤算までついてきた。

私はむろん二つ返事で、彼の計画への参加を了承した。

だがここにきて、また想定外の出来事が起こってしまった。

今度は、呉吉男が何者かに殺害されてしまったのだ。

すでに東京を離れていた私に、当初、吉男の身に何があったのかを知るのは不可能だった。むろん犯人の見当もつかなかった。ただ、考え得る可能性は三つだろう、とは思った。

アメリカサイドか、朴陣営か、あるいは北の軍部か。

アメリカサイドの仕業なら話は簡単だ。そもそも「アイアン」はアメリカから持ち込まれたものなのだから、何かのトラブルで関係者が寝返っても、また別セクションが計画を察知して阻止に動いたとしても、吉男殺害という処置は大いにあり得るところだ。また北の軍部が計画を嗅ぎつけ、行動を起こしたというのもありそうな話だ。奴らだって「アイアン」は欲しい。喉から手が出るほど。

だが朴陣営の仕業となると、少々話が難しくなってくる。

なぜ協力者である呉吉男を、朴陣営が消す必要があったのか。そもそも、吉男殺害は朴大容の意思なのか。それとも現場レベルの、突発的に起こってしまった事故なのか。仮に朴大容の意思であった場合、それには一体、どういう意味があったのか。

だが私に、それについて深く考える猶予は与えられなかった。それでなくとも朴大容は、計画を予定通り遂行せよと私に命じてきていた。むろん私は、その命に従った。計画を完遂できるよう、軌道修正をして挑むほかなかった。

また今回は殺人事件であるため、警視庁刑事部の出方も気になった。諜報活動に携わる者は、ときに刑事警察の実力を下に見るが、私はそうは思わない。同じ事案に同時に携わった場合、その姿を公に晒していい彼らの捜査活動は、やはり迅速かつ的確で力強い。

さらにいうならば、本部から出張ってきたのは捜査一課殺人班六係。私が独自に取り寄せた資料によると、殺人班六係は、東弘樹という警部補が異動してきて以降、格段に検挙率を上げている売り出し中のセクションらしい。なかなか、厄介そうな相手だ。

これに対して、公安部の方はどうか。

東侑エンタープライズが在日朝鮮人を代表取締役においているということで、外事二課が三年ほど前から張り付いている。係は第四。総勢四名のチームだが、班長をしている前田警部補はなかなかの切れ者だ。潜入捜査を得意としたことから、部内では「もぐらのモグ」と呼ばれ、以前泥沼の諜報合戦を演じた相手、中国の情報機関、国家安全部からは「蜘蛛網《ジジュワン》」として今なお怖れられている。

その下には荒巻、広瀬、川尻という巡査部長がいる。まあ、この辺は大したタマではない。大勢に影響を及ぼすものではない。

しかし、ここにこそ日本という国の警察組織、並びに諜報機関の抱える矛盾がある。

日本国内には公安調査庁を始めとし、外務省の国際情報統括官組織、内閣官房に属する内閣情報調査室、電波・画像情報に強い防衛省情報本部など、いくつかの諜報機関があるが、質量共に抜きん出ているのは、間違いなく警察庁警備局である。

通常警察庁は、都道府県警察本部間の調整役に甘んじることが多い機関だが、こと公安に関しては全く事情が異なる。

警察庁警備局は、警視庁公安部と各警察本部の警備部公安課、さらに日本各地にある所轄警察署の警備課に属する係員までを、一元的に指揮管理する国内最大の諜報機関なのだ。

この公安警察がどれほど巨大な組織であるか。

例を挙げるとすると、防衛省情報本部に属する人員が約二千三百名。これに対し、警視庁の公安部は単独で、ざっと二千名を抱えている。一地方警察本部に過ぎない警視庁の公安部に、二千名だ。その他道府県警本部の警備部公安課、所轄署の警備課係員まで入れたら、数万人規模の諜報機関になると考えていい。

ただ、この公安警察は現状、国策には一切関与しない。

公安警察の目的は、あくまでも国内治安の維持にある。つまり、左右両翼に共産主義政党、外国人スパイやテロリストの情報収集と取り締まりに限られている。

公安警察は、知り得た情報を外部には漏らさない。むろん規律に反する人間も、個人的な癒着《ゆちゃく》でリークする人間も一定の割合でいるにはいるだろう。だが組織運営の建前としては、そうなっている。どんなに重要な情報を入手しても、首相官邸に報《しら》せもしなければ、各省庁に公開したりもしない。ただひたすら、国益に反する集団を取り締まり、監視をし続ける。そういう組織なのである。

そこが、甘い。

たまたま触ってしまった敵が、公安の手には負えない国際問題の種だったらどうする。下手をすればアメリカも中国もロシアも敵に回す、そういう事案だった場合はどうする。反目する刑事警察と手を組めるか。防衛省と足並みを揃えられるか。高度な政治判断を必要とするケースではどうだ。少しだけ内閣情報調査室にリークしてみるか。

さあ、どうする。公安部外事二課の諸君。

まずは、諸君のお手並みを拝見するとしようか。

1

大学三年のときに一年留年してしまったので、警視庁に入庁した時点で、川尻は二十三歳になっていた。

警察学校を卒業して配属されたのは、杉並区の荻窪《おぎくぼ》署。最初はご多分に漏れず、地域課の交番勤務だった。

立番、巡回、地理案内、落とし物の処理。小学生が現金を届けに来た場合、

「わざわざ届けてくれてありがとう。これはちゃんと落とし物として、お巡りさんが預かっておくね。その代わり……こっち」

五百円までは、自分の財布から同額の貨幣を出して渡し、

「これはお巡りさんから、君にご褒美《ほうび》。お小遣いにしていいよ」

その場で処理。子供の笑顔というのはなかなかいいものだと、この頃初めて思ったように記憶している。

あれは四年目の冬だったか。第二当番、いわゆる夜勤に当たっていたある夜、警備課の先輩巡査部長が交番を訪れた。

「おーい、森ちゃーん。こいつ、川尻、しばらく借りるよォーッ」

彼はいきなり奥の居室に大声で言い、

「……ちょっと来い」

川尻は首根っこを摑まれ、パトカーに放り込まれた。そのまま署に連行され、誰もいない会議室に連れていかれ、パイプ椅子に座らされた。

「お前、韓国語ができるそうだな」

何がなんだか分からなかったが、確かに、履歴書にそう書いた覚えはあった。しかしなぜ、そんなことを警備課の人間が知っているのだろうかと、当時は疑問に思った。

「いや、できる、ってほどじゃ……大学の、第二外国語で履修しただけですから」

「でも、ハングルくらい読めるんだろう？」

「ええ、まあ……一応」

「ちょっとよ、これ、何が書いてあるのか見てくんないか」

彼が懐から出したのは、ハングルと少しの数字が並ぶ、何かのリストだった。

「いやぁ、いきなりは、分かんないです。無理ですよ。自分、そんなに優秀じゃなかったんで」

「じゃあ、どうしたら分かるんだよ」

彼は滑稽なほど必死な表情をしていた。

「……辞書があれば……なんとか」

「持ってんのか、辞書」

「いえ、今は、ないです……」

「寮か」

「いや、実家ですけど」

「実家ってどこよ」

「川口です……埼玉の」

しばし絶句。

「……川口か……かといって、本屋が開いてる時間じゃねえしな」

だが、立ち直りは早かった。

「よし、川尻。ＰＣ（パトカー）出してやっから、実家戻ってとってこい」

ええーッ、と叫ぶと、頭を真上から思いきり叩かれた。

「四の五の言うんじゃねえ。とっとと行ってこい。事故らねえ程度に平均時速百キロ走行だ」

彼が警務課の配車係にどう説明したのかは分からないが、実際に捜査用ＰＣ（覆面パトカー）が貸与された。

「じゃあ、行ってきます……」

「おう。気ぃ付けてな」

道中、生活安全課なら韓国語辞典くらい持っていたんじゃないか、二十四時間開いている書店が近くにあったのではないか、などと思いもしたが、戻る気にまではならなかった。夜中だったので、片道だいたい三十分ほどだった。むろん、スピード違反などはしていない。

着いたときには、まだ妹が起きていた。

「お母さァーん、お兄ちゃん帰ってきたよ」

「よせ、起こすな」

とりあえず、妹専用の物置と化したかつての自室に入り、押入れの段ボールから韓国語辞典を見つけ出し、

「……冬吾、こんな夜中に、何やってんの」

「うるせェな、いま俺はそれどころじゃねえんだよ」

再びPCをかっ飛ばして署に戻ったのが、出発からほぼ一時間半後だった。

そのまま会議室に行く。

「……行ってきました」

「おう、ご苦労。辞書、あったか」

「はい、ありました」

「うん、でかした。まあ、好きなの食えよ」

コンビニのシュークリームに、プリンアラモード。ポテトチップに、コーラ。それと、なぜかチクワ。

「はあ、じゃあ……遠慮なく」

ポテトチップをつまみながら、早速作業開始。だが、どう読んでもそれは、警察が把握すべき情報には思えなかった。

「キムチ、キムチ、キムチ、ここら辺は全部キムチですね……これは、ええと……ああ、春雨《はるさめ》、ですかね。麺の」

彼の表情も、次第に曇り始める。

「なんかこれ、全部食べ物ですけど。食材っていうか……これは、スパム。こっちは、なんだろな……いわし、の、エキス、かな……それと……え、えご、エゴマ、の、葉っぱ？　エゴマってなんですかね」

「どっちみち葉っぱなんだろ？　だったらいいよ、そんなのは。次いけ、次」

なんだかんだ、リストの最後の方まできた。

「ぽ……ポンデギ？　って、なんでしょうね。知ってます？」

「ちょっと待ってろ。パソコンで調べてくる」

しばらくして戻ってきた彼は、顔を真《ま》っ蒼《さお》にしていた。

「……駄目だ。俺、パス」

「何がですか」

「だから……ポンデギ。蚕のよ、サナギをな、茹《ゆ》でたんだか、蒸したんだか……なんか、ようするにそういう食い物だよ。韓国人、よくあんなもん食えるな」

日本人だってイナゴの佃煮《つくだに》や蜂の幼虫を食べるでしょう、と言ってはみたが、逆に「お前は写真を見てねえから分かんねえんだ」と怒鳴られた。

そんなことはさて措き、どうもそのリストの内容は、彼の望んだものではなかったようだ。

「おかしいな……こんなはずじゃなかったんだけどな」

その後も度々、彼からはハングルの解読を依頼された。ワープロで打ったものもあれば、手書きのノートもあった。川尻も段々面倒になってきて、いい加減自分で読めるように勉強したらどうですかと、辞書を押しつけてしまおうかと思った。

そんな頃になって、

「……これって、もしかして」

妙な一文を発見した。

「なんだ」

それは、一枚のメモだった。

「あの……ここは『日本のヤクザ』という意味です。ですが、ここ……これは、そのまま『チャカ』と発音します。続けると、日本のヤクザに、チャカ、缶詰の……下？　缶詰の下の、中、とか、そんな意味です」

彼は、にわかに表情を明るくした。

「ヒットだッ」

すぐさまそのメモをポケットにしまい、会議室を出ていこうとする。が、思い直したように振り返り、いったん開けたドアを静かに閉めた。

「……川尻。このことは、絶対に誰にも言うなよ。特に生安や防犯、マルＢ（暴力団担当）

には、訊かれても絶対に喋るな。いいな」

秘密裏な雰囲気はひしひしと感じていたので、川尻も他言するつもりはなかった。だがそもそも、これについて誰かに何か尋ねられるということ自体がなかった。その後も、一度も。

やがて迎えた春の定期異動で、その先輩は本部に異動になった。

「……お前のお陰だよ」

送別会の席で彼は、こそっと川尻に囁いた。

「そのうち、ちゃんと礼はするから」

「いや、いいですよ別に」

だがそれ以後、彼と顔を合わせることは二度となかった。礼というのも、あの場だけの社交辞令だと思っていた。

その次の定期異動で、川尻にも辞令が出た。

行き先は池袋警察署、警備課公安係。

池袋といえば、都内でも指折りの繁華街だ。そこを管轄する署に行くというのは、荻窪署員である自分にしてみれば、明らかに栄転といっていい処遇だった。

しかも、警備課公安係。三ヶ月前、急に上司から「公安講習、行ってこい」と言われ、講習を終えて警察学校から戻ってきたら、この異動だ。自分の講習受講は、この異動とセットだったと考えた方が自然だ。

だとしたら、心当たりはアレしかない。

「そのうち、ちゃんと礼はするから」

もしかして、あれか。ハングルの翻訳か。

それが大した能力でないことは川尻自身が一番よく知っている。だがそんなことには構わず、本部に異動していった元警備課の彼は、たいそう恩に着てくれていた。

ひょっとしたら、あの「チャカ」と書かれたメモが、とんでもない事件の摘発に貢献したのかもしれない。それによって彼は多大な評価を受け、本部の公安部に引き上げられた。そこで「実はこれには、川尻という後輩巡査が協力してくれたのです」とかなんとか上司に言い、だったらその川尻も公安に引っぱろう、となった。そういうことかもしれない。

池袋署に移った当初は、アパート連絡という業務を担当した。

一軒一軒アパートを回り、どんな住人がいるのかを聞いて回るという点では、地域課時代にやった「巡回連絡」に似ていたが、その目的は全く違っていた。

なんらかの思想を持ったグループが拠点を構えていないか。あるいは「発射弾対策」といって、重火器の保管や製造に利用されていないか。そんなことを調べて回る仕事だった。

なかった。そんなのは、全く。

ただ、自分でいうのもなんだが根が真面目なのだろう。親しくなった外国人留学生の、日常の困りごとの相談に乗ってやっただとか、不法滞在者を何名か偶然摘発してしまっただとか、はたまた挙動不審の男性がいたので尾行をしてみたら下着泥棒だったとか、そんなこんなを詳しく報告書に書いていたら、ある日、係長に呼ばれた。

「お前、明日からサッチョウに行け」

「は？　俺、なんかやっちゃいましたか」

人事に呼ばれて何か処分でもされるのかと思ったが、よく考えたらそれは警察庁ではなく、警視庁警務部の所掌事務だった。

「理由は、俺にも分からん……が、たぶん『チヨダ』だろうな」

その瞬間、襟首《えりくび》から冷たい砂を流し込まれたような、そんな悪寒《おかん》に見舞われた。

かつて中野の警察大学校内にあったという、公安警察の協力者獲得作業指令本部の通称が「サクラ」。有望な公安警察官を全国から集めて教育し、それを管区に戻したのちも中央から直轄するという諜報機関だ。それが、一九八五年の共産党幹部宅盗聴事件を契機に警察総合庁舎内に移転し、ついでに名前も「チヨダ」と変更になった。現在はまた組織が改変され、「ゼロ」と呼ばれるようになったとも、呼称そのものがなくなったともいわれているが、定かではない。

「……分かりました……失礼します」

　指示通り、翌日は警察庁に登庁した。

　場所は五階。警察庁図書室や同捜査一課手口係、警視庁科捜研などがあるフロアの一画だ。部屋自体はなんの変哲もない会議室のようだったが、会議テーブルの上には様々な通信機器が並べられていた。

「教官の、ムライです。諸君には今日から、警備専科教養講習を受講してもらう。期間は三週間と短いが、その間に諸君は、諜報活動に関する全てを身につけなければならない。心して、臨むように」

　受講者は川尻を入れて四人。全員が地名のようなコードネームで呼ばれた。川尻は「トシマ」。池袋署が豊島区にあるからだろう。他の者はイケダ、アサクラ、キタ、だった。教官も含め、全員の階級、年齢が伏せられた。ここでの講習が終わったら、もう一生会うことはないのだろう。わけもなく、そんなふうに感じた。

　確かに、覚えるべきことは山ほどあった。

　盗聴器、カメラ、受信機、無線機などの扱い方、仕掛け方。郵便物を開けて、また元通りに戻す練習。鍵の種類の見分け方と、万能鍵の扱い方。鍵穴から鍵を作る方法。証拠を残さずに行う室内の探索方法。外に出たら尾行の練習。これには直列式、併列式、循環式、曲角式という基本形があり、さらに複数を組み合わせた形まで徹底的に体得させられた。

座学では左翼、右翼、共産主義政党、特殊宗教団体、外国人スパイやテロリストの実態、特徴、現状などを学び、それぞれに相応《ふさわ》しい探索、基礎調査、対象の選定、策定、接触、説得、獲得、運営、育成の方法を叩き込まれた。

また変装や、ものを触って指紋を残さない方法も練習させられた。声色の使い分けや、立場を偽った場合の言葉遣いも数パターン習った。

最後の一週間は、ムライ教官とマンツーマンになった。他の三人がどうなったのかは分からない。ムライからは朝鮮人、韓国人、中国人、それぞれの在日について、ありとあらゆることを教え込まれた。

国民性、歴史認識、生活習慣。中華思想、事大主義、主体思想。朝鮮総連と韓国民団、華僑《かきょう》。反日教育の実態、論争になった場合の対処方法。各国にパイプを持つ政治家の具体名、癒着の実態、政策の方向性、党内での人脈とポジション――。

ムライは何度も繰り返し語った。

近隣アジア諸国の人間は、あの手この手で日本を食い物にしようとする。実際、政治家が下手を打つたびに、国益は大きく損なわれてきた。我々がそれを喰い止めなければならない。外国人は何をしでかすか分からない。何もしないかもしれないが、する可能性は日本人より格段に高いと思え。これが国防であることを胆に銘じておけ――。

疑問がないではなかった。特に在日朝鮮人についてになると、いつも倉田亜佐美のことが脳裏《のうり》に蘇った。

彼女を死に追いやったのは、なんだった。有形無形の、日本人からの差別が原因だったのではないのか。帰化した北村と栗田は、本当に日本人になっていたのか。帰化さえすれば、祖国のために行動しようとする可能性はなくなるといえるのか。帰化しない在日は、いつ反日テロに走るか分からないというが、そんな懸念を根拠に、自分たちはいつまで、どこまで彼らを監視し続けなければならないのか。それは本当に、警察がやるべきことなのか——。

ムライは見透かしたように言った。

「君は目の前の事象に対し、いちいち感情移入したり、逆に大局を見渡そうとなどしなくていい。ただ対象を見て、聞いて、読んで、それを報告する。その情報に意味を見出すのは上層部だ。君ではない。己の立場を弁《わきま》えろ」

やがて講習は終わり、池袋署に戻された。ここで見たこと聞いたこと、したことは、一生他言しない旨の誓約書を書かされた上で。

以後はときおり、奇妙な命令を受けるようになった。しかも全て、警察庁警備局から直接だ。

『送った写真を見たか。その男が、池袋プラザホテルの二〇五号室に泊まっている。一週間、行動を監視しろ』

『丸井の裏に「ダイヤ」という喫茶店がある。そこに写真の男が来るまで見張れ。現われたら尾行して拠点を突き止めろ』

途切れなく任務が続くと、ひと月ふた月休みがとれないことも珍しくはなくなった。

それでも容赦なく任務は言い渡された。見張れ、撮れ、見張れ、撮れ、撮れ、尾けろ、撮れ見張れ撮れ撮れコピーしろ、録れ尾けろ見張れ、尾けろコピーしろ撮れ、見張れ、尾けろ撮れ録れ撮れ撮れ――。

監視対象への感情移入など、いつのまにかしなくなっていた。ただ機械的に見て、聞いて、あるいは読んで、報告する。倉田亜佐美のことも、あまり思い出さなくなっていった。

だが一方で、下命がないときの公安係員は暇だった。気分転換にちょうどいいかと思い、巡査部長昇任試験の勉強を始めたら、すぐに合格してしまった。昇任に伴なって神田署の地域課に異動になり、それでようやく、公安捜査から解放された。

なんだ。任務から逃げたければ、こうすればよかったのか。だったら、もっと早く勉強すればよかった――そう思うと、自分でもなんだか可笑《おか》しくなった。

交番での日々は楽しく、充実しており、忘れかけていた警察官としての誇りを取り戻させてくれた。

だが一年半で、また異動の辞令が出た。

今度は、警視庁公安部外事二課。

警部補昇任試験に合格するのは、たぶん、とても難しい。ひょっとすると自分は、もう二度と、公安から逃げられなくなるのかもしれない。

それがそのときの、正直な感想だった。

配属された当初、四係前田班は中国資本の入った衣料メーカーの監視を行っていた。途中から入った川尻はさっぱり事情が分からず、モニターを見ていても誰が何をしたかの記録もとれないため、自然と料理担当のようになってしまった。

その監視は、なんの前触れもなく撤収させられた。誰かが失敗したわけでも、会社に何かあったわけでもない。ある日いきなり拠点を引き揚げ、以後それについて何かするということは一切なくなった。少なくとも、川尻にはそういうふうにしか見えなかった。真相は今もって分からない。

その直後に着手したのが、東侑エンタープライズの基礎調査だった。

東侑が北朝鮮に、不正に資金を送っているのではないかという嫌疑は最初からあった。逆にいえばまずその事実を押さえ、東侑単体ではなく、受け取り側も根こそぎ摘発したい、というのが作戦の主旨のようだった。

最初は会社内にいる、全ての人物を把握するよう努めた。顔、名前、年齢、住所、役職、趣味、できれば給与や勤続年数も。次に会社に出入りする人間。得意客、銀行員、社会保険労務士、会計士、弁護士、電話会社、新聞屋、弁当屋。飛び込みの営業マンも、本当に飛び込みだったのかどうか、一応尾行して調べておく。

捜査を点から線、線から面へと展開させていき、東侑エンタープライズという会社の実態を、可能な限り多面的に、立体的に把握する。その段階が終わったら、今度は工作対象の選定に入る。つまり、誰をスパイとして仕込むかを具体的に検討するわけだ。

あまり役職が高いのはよくないし、下っ端過ぎても役に立たない。社長を尊敬し過ぎていては説得がしづらいし、関係が浅くては社長に近づくことすら難しい。

さてこの場合、誰が適任か。

長男の吉男というアイデアがまず最初にあった。だが、営業部長にして社長の息子というのは、ちょっと難しいのではないかという意見が出た。また彼は、小学校の間だけだが朝鮮学校に通っており、反日思想を根底に持っている可能性があった。朝鮮学校に一切通っていなくても、家庭での教育で充分反日的になるのが在日朝鮮人だ。小学校だけといえども朝鮮学校に通ったのならば、やはり警戒はしなければならない。

挙句に吉男は、優秀な営業マンという表の顔を持っていた。人当たりがよく、誠実で、仕事の処理も早いという、実に日本人好みの顔だ。反日感情など微塵も見せない、そもそも在日朝鮮人であることすら誰にも悟らせない、完璧な仮面だ。これをいっぺん引き剝がして、本性を剝き出しにした裏の顔を拝んでみないことには、工作対象とするには不安が残った。また上層部も、似たような見解を示していると前田は語っていた。

そんな議論の最中、川尻はたびたび、妙な感覚に襲われた。

自分は、何をやっているんだ――。

呉吉男は、いい男ではないか。文字通り一所懸命に働き、客にも社員にも信頼されている。それの、何を疑えというんだ。いいじゃないか、それで。いい奴じゃないか。なあ、そうだろう、倉田。お前だってそう思うだろ。あいつ、いい奴だよな――。

「おい、アントンッ」

気づいたら吐いていた。腹の底から全部。拠点のリビングが絨毯や畳でなく、フローリングで本当によかった。

「なんだよなんだよ、なに酔いだよ、まったく」

汚物は荒巻と広瀬が処理してくれた。

ソファに横になると、前田がすぐそこに椅子を持ってきて座った。

「……お前、最後の方、聞いてたか」

「最後……いや、すんません。なんの話、でしたっけ」

「やっぱりな……お前の目、二、三分泳いでたぜ。ちょっと、徹夜続きで疲れてんだろう」

そうだったのか。全然気づかなかった。

「……だからさ、吉男はちょっと脇に置いといて、英男でやってみようって話だよ。奴は小学校から公立だし、東侑にも就職してない。でも係わりは持ってる。吉男を含む社の若い連中は、英男の勤めてる店で飲み会やったり、女性社員の何人かは奴のやってるバンドのライブを観にいったりもしている。そのチケットを届けに、奴が社に出向くこともある……ちょうどいい距離感じゃないか、って話だよ」

「ああ、そうですね……」

前田が、困ったように眉をひそめる。

「なに他人事《ひとごと》みたいに言ってんだよ。接触、説得、獲得、運営は、お前にやってもらうんだぜ」

「えっ」

思わず飛び起きた。額に載せていた濡れタオルが前に飛んだ。

「ちょっと待ってください。なんで俺が」

「フィーリングだよ、フィーリング。あっちはロックンローラーだからな。若干シャケとは、キャラがかぶるところがあるし、トノはああいう、サブカルチャーな若造は苦手だろ。かといって俺とじゃ、世代が違い過ぎる……そうしたらもう、お前しかいないじゃないか」

そんな、馬鹿な。

2

東は、バンドメンバーの杉本と池谷に、もう少し詳しく話を聞いた。

「君らのバンド、名前はなんていうの」

杉本は、少し照れたように笑った。

「『リトルウィング』って、いうんすけどね……分かります？」

「あ、うん……小さな翼、だろ」

「いや、そうじゃなくて、何にあやかったか」

東はかぶりを振ってみせた。

「ジミヘンっすよ」

「……ジミヘン？」

地味、変？　いや、そんなわけはなかった。

「ジミ・ヘンドリックスです。六〇年代後期の、伝説のギタリストっすよ。ジミは曲も書いたし、歌も唄った。ベースのノエル・レディングと、ドラムのミッチ・ミッチェルと、『ジミ・ヘンドリックス・エクスペリエンス』ってバンドを組んでデビューして……ちょうど、俺らと同じ編成じゃないっすか。で、ジミの曲に『Little Wing』って、めちゃカッコいいバラードがあるんすよ……つまり、それにあやかったわけです」

なるほど。まあ、どうでもいいことだが。

「……三人で、もう何年くらいやってるの」

「四年、になるかな。最初はヒデ、新宿駅の東口で、一人で弾き語りやってたんすよ。そこにたまたま、俺が楽器屋かなんか行った帰りに、通り掛かって……こいつスゲーって、一発で思いましたね。アコギをガッキンガッキン掻《か》き鳴らしながら……ああ、アコギって、アコースティックギターのことです。つまり、フォークギターってことですけど……んで、こう、歌もね、ほんと、魂とかそういうの、俺あんま思ったことなかったんすけど、ヒデの歌は、ドワァーッときましたね。マジで鳥肌立ちました」

隣の池谷も、それには神妙に相槌《あいづち》を打つ。

「で、ソッコー声掛けたんすよ。当時俺は別のバンドやってたんすけど、かけ持ちでもいいし、なんだったらそっちは辞めてもいいってくらい、思いましたからね。でも……ヒデは最初、全然ノッてこなくて。エレキだって持ってんだろ？　そういう方がお前は映えるよ、俺ドラムやってんだ、ベースもすぐ見つけられる、だから、バンドでやろうぜ、って……それでも、全く。俺はいいんだ、一人でいいんだって……まあ、あとで理由は分かりましたけどね」

杉本がタバコを銜える。ちなみに東は禁煙四年目だ。今でも他人の吐く煙を密かに吸い、それで我慢している。

「もうその夜は、しつこく付け回して、追い回して……ようやく、携帯番号の交換にだけは成功しましたよ。そしたら今度は、電話攻撃。もちろん、ヒデの路上は全制覇っすよ……そのうち、ちょっとずつ話をするようになって。缶コーヒー買って、お疲れって持ってったり……そしたらあるとき、あいつ、スンゲー悔しそうな顔して言ったんすよ。実は俺、日本人じゃないんだ、って……」

そう語る杉本も、悔しげに頬を歪《ゆが》ませる。

「在日朝鮮人なんだ、係わんない方がいいぞ、って……相当苦労してきたなって、俺、感じました……俺んちの斜め向かいが焼肉屋で、そこの家族も在日で。いっこ下の幼馴染みがいたんすけど、うちの親とか、ことあるごとに、あそこは朝鮮だからあんま遊びに行くなとか、平気で言うんすよ。でも、そんなの子供に関係ないじゃないっすか。外で遊んでて喉渇いて、うちに冷たい水あるから飲みにおいでって言われて、そんときに、お前んち朝鮮だから行けないって、そんなこと言えますか？　クソでしょ、そんなの」

半分ほどで、タバコを灰皿に捩《ね》じり潰す。

「実際そいつ、同級生からハブられてたこともあるみたいで。なんか俺、そういうの、すっごい嫌で……でも、学年違うから、どうしてやることもできなくて。せめてと思って、見かけたら、一緒に帰ったりはしてたんすけど……ああ、関係ないっすね。ヒデの話でしたね」

東は、あえて「いえ」と応ずるに留めた。

「……あいつ、路上やる前は、やっぱバンドでやってたんです。でも、ちょっと調子が上向いて、事務所に入れるかもってなったときに、いつまでも内緒にしといたらマズいかなって思ったらしくて。メンバーに、在日だってカミングアウトして。そしたら、事務所の方は別に、全然大丈夫だったんだけど、メンバーの一人が、そういうのすごい嫌いだったらしくて……今で言う、ネット右翼みたいな、そういう感じだったみたいで。いろいろ、キッツいこと言われたみたいで。それで、バンド自体が空中分解。もう、バンドはたくさんだって……当時はまあ、そんな気分だったらしいです」

杉本がアイスティーを口にすると、なんとなく、他の三人もグラスに手を伸ばした。

「……俺、必死で説得しました。在日とか、そんなこと関係ねーじゃん。お前の歌、ぜってーいいから。っていうかそういうの、逆に武器だから。お前の抱えてるもん、ぜってーいになって。ヒデのこと話したら、めちゃめちゃ興味あるって言うんで、それでこいつも巻き込んで、二ヶ月かかって、ようやく口説き落としました。だから俺、このバンド、リトルウィング、絶対成功させたいんです。ヒデに、俺は在日だけど文句あっかって、胸張って唄ってもらいたいんです……まあ、あいつはそういうの、わざわざ言うの好きじゃないですけどね」

よく分かった。四年前のバンド結成秘話は、充分理解した。

「……じゃあ、そのアンドウさんって人が見にくるようになったのは、いつ頃からなの」

「んん……二年前、くらいですかね」

呉虎男の自殺の、一年ほど前ということか。

「じゃあ、それからの二年間、そのアンドウさんは、毎月欠かさず来てくれるの」

「いや、二年前はまだ、月イチではできてなかったんで、三ヶ月とか、それくらいにいっぺんだったですね」

「チケットを、まとめて買ってくれるようになったのは？」

「いつ頃だろうな……ちょっと、うろ覚えですけど、三回目とか、それくらいからじゃないですかね」

三ヶ月にいっぺんで三回目なら、初回から数えて約半年後。かなり長いスパンにも思えるが、これがスパイ工作なら、決しておかしな話ではない。

「そのアンドウさんは、何枚もチケットを買ってくれる。つまり彼は、そのチケットを、別の誰かに捌《さば》くか、あげるとかしてるはずだよね」

「ええ、そっすね」

「アンドウさんのそれできてくれるお客さんって、どんな人が多いの？」

　杉本が首を傾げる。

「いや、そういう人たちまで、打ち上げに来るわけじゃないから、どんな人かまでは、分からないですね」

「全然？」

「うーん……店側は、若い女性客が増えたね、みたいに言ってましたけど、それってヒデの親父さんの会社の、ＯＬさんのことだと思うんすよね……だから、どうなのかな……ちょっと、分かんないです」

　怪しい。

　もし東がチケットをまとめ買いしたとしたら、それはやはり警視庁の女性職員だとか、そういう職場関係の人間に配らざるを得なくなるだろう。当然、会場でも一緒に見ることになる。そしてライブハウスというのは、おそらくそんなに広い場所ではない。ステージが終われば、メンバーも外に出てくる。会うのは決して難しいことではないはずだ。新宿や渋谷で、汗で化粧の落ちたそれっぽい男たちと、楽しげに話をする女性の集団を見たことがある。あんな感じでバンドメンバーと直接話ができるというのも、その手の小さな店の、魅力の一つであるはずだ。

　だとしたら、そのアンドウがどんな人間を連れてきたのか、メンバーが知らないというのはおかしい。普通の人間なら、大量にチケットを買ってやったのだ。これだけ連れてきたよと、メンバーに紹介して恩を着せたがるに違いない。また連れにも、ギターの何某《なにがし》とは友達なんだ、とかなんとか、親しいことを自慢したりするだろう。

それが、アンドウに関しては、ないというのか。

これには、ふた通りの可能性が考えられる。

アンドウが、自分の知り合いを英男たちには紹介したくないと考えている場合。もう一つは、チケットはそもそも買い上げただけで、他の者になど配ってはいないという場合だ。

だがいずれにせよ、アンドウの意図は同じだ。

アンドウは自分のバックボーンを、英男には晒したくないと考えている。それでいて、チケットを買うなどして親しくなろうとしている。そこは、さほど間違ってはいないはずだ。

「アンドウさんは、どんな仕事をしてる人なのかな」

「さあ……打ち上げでは、そういう話はしないですからね」

やはり。

「連絡先とかは」

「俺らは知らないっす。ヒデが知ってますよ。なんたって、ヒデのファンなわけですから」

まあ、そうだろう。

杉本はこの段になって、初めて怪訝な顔をした。

「……刑事さん、もしかして、アンドウさんを疑ってます？」

「いや、刑事ってのは因果な商売でね。なんでもかんでも、一度は訊いてみないと気が済まないんですよ。まあ、今度会ったとき、英男くんに直接……ええ、訊いてみます」

努めて明るく言ってはみたが、概ね本心だった。

東は夜の捜査会議で、昼間の告別式について報告した。

「……弔問客のほとんどは、やはり仕事関係でした。名簿も閲覧しまして、社員に説明させましたが、身元が不明な者は特にいませんでした。あとは町内会の関係者ですね。逆に、来るはずなのに来ていない人物はいるかと尋ねましたが、それも特にないようでした。得意先の社長で来ていないのが一人いましたが、体調不良で入院していることは分かっており、代わりに常務が来ていました。学生時代の友人もいるにはいましたが、疎遠になっていたのでしょう。たったの五人でした」

つらつらと並べはしたが、ここまでは前振りだ。

「しかし、英男のバンドメンバーという、杉本優治、二十八歳、池谷俊介、二十五歳、この二人に話を聞いたところ、英男には、アンドウという熱心なファンがおり、毎回チケットをまとめ買いしてくれて、特に親しくしているということでした。ちなみにそのアンドウは、男性です」

　上座に座る幹部は、誰もが「それがどうした」という顔をしている。

「……まあ、これが普通の殺人事件であれば、別に注目するほどの人物ではないでしょう。しかし、マル害は在日朝鮮人です。それも、北に祖母と叔母という、二人の人質をとられている状況に今なおあります……朝銀の破綻、総連の弱体化。逆に東侑は、適度に利益を出している立派な企業です。一本釣りに遭っていたと見るのは決して不自然ではありませんし、それ以上の要求をされても決しておかしくはない」

　河野係長が机に身を乗り出す。

「だが吉男にとって、その祖母と叔母というのは、身銭を切るほど大切な親族なのか」

「確かに、その手が通用するのは自殺した先代、虎男までだったかもしれない。ただ、そのときの不正送金の証拠が……それは万景峰号内で撮られた写真でもなんでもいいわけですが、そんなものが新しい強請りのネタになる可能性は捨てきれない。北と密接な関係にある企業、そういうイメージは、現在の東侑には決して嬉しいものではないはずです。北だって、一度摑んだ金蔓《かねづる》を、そう簡単に手放しはしないでしょう」

　河野の隣にいる管理官が、組んでいた腕をほどく。

「……つまり、そのアンドウ何某が、北の人間である可能性を疑っているわけか、君は」

「可能性は、あると思います」

「それと、吉男殺しはどう繋がる」

「むろん、吉男が送金を渋ったため、粛清されたと見るべきでしょう」

「だがアンドウ何某は、あくまでも弟の、英男のファンなんだろう」

「吉男が駄目なら英男に、そう考えることもできます」

「英男は東侑の社員じゃない。取り込んだところで金にはならんだろうが」

「育成と累進は、スパイ運営の常套《じょうとう》手段です。英男を説得して東侑にもぐり込ませ、いずれは社長にまで押し上げていく。ひょっとすると、英男・アンドウのラインでその密約が成立していたからこそ、吉男は消されたのかもしれない」

　再び河野が割って入る。

「英男と吉男は兄弟だぞ。そんな得体の知れない男の口車に乗って、殺された兄貴の後釜に座ろうとなど思うか、普通」

「英男が全てを承知している必要はない。英男が東侑に入る。そういう線さえ確保できれば、別働隊が吉男を消す。英男はそれが、一つの意図の下に行われているとは認識しない。吉男殺しは、東侑とは全く無関係の出来事だと考える。そういう方法だって、なくはないですよ」

　否定はできないが納得もしづらい。幹部の反応は概ねそんなふうだった。

だが、意外な後方支援がこれに続いた。

六係の同僚、石田《いしだ》警部補。東とは長い付き合いの男だ。

「こちらは、今日も取引先の関係者を回りましたが、渋谷のゴルフショップ店員、カマタユキエ、二十六歳から、興味深い話が聞けましたので、報告します……ユキエはどうも、営業でかつて頻繁に店を訪れていたマル害に、好意を抱いていた節がありまして。彼女の住居は目黒区の都立大学駅近くにあるのですが、帰り道にある喫茶店で、マル害が男と親しげに話しているのを、何度か目撃したというんです」

捜査員たちが、揃って石田の方に耳を向ける。ワイシャツの衣擦《きぬず》れが、波となって講堂に響き渡る。

「その男の風貌は」

「髪は最初、オールバックだと思ったらしいですが、よく見ると、後ろで束ねてあったそうです。中肉中背。革ジャンパーみたいなものをよく着ていて、いうなれば、ちょいワルな感じだったようです。年齢は、四十代半ばだったろうと」

河野がこっちを向く。

「……東。その、アンドウの風貌は」

「杉本は、三十過ぎのサラリーマンふう、としか言っていませんでした。ただ最初の頃、アンドウには連れがいまして、その男がレザーのパンツを穿いていた、という発言はありました」

管理官は何度か頷いてから、石田に続けるよう促した。

「はい……目撃した期間としましては、ここ二、三年に、たぶん三回ほど、ということでした」

「その女の見間違い、ということはないのか」

「私も、それについてはしつこく確かめました。しかし、まあ……なんと言っても、特別な好意を持っているようでしたから。スーツの色からネクタイの柄まで、よく覚えていたというんです。また、彼女のいる渋谷の店に訪れたあとに、特によく見かけたと言いますから、そこのところは、確かなのではないかと感じました」

英男に接触してきたアンドウ。あるいはその連れ。

吉男と親しくしていた中年男。

カマタユキエの記憶が確かなら、吉男と中年男が会っていたのはここ二、三年。アンドウがリトルウィングを見にくるようになったのが二年前。時期は完全に重なっている。中年男と、アンドウかその連れが同一人物である可能性はあるのか。あるいは別人だとしたら、繋がりはあるのか。それとも全く別の線なのか。

管理官がマイクをとる。

「鑑取り、地取り、どちらでも構わん。いま言った人着（人相着衣）に当てはまりそうな人物を把握している捜査員は、他にいないか」

挙手は、なかった。

さらに管理官が続ける。

「では、特に会社関係を当たっている者は、そういった人物に心当たりがないかどうか、確認を急いでくれ。石田は、その女性に似顔絵か何か、もう少し特徴を具体的に示すよう、協力を申し込んでくれ。それから……東。今の二人の人物について、英男に直接訊くことは可能か」

「はい。むろんです」

言われなくても、そうするつもりだった。

翌日はこちらから出向いた。英男も昨日は告別式で何かと忙しく、疲れているだろうと思ったからだ。

連絡を入れると、午後二時頃ならというので、駅前の喫茶店で待ち合わせた。

店の入り口に姿を現わした英男は、赤いプリントTシャツにジャージ、サンダルという出で立ちだった。

「わざわざ、お呼び立てしてすみませんね」

「……いえ」

東と林田はコーヒー。英男はコーラとオムライスをオーダーした。

ウェイトレスが下がると、彼の方から口を開いた。

「昨日、杉本と池谷から、いろいろ聞いたらしいっすね」

少々、ご立腹のご様子だ。

「ええ。何か、お兄さんの事件の解決に繋がるような話が聞けたら、と思いまして」

「バンドの連中には関係ないでしょう。そりゃ、犯人が誰か分からない以上、いろいろ聞いて回ることも必要なんでしょうけど、それにしたって、いくらなんでもやり過ぎでしょう。うちの客がどうとか、そんなの関係ないでしょう」

やはり、アンドウのことは気になるのか。

「英男さん。殺されたのはあなたのお兄さんですよ」

「分かってますよ」

「我々は、犯人を逮捕するために、毎日こうやって歩き回っているんです」

「だからって、誰でも彼でも疑われたら堪んないですよ。そもそも、俺のことだって疑ってたんでしょう。冗談じゃないですよ」

ここは、肩をすくめてやり過ごす。

「……別に、疑っているから話を聞くわけではないです。関係者がいつ、どこにいたかが分かれば、その時間に起こった何かを知っているかもしれない。そういう期待も込めて、こちらとしてはお話を伺っているわけです」

決して納得した顔ではなかった。それでも英男は、じゃあ今日はなんですかと訊き、背もたれに寄りかかった。

「ええ……実はその、アンドウさんのことなんですが」

やっぱり、とでも言いたげに溜め息をつく。

「その男性は、どんなお仕事をしてらっしゃる方なんですかね」

「そんな、ライブに来る客の仕事なんて、いちいち知りませんよ」

「でも、打ち上げとかにはいらして、よく話もされていたと伺いましたが」

「音楽の話ですよ。普通そうでしょ。ライブ見にきて、演奏してた人間に向かって、自分の仕事の話なんてしますか」

「訊けばするんじゃないですか」

「俺は訊かないです。別に興味ないですから。他人の仕事なんて」

そう言われてしまうと、身も蓋もない。

「じゃあ、下の名前は」

「さあ」

「連絡先は分かりますよね」

「……教えませんよ」

困った。ヘソを曲げられてしまったようだ。持っていき方を間違えたか。

「なぜです」

「こっちの事情で、迷惑かけたくないんです……他のことならともかく、殺人事件でしょ？　誰だっていい気持ちはしないですよ。そんなことに絡んで刑事に訪ねてこられたら」

ご尤《もっと》も。刑事なんぞ、嫌われてなんぼの商売だ。

「そうですね……では、アンドウさんについてはいいとして、今度は、お兄さんの知人の方についてなんですが」

ウェイトレスが飲み物を運んできた。オムライスはまだのようだ。

英男はストローを使わず、直接グラスに口をつけた。

「……知人？　誰のことですか」

「名前は、我々も分からないんですが」

東は左拳を握って、後頭部に持っていった。

「こう、髪を後ろで括っている、ちょいワルふうの中年男性です。ファッションも、レザーとかをよく着る方だと伺っていますが」

一瞬、英男の動作に隙間が生じた。

何か知っている。そう直感した。

「……さあ。兄の知人までは……分かりません」

「お仕事関係では、ないようなのですが」

「知りませんよ。そんなちょいワル親父なんて」

「むろん、アンドウさんは、そんな恰好はしませんよね」

英男は眉間をすぼめ、奥歯をぐっと噛み締めた。

「……全ッ然、違います」

まあ、いいだろう。

3

二年三ヶ月前。

呉英男を工作対象と決定したことを警察庁警備局に報告すると、彼には「Ｇ４」というコード番号が割り当てられた。以後はＧ４に対し、どのような接触方法をとるかという段取構想のプロセスに入った。

まず川尻は、前田と共に英男のアパート、大泉学園一丁目十六の◎、コーポ大泉学園イースト一〇二号室に侵入。呉英男の生活内容を調査した。主に調べたのは趣味で、特にどんな音楽が好きなのかを徹底的にチェックした。

　わりと古いものが好きなようだった。
ドアーズ、クリーム、レッド・ツェッペリン、ジミ・ヘンドリックス。日本のアーティストでは竹中尚人辺りが好みのようだった。あまり川尻の趣味ではなかったが、どれも名前は知っていた。概ね傾向は摑めた気がした。ちなみに倖田來未と「モーニング娘。」も一枚ずつあった。ＤＶＤソフトはなかった。

　ギターは全部で七本。アコースティックが三本、あとはエレクトリック。フェンダーというメーカーが好みのようだった。あとは音響機器が少々。音楽用の機材はその程度だった。音楽雑誌、ギター雑誌に交じって、有名アーティストの自伝や伝記が十二冊、本棚に並んでいた。音楽の理論書などもあった。その他のジャンルの書籍は、恋愛小説とＳＦホラーがほとんど。ミステリーは京極夏彦が一冊だけであった。ファッション雑誌、グラビア雑誌などもあったが、毎号欠かさず買っているわけではないようだった。

　パソコンはなし。他の家電品はテレビにビデオＤＶＤデッキ、エアコンは備え付け。ミニキッチンの小型冷蔵庫も同様。壁にはエリック・クラプトンに並んで、アヴリル・ラヴィーンのポスターが貼られていた。

　整理箪笥の小引き出しにはノートが七冊。いずれも詞の断片を書きとめたり、清書したりするのに使われていた。隣の引き出しからは開封したコンドームの箱。入り数から使用したのは二枚と判明。だがトイレ付きユニットバスを調べても、女性のものと思われる毛髪などは発見できなかった。

吸殻はマルボロライトのみ。食生活はパン、弁当、カップラーメンが中心のようだが、米びつがあるので自炊もある程度はするものと思われた。冷蔵庫には同じ生ラーメンが六袋、買い置きされていた。

ゴミ箱にはレシート、包装紙、ティッシュペーパーなど。文書的なものは一切なし。分別もきちんとされている。

ふと、自分はなぜこんなことをやっているのだろうと思う瞬間もあったが、隣に前田がいたせいか、このときは特に問題なく任務を遂行することができた。

英男本人の行動確認は、主に広瀬と荒巻が行った。生活は当時から、池袋のカラオケ店とアパートの往復、行き帰りに多少の寄り道、というパターンだった。週二回はバンド練習。月曜と木曜が多かった。バンド名は「リトルウィング」。雑誌「ぴあ」のバックナンバーで調べたところ、ライブは二、三ヶ月に一度程度のようだった。

川尻は英男の好きなアーティストについて猛勉強をしながら、直近のライブ予定日を待った。さして好みでもない音楽を急激かつ大量に聴いたため、一時はかなりの混乱状態になった。だがなんとか、気力でその段階は脱した。ライブ当日までには主要アーティストのアルバムを全制覇。イントロクイズを仕掛けられても、かなりの確率で勝てるのではないかというところまできた。むろん各々の歴史も頭に叩き込んだ。これで音楽の会話は完璧と思われた。ただ、女性の趣味まで似通っていては不自然なので、アヴリル・ラヴィーンと「モーニング娘。」についてはあえて勉強しなかった。

初回のライブには荒巻も同行した。彼は白いTシャツにレザーパンツ。川尻は細身のスーツという出で立ちだった。場所は目黒駅近くの「ロックステーション」という店だった。

その夜、出演が予定されていたのは五バンド。二人は知人の知人に誘われ、二番目か三番目のバンドを見にきたのだが、むしろ四番目のリトルウィングを気に入ってしまった、という状況を設定した。

実際、二、三番目のバンドは退屈だった。

二番目は、ポップなパンクを目指したら、やけにうるさいフォークになってしまったという感じ。三番目は実力が美意識に追いつかず、妙に空回りしてしまっているビジュアル系だった。

いよいよ、リトルウィングの番になった。

彼らのスタイルは至ってシンプルだった。衣装らしい衣装もなく、ただ楽器を構え、仄《ほの》暗《ぐら》いステージに立つ。

《……リトルウィングです……始めます……》

英男がマイクに呟くと、ドラムの杉本がスティックでカウントをとる。カッ、カッ、カッ、カッ――。

だが、次の瞬間だ。

いきなりライトが全点灯し、視界はハレーションを起こして真っ白になった。

同時に轟音。爆音。ドラム、ベース、ギターが同時発射。さらに英男は千切れんばかりに顎を反らせ、見たこともない獣と化して天に吼《ほ》える。

龍だ――。

川尻はそう思った。

天井を喰い破り、夜空の暗雲まで呑み込まんとする、それはまさに咆哮《ほうこう》する龍の姿だった。

曲の方は、正直よく分からなかった。五、六曲演奏したはずだが、どれも似たようなメロディ、サウンドだったので、特にどの曲がよかったというような感想は持ちづらかった。ただ歌詞は、断片的にだが耳に残った。何度も繰り返していた「俺は誰だ」というフレーズ。それと、ふと静かになった瞬間に発せられた「血を憎むよりもなお」。英男の事情をある程度知っているせいか、この二ヶ所は、彼の音楽スタイルの極めて重要な部分を表現しているように思われた。

夜九時半頃に全ステージが終わると、各バンドはそれぞれの客と共に目黒駅周辺の居酒屋へと散っていった。

　リトルウィングも例外ではなかった。

　駅のロータリー沿いにあるチェーン店の居酒屋に、メンバー三人と客五人で入っていく。

川尻たちは、三十分ほど外で時間を潰してから同じ店に入った。

最初は二人で席をとった。トイレに行く振りをして店内を見回すと、英男たちのいるテーブルはすぐに見つかった。

　席に戻り、今度は荒巻と共に、英男たちの席に行く。

「……あれ？　さっきそこのライブハウスで演《や》ってた、バンドの方ですよね？　いやァー、すっごいよかったですよォ」

　酔ったふうを装い、荒巻が半ば強引に割り込む。向こうも褒められているうちは、まず邪険にはしない。むしろ杉本辺りは上手く話を繋げて、次のライブに来てもらおうくらいの色気を最初から見せていた。

　やがて荒巻が、英男に絡み始める。

「サウンドは最高なのよ。バッチグーよ。ユーの声も、ギターもグレイト、ヴェリィ、ヴエリィ、クールよ。でもねェ……あの歌詞は、ちょっとどうなの？……ねえ、ねえねえ、あれでしょ、なんか社会とかに、ものすっごい不満とか、持ってんでしょ……ねえ、ねえねえ、そうなんでしょそうなんでしょ」

川尻はその様子を斜め向かいから見ていた。芝居と分かっていても、非常に気分の悪い眺めだった。隣にいた池谷などは、あからさまに迷惑そうな顔をしていた。

「俺は誰だァ、俺は誰だァ……って、唄ってたっしょお。でもさァ、そんなのァ、こっちが訊きたいっつーのよ。ねえ、君は誰なの。何者なの。なんでそんなに不満を持っちゃってるに至っちゃってるわけ。ねえねえ、ねえってばねえ」

ライブのあと、川尻が「俺は誰だ」と「血を憎むよりもなお」のフレーズが耳に残った、と言うと、荒巻は「それいただき」と指を鳴らした。つまり、いま彼にこれを言わせているのは、間接的には川尻だった。

突如、荒巻が立ち上がる。

「オイッ、お前、ヒデッ……お前は一体、何者なのだァーッ」

そのまま、フラフラと英男にしなだれかかる。

「……なんなんだァ、お前はよォ。何様だっつんだコノヤロウ。なんの文句があるってんだァよォ、ガキのくせによォ」

もうよせよと、川尻も適当に割って入った。だが荒巻はやめない。シナリオ通りだ。

「ふっ、ふざけんじゃ、ねえぞ、ガキがァ」

英男はここまで、よく我慢したと思う。だが、

「不満があんだったらよォ、この国からよォ、日本からよォ、出てけってんだよォ。おっ、

そーだそーだァ、出てけ出てけェ」

この台詞《セリフ》だけは、どうにも我慢がならなかったようだ。

座ったまま、荒巻を見上げて睨む。

「……悪かったな。在日で」

「んあ？　今、なんつーたぁ？」

「在日朝鮮人で悪かったなって言ったんだよ……ああ。不満なら売るほど抱えてるよ。だからこうやって吐き出してんだろうが。それが気に喰わないんだったら二度と見にくんなよ。聴きにくんなよ。それによ、あんたに気安くヒデとか呼ばれる筋合いねえんだよ。俺はな、俺の本当の名前はなァ」

「よせヒデッ」

杉本が慌てて割って入る。だが口までは塞げない。

「ヨンナムってんだよッ」

それでも、杉本は穏便に済ませようと必死だった。

「あは、あはは……そうそう、こいつ、こう見えても、ヨン様なんですよォ」

「文句あっかコラッ、表出ろテメェッ」

売り言葉に買い言葉。応じた荒巻がいきり立つ。川尻がそれを押さえる。そこで荒巻は急に冷静になる。そういう段取りになっていた。

川尻は荒巻を宥め、周りに謝り、とりあえずその場を離れた。
四、五分して、今度は一人で戻る。
「先ほどは、すみませんでした」

まず英男に頭を下げた。もう落ち着いたのか、英男は「いいっすよ」と、無理やり笑みを浮かべてみせた。杉本にも謝罪する。

「奴はもう、タクシーに乗せて帰しましたから、大丈夫です。お騒がせしました……あの、それから、ここのお代は私が、持たせてもらいますから」

杉本が両掌をかざして遮る。

「えっ、あっ、いや、そんなのは、いいですよ」

「そう仰《おっしゃ》らずに……って言っても立て替えるだけで、後日あいつに請求しますから、気にしないでください」

「いやァ、そんな、かえって……なぁ？」

大人八人。一人五千円でも四万。充分経費で出せる。

そして、たっぷり恩に着せたところで切り出す。

「あの……まあ、そんなわけで、私も一人になっちゃったんで、お仲間に、入れていただいても、いいですかね。いや、私はそんな、乱れたりしないですから。あ、私、アンドウと言います」

思いのほか歓迎された。英男も最初は警戒していたが、今日のリトルウィングには、ジミ・ヘンドリックスやレッド・ツェッペリンを初めて聴いたときの衝撃と通ずるものを感じた、と述べると、さして時間もかからず、会話が弾むようになった。

「次はいつなの？」

「まだ決まってないんですけど、今月中には、決まると思います」

「じゃあ、決まったら、連絡もらえるかな」

「あ、はい、ぜひ」

その場で携帯番号を交換する。

第一次接触としては、完璧な出来だった。


半月ほどして連絡がきた。

「じゃあ十枚、用意してくれるかな」

英男は、電話が割れるほどの大声で驚いた。

『……いいんですか、そんなに』

「ああ。知り合いに若い子、いっぱいいるから」

チケットは当日店頭でも受け取れるということだったが、川尻はあえて取りにいくと言い、ついでに飲もうと誘った。英男は、二つ返事で了解した。

最初は、買うだけ買って、九枚は反故《ほご》にしてしまえばいいと思っていた。だがなんと、店側はどのバンドの客が何人来たかチェックしているという。

　チケットを拠点に持ち帰り、前田に相談した。

「まあ、なんとかするよ。本部とかサッチョウの女の子に、いいから行ってこいって押し付けるさ」

　以後、ライブがあるとなれば十枚か二十枚ずつ、必ず買ってやるようにした。またチケットの受け取り以外のときも、明日池袋に行くから飲まないか、などと、積極的に誘うようにした。

　最初は、いわば英男のファンのようなスタンスをとった。そのうち、少しずつ人生相談に乗ったりして、親密な関係に持ち込んでいった。

　イヤホンの左右を分け合い、オーディオプレイヤーに入っている曲を聴かせてもらったりもした。オリジナルの新曲もあった。いい曲だと褒めると、彼は「ほんとですか」と素直に喜んでみせた。本当だった。彼の作る音楽が好きだという気持ちに、嘘は全くなかった。

　飲み代は、川尻が持つのと割《わ》り勘《かん》とが半々だった。

　あまり強引に奢《おご》り過ぎると、かえって対象者が負担に感じることがある。適度な距離感を保つのも大切である。川尻は、警備専科教養講習で習ったことは忠実に守るよう心掛けた。

次第に、音楽以外の話をすることが多くなっていった。英男も自身が在日であることを隠さずに済むので、「アンドウさんとは話がしやすい」と言ってくれるようになった。

川尻自身は、警備関係の仕事をしていると言っておいた。顧客のセキュリティに係わることなので詳しい話はできないと言うと、英男はもう、それ以上訊こうとはしなくなった。

時期を見て、川尻は北朝鮮関係の話題を振ってみた。ちょうど北が核の保有を公式に宣言した頃だった。

「……あんな国がルーツなのかと思うと、ほんと、反吐が出そうですよ」

「嫌い……なの？」

英男はさも不快そうに笑った。

「たぶん、普通の日本人より嫌いですよ。みんな、嫌いは嫌いなんでしょうけど、だからって、別に実害があるわけじゃないじゃないですか。拉致って言ったって、ほんの一部に過ぎないし。でもこっちは、嫌いな上に実害ありですからね。いや……嫌いっていうより、もはや憎悪の対象ですよ。あんな国、さっさと潰れちまえばいいのに。そうしたら……」

英男は、しまったといわんばかりに口をつぐんだ。

「……そうしたら、なに？」

しばらくは、黙っていた。

英男も、川尻も。

ちょうど新しい中ジョッキが運ばれてきて、英男はそれを半分まで一気に飲んだ。

やがて、決心したように、口を開く。

「そうしたら……たぶん、帰化できるんです」

「えっ、どういうこと？」

「こんなこと、アンドウさんにしか言えないっすけど……俺の、お祖母さんと叔母さんが、まだあっちにいるんですよ。それが、なんか人質みたいな感じになっちゃってて。それで親父、相当デカい金を、北に貢がされてるんです。俺もう、見てらんなくて……情けないってのもあるし、悔しいし、そんなこんなで、帰化だけはもう少し待ってくれって……あの、朝鮮民族って、父親は絶対みたいなとこあるんすけど、その親父が、兄貴と俺に土下座するんすよ。自分の母親が、どんなに苦労して、戦後のこの日本で、自分たちを育ててくれたかとか、涙ながらに語っちゃったりして……でもそんなの、俺らには関係ないじゃないっすか」

英男は歯を喰い縛り、込み上げてくるものを、必死で抑え込もうとしているようだった。

「……俺だって、早く……日本人に、なりたいっすよ」

両目からこぼれ落ちたものを、英男は拭おうとしなかった。

川尻がハンカチを差し出すと、黙って頭を下げ、使ってくれた。

以後は会うたびに、北朝鮮の話になった。そこからは、むしろ川尻の独壇場だった。北が現在、どんな状況にあるのか。石油事情から、原子力発電、使用済み核燃料の再処理問題、プルトニウムの抽出、核兵器への転用、ミサイル開発、偽ドル札、偽一万円札、覚醒剤、飢饉、労働党と人民軍の緊迫した関係、朝鮮総連の弱体化と、日本における一本釣りまで。

「……ほんと、アンドウさん、詳しいっすね」

得意になっている部分も、確かにあった。だがそれ以上に、拭いようのないプレッシャーも感じていた。

英男との関係は、会う回を重ねるごとに、良好になっていく。だがその先には、説得、獲得、運営というステップが待っている。いつかは自分が公安警察官であることを、彼に告白しなければならない。それをしてもなお、彼は自分から離れずにいてくれるだろうか。アンドウさん、アンドウさんと、親しみを込めて呼び続けてくれるだろうか。

やがて、決定的な瞬間が訪れた。

「アントン。次辺り、協力要請、いってみろ」

前田にそう言われたときは、目の前が真っ暗になる思いがした。

「……まあ、ビビる気持ちも分からないではないよ。最初は誰だって嫌なもんさ。でもな、俺たちは先を見なくちゃ。目の前にある状況に、人間に、いちいち感情移入してちゃ始まんないんだよ。問題は実際に起こってんだから。泣いてる人間は五万といるんだから。英男だってその一人なんだから……な。説得、獲得、やってみろ。プロポーズみたいなもんだと思って、心を込めて、公安なんですけど、お願いしますって、やってこい」

一週間悩んだ。一度はこっちから誘っておいて、急用が入ったと断ってしまった。完全に怖気《おじけ》づいていた。

前田に怒鳴られた。広瀬にも荒巻にも、散々説教された。

思い直し、もう一度誘った。今度こそ。そう心に決めて、英男に会いにいった。

今日は大事な話がある。そう切り出すと、英男も、神妙な顔つきで川尻の言葉を待った。

居酒屋の喧騒など、まるで耳には入ってこなかった。二人掛けの、ボックス席のテーブル。音もなくジョッキが置かれ、料理の載った皿が並べられていく。英男も一切、手を付けようとしない。ビールの泡がいつのまにかなくなっている。ふと、胃に強烈な痛みがあることに気づく。

思わず下を向くと、手の甲に何か落ちた。冷や汗かと思ったが、違った。いつのまにか、自分は、泣いているようだった。

そう、自身で認めた瞬間、喉の痞《つか》えが、とれた。

「……英男くん。すまん……実は、俺……」

警察官だと言ったのか、公安だと言ったのかは、自分でもよく覚えていない。ただ、英男が差し出したバンダナの色、あの褪《あ》せた赤だけは今も、鮮明に、網膜に焼き付いている。

「分かってました。途中から……なんとなく」

そう言って、彼は笑い掛けてくれた。

川尻はバンダナを受け取り、自分の頬に当てた。

「どうして……気づいたの……」

「なんでだろ。なんとなくですよ。妙に、北のことに詳しいし」

「……そっか」

すっかり、気が抜けてしまった。本当は即座に協力要請をしなければならないのに、説得して、情報提供者になってくれるよう頼まなければならないのに、全然背中に力が入らなくて、ちっとも、そんなことをする気になれなくなっていた。

英男がジョッキを手に取る。川尻も、それに倣った。

彼が枝豆をつまむ。川尻は、ポテトフライを一つ齧《かじ》った。

「……いいですよ、俺。協力します」

一瞬、自分の耳を疑った。

今、なんて言った。だがそう訊く前に、英男は続けた。

「要するに、東侑の、内部情報が必要なんですよね。分かってます……具体的に、何をすればいいのかは分かんないすけど、でも……協力はしますよ」

川尻は、なぜ、と訊いた。理由を問う必要などないのに、それだけは、逆に聞きたくて堪らなかった。

「アンドウさんだからです。俺……アンドウさん、信じてますから。だから、協力します。その代わり……」

英男は、父と兄だけは逮捕しないと約束してくれ、と言った。自分たちの敵は、北のはずでしょう。だったら、父と兄は被害者だ。あの二人の逮捕だけは、しないでくれ。

川尻は誓った。

逮捕はしない。他の者がすると言っても、俺がさせない。絶対に。

そう、本気で誓った。

4

スパイとしての運営開始当初、英男には東侑のセキュリティに関する情報収集をやらせた。具体的には、事務所内における防犯カメラの設置状況についてだ。

それまでの数ヶ月に及ぶ基礎調査で、東侑が民間の警備会社に何かしらの支払いをしているという事実は確認できなかった。またビルそのものにも、警備員が詰めるような場所はない。だが、だからといって全く警備がないということにはならない。知らずに夜中に忍び込んで、暗視カメラに公安警察官の顔が映ったのでは洒落にならない。

川尻は、居酒屋のテーブルナプキンに間取りを描いた。

「確か、こんな感じになってるんだよね」

英男が、サワーのグレープフルーツを絞りながら覗き込む。

「……そっすね。だいたい合ってます」

「じゃあさ、今度行ったときに」

天井の四隅と中央、棚の上、電話の主装置周辺など。警備会社が防犯カメラを仕掛けそうなポイント、全てに点を打つ。

「こういうとこ、ちょっと見てきてよ。カメラって、そんなに凝った形はしてないから。見れば分かるから」

「はあ……」

最初は、こんな程度の軽い仕事からやらせる。そしてそれを、英男がちゃんとやるか、逆に誰かに密告したりはしないか、そういった点をチェックする。

結果は、合格だった。

「……別に、なんにもなかったですよ。ついでに、この会社って防犯カメラとかないの、って女の子に訊いたら、笑われましたよ。うちは大して現金も置いてないし、泥棒が入ったって持ってくもんなんてないわよ、って」

その後、英男が誰かにこのことを密告する様子もなかった。彼の自宅アパートにはすでに盗聴器が仕掛けてあったが、吉男との電話でする会話は主に近況報告だったし、他はバンドメンバーとのスケジュール連絡程度だった。

前田班のメンバーは全員、警備専科教養講習を受講している。つまり、誰もが「チヨダ」帰り。いつ行ったとか、教官は誰だったとか、講習に関する一切は口にできないため確認のしようもないが、彼らの思考や技術はそれを如実に物語っていた。

鍵は開けるもの。部屋は密かに入るもの。郵便物はこっそり見て戻すもの。証拠は残さないもの。

そのため、防犯カメラ設備のない東侑に、モニタリング用の機器を設置するのはさして難しい作業ではなかった。

何回か通い、まず鍵穴から型を取って合鍵を作った。今度はそれを利用して事務所に侵入。盗聴、盗撮用の機材を仕掛けた。

実際に監視拠点でモニタリングしてみて、具合が悪ければまた調整しに行く。合計で四回ほど侵入した。ちなみに四階の管理部門と社長室の様子は、拠点のベランダに設置したビデオカメラで撮影可能なので、あえて内部には仕掛けなかった。今から一年半ほど前のことだ。

荒巻が妙な報告をしにきたのは、ちょうどこの頃だ。

「……吉男、妙な男に会ってますね」

キウイフルーツをスプーンで穿《ほじ》っていた前田が顔を上げる。

「妙って、どんな」

「いや、最初はどっかの洋品店のオーナーかな、と思ったんですよ。変に小洒落たオヤジなんで。でも……今日で二回目なんですが、尾けてみると、途中で見失うんです」

「見失う？　お前が、撒かれたのか」

荒巻が一服点ける。

「……ええ。わざとかどうかは分かりませんが、結果的にはそうなります。吉男とは目黒の、都立大学駅近くの喫茶店で話をして、店の前で別れたんで、そのまま尾行したんですが……駅の方には向かわないで、環七との交差点の方に行くんですよ。いつも」

「都立大から、環七っていうと……碑文谷《ひもんや》署の方か」

「ああ、そうですそうです」

前田はスプーンを置いた。

「写真は」

「一応、撮りました」

荒巻がデジタルカメラを出して見せる。

「……確かに、小洒落たオヤジだな」

川尻も脇から覗いてみた。

吉男と二人で、喫茶店のテーブルに座っている男。黒い長髪を後ろで括っている、小洒落たというよりは、若干イカレた感じの中年男だ。

「ほんとだ。ちょっと、シャケに感じが似てるじゃない」

「似てねえだろ、バカ」

前田がカメラをこっちに向ける。

「アントン。これ、Ｇ４に確認しろ。見覚えがないと言ったら、こいつについて吉男から聞き出すよう指示しろ」

「しかし、あまりあからさまにやって、吉男に怪しまれたら」

「そこはお前が工夫するんだよ。頭を使え、頭を」

さて、どうしたものか。

次に会ったとき、川尻はその写真を英男に見せた。

「……いや、知らないですね。見たことない」

「どうも、会社関係じゃないみたいなんだよね……この人がどういう人か、それとなく、お兄さんに訊くことはできないかな」

「え、この写真を、見せてですか？」

「いや、これは見せないで。なんとか……そう、たとえば、ライブハウスに寄った帰りに、都立大の辺りを通ったら、偶然見掛けた。あのちょいワル親父ふうの男は、誰なの？　みたいな」

英男が首を傾げる。

「でもなぁ……なんか、俺が訊く必然性みたいなもんが、ないんですよねぇ」

「そうかな。君だって、お父さんが北に貢いでるのを、快くは思ってないわけだろう。だったら、お兄さんが怪しい風体の男と会っているのを不審に思うのも、あるいは警戒するのも、決しておかしなことではないんじゃないか？」

「いやぁ、俺の周りには、いっぱいいますからね。こういうオッサン」

「吉男さんの周りにはいないよ。だから変なんだって」

「ああ、そうか……でも、兄貴の交友関係まで探る必要、あるんですかね」

川尻は首を傾げてみせた。

「正直、俺にも分からない。ただ、北が東侑エンタープライズに対し、別のアプローチを仕掛けてきてるとしたら、危ないよ。下手をしたら、会社そのものを乗っ取られる可能性だって、なくはないんだから」

英男は口を尖らせて唸り、腕を組んだ。

しかしその次までに、英男はちゃんと訊いてきてくれた。

ただ、報告するときの表情はやや複雑だった。

「……なんか、アメリカとのパイプ役だとか、なんだとか……ちょっと、説明が変でしたね」

「君に訊かれて、吉男さん、驚いた感じはあった？」

「……あったって言えば、あったかな」

それで終わりかと思ったが、そこからが英男の優秀なところだった。

「そんで……ロックとか好きそうだから、今度、ライブ見にきてくんないかな、って言ったら、兄貴、訊いてみるって言うんすよ。で、昨日その返事がきて、向こうも会ってみたいって言ってるから、今度飲みにいくことになりました」

頼みもしないのに、そんなセッティングまでしてきてくれる。

実に頼もしい情報提供者であった。

監視用の機器を設置したからといって、一本釣りの内幕が全て筒抜けになるわけではなかった。

一本釣り関連の連絡は虎男の携帯に直接入るらしく、当然こちらには彼が応じる声しか聞こえてこない。しかも、やり取りは全て朝鮮語。川尻も外事二課に配属されてから改めて勉強してはいるが、それでも聞きながらリアルタイムで訳せるほどではない。録音したものを、何度も繰り返し聴いて、一語一語訳していく。

「……二千万、円は、無理です……いや、今は無理です、かな……次の……次の、なんだろな、これは……次の、便、か。たぶん次の、万景峰号って意味でしょうね。それには間に合わないと。そういう意味だと思います」

四、五年前まで、万景峰号に乗る人、荷物は、基本的にノーチェックだった。今は税関も入管も徹底的に検査を行っているというが、それすらも有名無実だとする見方は強い。

「二千万、新潟まで持ってこいってか」

「そのようですね」

「自分の懐で難しいとなると、また会社の金に手をつける可能性が高いな」

「ええ」

東侑の決算や納税に関する書類からは、たびたび使途不明な出金があることが確認できている。ただし、よほど会計士が優秀なのか、脱税などで摘発されたことは今まで一度もない。

「行くとなったら、新潟までついて行くか……」

「でも、万景峰号には入れないでしょう」

「だな……受け取り側を潰すのは、容易じゃない。ってことはやはり、送金を指示してる組織を、叩くしかないか……」

前田にしては珍しい発言だった。公安警察官は、見て聞いて、読んで報告。最終的な摘発の判断は上がする。そう紋切り型に割り切るのが常のはずだった。

そして、虎男が送金を渋るようになった、まさにこの頃からだ。東侑の事業が、目に見えて傾き始めたのは。

最初は、一過性の風評被害かと思った。ちょうど中国人密入国者が輸送用コンテナの中で大量死して発見されるという事件が起こり、日本中の入管や税関が、船舶と積荷の検査を厳しくした頃だった。ある程度の逆風は、どこの商社も経験していた。

中国と頻繁に取り引きを行っていた東侑も、当然のようにその厳重チェックの対象に挙げられた。ただ、川尻たちは安心していた。東侑が密航や密輸に手を貸しているという疑いは、そのときすでに晴れていたからだ。

だが世間は、そのようには判断しなかった。

東侑の得意先が一社、また一社と、取り引きの打ち切りを通告してきた。中にはあからさまに、東侑を犯罪集団視する会社まであった。

東侑社内の雰囲気は、目に見えて暗くなっていった。受話器に手を伸ばす社員の様子も、その対応も、始終おっかなびっくりといった感じだった。

やがて社長の虎男は、夏のボーナス一律カットを朝礼で宣言した。同情的に彼を見守る者、溜め息を漏らしてそっぽを向く者、反応は様々だった。さらにそんな東侑に追い討ちをかけたのが、突如湧きあがった、覚醒剤と拳銃の密輸疑惑だった。

　これによって、また新たに数社が取り引き打ち切りを通告。社員も二十名弱が退職した。しかし、この疑惑はそもそも、まったく根拠のないものだった。警察は疎《おろ》か、税関すらそんな動きはしていなかった。誰かが意図的に噂を流している。少なくとも川尻たちはそう睨んでいた。

　そんなある日の、昼休みのことだ。

　ほとんどの社員が外食に出かけ、管理部門には四、五名しか残っていないところに、虎男が帰ってきた。彼はちらりと事務所内を見回し、頷くように、小さく頭を下げて社長室に入っていった。

　ドアを閉めた途端、むしり取るようにネクタイをはずす。その両端を片結びにし、また自分の頭を通す――。

　マズい。川尻は瞬時にそう思った。だが前田も、他の班員も拠点にいなかった。どうしよう。なんとかこっちの正体を明かさずに、あそこにいる社員たちを、動かすことはできないか。

実は一度だけ、電話で知らせようと試みた。

番号非通知でかけ、社長をお願いできますかと切り出した。しかし自ら名乗らなかったため、単なるセールスだと思われたようだった。社長ならいませんと、いきなり切られてしまった。冷静なときならば、それっぽい社名と名前を名乗ることもできたのだろうが、そんな余裕はなかった。再びモニターを見ると、虎男はネクタイを頭の上で何度か捻じり、事務所とを隔てるドアに寄り掛かるように、腰を下ろしていた。

捻じったネクタイの、もう一方の輪をノブに引っ掛ける。むろん、そのままでは何も起こらない。虎男は、床に尻をつきながら四肢で、可能な限り体を前方に運ぶ。

ネクタイが突っ張る。虎男の頬が苦しげに膨らむ。そこで床から両手を離す。自ら動きを封じるためか、虎男はズボンの腹辺りに両手を突っ込んだ。

支えを失った体は重力に従い、またドア側に引っぱられた。

背中か、肩の辺りがドアに衝突する。

事務所にいた社員もその物音を聞いたのだろう。一瞬は目を向けたが、さして関心を持つこともなく、またすぐ食事と会話に戻ってしまった。

ドアを一枚隔てたところで、虎男は全身を痙攣《けいれん》させていた。ガタガタと、かなり激しくドアは鳴っていた。それでも、社員は誰一人として、見にはこなかった。また吉男も留守だった。

午後一時頃になり、古株の女性社員がドアをノックした。むろん、反応はない。「社長は」と周りの者に訊くと、誰かが「社長室にいるだろう」と言う。もう一度ノックし、ドアノブを握る。だが、回らない。おそらく、虎男がそのドアに鍵を掛けることは滅多になかったはずだ。

彼女の顔色が一気に変わったように、川尻には見えた。

騒ぎになったのはそれからだ。男性社員がバールでドアをこじ開けるが、何かが閊《つか》えていてまだ開かない。男女混合、四人で体当たりをし、ようやく、虎男の遺体は発見されるに至った。

その間、約二十分。

川尻は、ほとんど呼吸も瞬《まばた》きもしなかったのではないかと思うほど、全てを停止してモニターを凝視していた。

人が死ぬ場面を、目撃してしまった。しかも、死のうとするのを一部始終見ていたにも拘《かかわ》らず、自分の正体を明かすのが怖くて、結局、見殺しにしてしまった。

公安ってなんだ。警察ってなんだ。自分は本当に人間なのか。人命より優先して秘匿《ひとく》されるべき身分など、本当に存在するのか。

また、吐いていた。

胃の内容物から、内臓から、心臓から、何から何まで。

体内の黒く汚れたもの、全てを吐き出してしまいたかった。

虎男の死後は川尻たちも、何かと慌しい日々を送った。

現状で把握できている情報の全てを早急にまとめ、報告書を作成した。以後東侑がどのように運営されていくのかを見守りながら、同時に外部からどのようなアプローチがあるかに神経を尖らせた。

前田は、東侑の監視は虎男の死によって打ち切りになるだろうと予測していたようだ。実際、高杉係長にも確認していた。監視は続行でいいのかと。正式な回答があったのは、一週間ほどしてからだった。東侑の監視は続行。そう命じられれば従うだけだ。川尻たちは、引き続きモニターのチェックと尾行の日々を送ることになった。

社長業は、吉男が継いだ。彼は半月以上も得意先を回り続け、各社との関係改善に尽力した。

その努力は、着実に実っていった。

だが、その状況自体が、川尻たちの目には異様なものに映った。

北への送金に難色を示した虎男が死に、後釜に座った吉男が得意先回りをすると、まるで潮が引くように、虎男時代の悪評はどこかへと消え去っていった。吉男の社長就任は、順風満帆《じゅんぷうまんぱん》とまではいかないまでも、特に大きな逆風に遭うこともなく、世間に受け入れられた。

何者かの意思を感じずにはいられなかった。

まず吉男を抱き込み、虎男を始末する。自殺自体は仕組まれたものではなかったのかもしれない。計画としては、虎男が失脚すればそれでよかったのだろう。どちらにせよ、吉男が後釜に座った。吉男を抱き込んだ何者かは、以後東侑の経営を思うがままに操ることができるようになる。

そこで、川尻たちが俄然《がぜん》注目することとなったのが、あの小洒落た中年男だった。

虎男の死からひと月ほど経ったある日、再び英男と会うことができた。

しばらくは、大変だったねと、悔やみも交えて虎男の話をした。一本釣りに関しては腹に据えかねる部分があった、だがそれ以外は尊敬できる父親だった。英男はそんなふうに語った。

「在日で、しかも一代で、あれだけやったんですから……立派だったと、思います。だから……それだからなおさら、北の奴らのことが、赦《ゆる》せなくて……」

正直、聞きたい話ではなかった。

俺は、君のお父さんが首を吊る場面をモニターで監視していた。でも身分を明かせないから、結局、助けられなかった。すまない。そう直接詫びることができたなら、どんなに救われるだろう。だが、そんなことが許されるはずはない。英男に監視用機器のことは話していない。薄々気づいているのかもしれないが、もしそれについて尋ねられても、認められるものではない。虎男の死は、騒ぎが起こるまで知らなかった。そういうスタンスでいるしかない。

川尻は耐えた。歯を喰い縛って、虎男の思い出話を聞き続けた。その様子を、英男は同情と勘違いしたようだった。そうじゃない。苦しいだけなんだ。君に申し訳なくて、自分が情けなくて、苦しくて仕方ないだけなんだ――。

そして、耐えきった。

いつしか話題は吉男についてになり、バンドの近況へと移っていった。先月はバタバタしていて休んでしまったが、また今月はライブをやるということだった。むろん、見にいくよと答え、はたと、チャンスだと気づいた。

「……そういえば、この前飲みにいくって約束になってた、あの人、どうだった？　飲みにいった？」

英男は、まるで忘れていたかのように、少し目を丸くした。

「あ、ああ……あの人」

「やっぱり、会ったんだ。何関係の人だった？」

すると、なぜだろう。英男は一瞬、言い淀《よど》んだ。

「……あの、アパレル、関係の、人、みたいっすね。兄貴、ああ見えて、いずれはそっち系の仕事したいって、ずっと思ってて……だから、まあ、そういう相談相手、だった、みたいです……」

到底、納得できる説明ではなかった。

第三章

平和などというものは、実は、ちょっとした不安で、簡単に揺らいでしまうものなのかもしれない。

厳原町西側沿岸の浜で網に掛かった、百数十のゴム片。あれがもとはボートだったとすると、それには一体、誰が乗ってきたのか。

近隣を捜索してみたが、不審人物を発見することはできなかった。山に逃げ込んだ可能性も考えられなくはなかったが、かといっているかいないかも定かでないのに、山狩りをするわけにはいかない。周辺住民に引き続き注意を促し、桑島たちはいったん署に引き揚げることにした。

帰りの車の中で、刑事係長はぼんやりと呟いた。

「仮に、密航者だったとして、だ……こんな離島に、何をしに来たんだろうな」

確かに、その疑問はある。

桑島は、シイやクスノキが多いとされる森を眺めながら、一人考えに耽《ふけ》った。

いくら北の人間が無謀だからといって、本国からゴムボートのみで来たとは考えづらい。やはり漁船なりなんなりで排他的経済水域の境界付近まで来て、それからレーダーに掛かりづらいゴムボートに乗り換え、浜まで漕ぎ着けたのだと考えるのが妥当であろう。一昨日の不審船がこれに絡んでいるのだとすれば、ますますこの線を疑う必要が出てくる。だとすると、だ。敵はこの島に、何かしらの目的を持って入ってきたことになりはしないだろうか。ただ日本に密入国したいだけならば、それこそ佐賀県の唐《から》津《つ》湾《わん》や、島根県の浜田《はまだ》沖辺りを目指した方が以後の移動もしやすい。こんな離島に入ってしまったら、フェリーに乗るにしろ飛行機にしろ、本土に渡るのはひと苦労だ。

ふいに助手席の、中江《なかえ》という若い刑事が振り返る。

「ねえ、係長。これってひょっとすると、覚醒剤とか拳銃が持ち込まれた可能性も、あるんじゃないですかね」

桑島は後ろからヘッドレストを小突いた。

「お前、何を嬉しそうにはしゃいでんだ。馬鹿」

「だって……そういうのを挙げたら、大手柄じゃないですか」

係長が低く唸る。

「……馬鹿馬鹿しい。どっちにしたって、この島に持ってくる旨《うま》みはないだろう。シャブだってチャカだって、ここじゃ誰も欲しがりゃしない」

「いや……そう、ですかね」

思わず、そう漏らした桑島を、係長は怪訝な目で見た。

「この島で、誰が何をおっぱじめるっていうんだ」

「いえ、ここでというのではなくて、ここに持ち込む旨みという、そこのところです。確かにこの島でシャブやチャカを捌いても、あまりいい商売にはならないでしょう。ここの島民は防犯意識が高いですからね。些細なことでもすぐに通報する。異物を許さない風土がある……でも、いくら本土より朝鮮半島に近いといっても、紛れもなくここは日本です。それでいて、排他的経済水域の幅が、他と比べて極端に狭い。ここにブツを持ち込むのは、実はそんなに難しいことではなくて、でもいったん入れてしまえば、変な話、宅配便でだってブツは動かせます。ある種の物流ハブ……結節点としての旨みは、ないとはいえないかもしれない」

でしょう、と中江がまた振り返る。

「……だから、お前は一々はしゃぐな」

「別に、はしゃいでるわけじゃないですよ。とにかく桑島さんは、何か持ち込まれた説を支持、ってことですよね」

「待て、支持はしてない。可能性がゼロではない、と言っただけだ」

「そんなこと言わないで、僕と組んで、一大覚醒剤販売網を叩き潰しましょうよ」

運転席の刑事が吹き出す。

「……あ、木田《きだ》さん、いま笑いましたね。僕らを馬鹿にしましたね。桑島さん、この人、いま笑いましたよ」

「中江。どうでもいいが、俺とお前をひと括りにするのはやめてくれ」

だが、彼が聞き入れる様子はない。

「木田さん、あなたはきっと後悔しますよ。あとから言ったって、捜査の仲間には入れてあげませんからね」

まだ、笑いは続いている。

「……いいよいいよ、俺は、遠慮しとく……シャブはともかく、チャカが出てきたら、おっかないからな……」

中江がダッシュボードを平手で叩く。

「木田さんッ、あなたには、刑事の気概というものがないんですかッ」

逆に桑島は、中江に言いたい。お前には、刑事としての知性や判断力、思考力、想像力、話術、そして何より、冷静さというものはないのかと。

では、この件に桑島は興味がないのかというと、それは違う。大いに興味は持っている。

署に着いて、車を降りたところで係長に切り出した。

「私、これから二、三、心当たりを当たってみますわ」

すると約一名、目を輝かせた者がいる。中江だ。

「僕も、お供します」

「いいよ、俺一人で」

「なに言ってるんですか。刑事捜査は、二人ひと組が原則でしょう」

何を今さら。これまで散々、俺を一人で歩かせてきたくせに、とは思ったが言わずにおいた。

「……まあ、くっ付いてくるのはいいが、でも邪魔だけはするなよ」

「はい。お役に立ちます」

いいだろう。この機会に、「刑事のイロハ」の「イ」くらい覚えさせておくのも、悪くはない。

早速、桑島の車に乗り込む。運転は中江だ。

「ぶつけるなよ」

型は古いが、一応セドリック。高級車だ。

「あ、なに言ってるんですか。僕、運転上手いですよ」

だが、言ったそばから急発進、急ブレーキ。軽い鞭打《むちう》ち症。

「これ、アクセル軽いですね」

「……バッカやろ……他人の車を運転するときは、最初は様子見で、ペダルはゆっくり、浅く踏むもんだ」

「で、どっちに行きます？」

桑島は右を指差した。

「……港」

「ええー、なんでですかァ」

「つべこべ言うな。言われた通りにしろ」

まあ、道に出たら、そこそこ普通の運転だった。

厳原港までは、五分もかからずに到着した。

「ここだったら、歩きでもよかったじゃないですか」

「他にもこれから、方々行くんだよ。お前、少し黙ってろ」

まずフェリー乗り場の窓口で、ここ数日の間に着いた便に、どんな車が何台載っていたかを訊く。

「ええと、そんなに多くはないですよ……一昨日が三台、昨日はなくて、今日は一台……」

それらを、南署の桑島宛てにファックスしてくれるよう依頼する。

「じゃ、よろしく頼みますよ」

「はい、かしこまりました」

踵《きびす》を返すと、慌てたように中江が並んでくる。

「……なんで、フェリーの車なんか」

最近の若者は他人に訊くばかりで、自分で考えようとしないから困る。

「あの浜に流れ着いて、その後の移動手段が徒歩しかなかったら困るだろう。だが少なくとも、あの周辺に不審人物の目撃情報はなかった。つまり、漂着から比較的短時間のうちに、何かしらの手段で移動した可能性が高いわけだ」

「それが、なんでフェリーの車なんですか」

「だから、たとえば本土から仲間が車で迎えにきたとか、そういう線を当たってるんだよ」

「ああ、なーるほどぉ」

そのまま、近くのレンタカーショップに立ち寄る。

「あっ、僕、分かりましたよ。同じように、貸し出し名簿をチェックするんですね」

「まあ、そうだ」

「僕に任せてください」

こんなお坊ちゃまでも一応は社会人なので、やらせれば、そこらの小学生よりは、多少は仕事ができた。

「……では、間違いなく、お願いしますよ」

「はい。分かりました」

店から出ると、中江は滑稽なほど胸を張ってみせた。

「どうです」

「ああ……いいんじゃないか」

あまり本意ではなかったが、この調子でレンタカーショップを五軒回った。対馬空港近くの店はさすがに貸し出し台数も多く、署に帰ってからのチェックはそれなりの手間になるだろうと思われた。

夕方になって署に戻った。桑島の机には、依頼した内容のファックスが束になって積まれていた。

「……これを全部、チェックするんですか」

「ああ。フェリーで来た車の、所有者の割り出しからな」

そんなこんなしていると、電話が鳴った。

係長が取り、すぐ桑島を指差す。

「韓国亭の、オヤジからだ」

対馬市役所の近くにある居酒屋「韓国亭」。だが「韓国」は名ばかりで、出すのはごく普通の焼き鳥と、地元で獲れる海産物が中心だ。

「……はい、お電話代わりました」

『桑島さん？ あんほら、昼前になんか、あれだって、古戦場の方で、不審船が打ち上げられてたんだって？』

人間の口から耳への情報伝達能力というのは、概ねこの程度である。この離島に限らず。

「いえ、不審船じゃないですけどね……それが何か」

『いやぁ、俺が夕方、店ん前で水撒いてたら、変な二人組が話しかけてきよったんよ。韓国語で。俺はてっきり、ただの気の早い客だと思ったから、手ぇ振ってさ、まだやってねえよ、って言ったの。そしたら、ポケットから写真出して、俺に見せるんだ。で、そん写真を差して、そん指で辺りを差して、写真を差して、辺りを差して……まあ、こん写真の男を、こん辺りで見んかったかって、言いたいんだろうって思ったから、知らねーよって、首振ってさ、追っ払っちまったんだけど……』

桑島は「すぐ行く」と言って電話を切った。

戸口の内側に掛かった暖簾《のれん》をくぐると、店主の高田伸也《たかだしんや》は小上がりに腰掛けてタバコを吸っていた。

「伸也さん、さっきは電話ありがとう」

ちなみに中江は署に置いてきた。車の所有者チェックをたんまりと押しつけて。

伸也はアルミの灰皿にタバコを潰しながら立ち上がった。

「やっぱり、追っ払わん方がよかったかな」

「うーん……でも、しょうがないよ。知らせてもらえただけ助かる。ありがたい」

すると、伸也は店の前に出ていく。目の前は厳原本川。厳原の町中を流れる、幅十メートルに満たない小さな川だ。

「たぶんあっちの、国道ん方から、橋を渡ってきたんだと思う。そんで俺が、ここでジャバジャバやってたら、近づいてきて……ガニャガニャ言い出して、写真を見せた、と」

「どんな恰好をしてました」

数秒、伸也は目を閉じて考えた。

「一人は、黒っぽい柄物のシャツに、下は、グレーのスラックス、だったかな……もう一人は、やっぱり柄シャツやったけど、色は、紫っぽかったかな……ズボンは……ごめん、覚えてねえや」

「歳は」

「一人は三十前後、もう一人は、それよりか上だな。四十……ひょっとしたら、過ぎてたかもしれん」

「背丈とか、顔の特徴は」

「背は……桑島さんと同じくらいか、ちょっと高いくらいかな」

「二人とも？」

「うん、二人とも」

「同じくらいの背？」

「あ、いや……黒い方が、ちょっとデカかったかもしれん」

人は身長が三センチ違えば大きいと感じる。桑島が百六十八センチ。二人は百七十センチ超と考えておいた方がいいだろう。

「顔はどんなだったか、覚えてる？」

伸也は店に入り、折り込みチラシの裏に鉛筆で描き始めた。

「……二人ともね、まあまあ……いい男だったよ……」

一人は短い髪に、細い目。もう一人は、普通に七三で、鷲鼻《わしばな》。まあ、上手いは上手かったが、それでも素人似顔絵に過ぎない。記憶が鮮明なうちに、鑑識の中村を呼んで描かせた方がいいかもしれない。

「痩せ型なの」

「そう、スラッとしてるよ。俺なんかよりは」

あんたはただの中年太りだ。

「二人きりみたいだった？」

「うん」

「その後、どっちに行った？」

「あっち。ホテルん方」

あっち方面でホテルといえば「ホテル釜山」だ。その名の通り、韓国人が経営する韓国人向けの観光ホテルだ。規模もサービスも大したことはないが、言葉が通じるというだけで、釜山からの韓国人客には人気がある。

「ちなみに、写真はどんなだった」

「男だね。中年男。桑島さんよりちょっと若い、だいぶハンサムな感じの」

自分で言うのもなんだが、桑島は不細工の部類だ。それに勝ったからといって、まだハンサムとは認められない。

「それも、ちょっと描いてみてよ」

「ああ、そうねぇ……こんな感じ、だったかなぁ……」

他に気づいたことはないかと訊くと、伸也はまた数秒考え込んだ。

「んん……なんかねぇ、目付きが鋭い感じは、あったなぁ……ちょうど、そう、桑島さんみたいに。つまりその、刑事っぽいっていうか」

それは単に、写真を持って人捜しをしていたから、ということではないのか。

念のため、辺りをひと回りしてからホテル釜山に行ってみた。フロントで、今日の宿泊状況について尋ねる。

「今日は、三十六名の、団体のお客さんが、入ってます。あとは、家族が、ふた組です」

流暢《りゅうちょう》な日本語だが、彼も韓国人だ。

「男の二人連れは、いないですか」

「……いえ、そのような方は、いないです」

決して不自然な間ではなかった。とぼけているふうはない。

桑島はあえて、伸也に聞いた人着を言って聞かせた。

「そんな感じの二人組を見かけたら、署に連絡をください」

「はい、分かりました」

とりあえず、餌は撒いた。今日のところは、こんなものでいいだろう。

翌日は中江を伴い、まず海上保安庁の対馬海上保安部を訪ねた。

不審船事件二日後になる昨日、元寇古戦場跡近くでゴムボートの残骸らしきものが発見されたこと。同じ日の夕方には厳原の町中で、人捜しをする韓国人らしき男性二人が目撃

された こと。以上の二点を警備救難課長に報告し、以降、互いに連絡を密にしていこうと約束した。

ついでに漁協も訪ねたが、こちらは担当者がいなくて空振りに終わった。また日を改めることにする。

「次はどこですか」

「陸自だ」

対馬には、陸上自衛隊第四師団直轄の「対馬警備隊」が永続駐留している。編成としては普通科一個中隊だが、有事には本土からの応援部隊も指揮しなければならない関係上、隊長は一等陸佐、隊は一個連隊並みの位置付けになっている。また今年からは、隊員を小倉駐屯地曽根訓練場へと送り込み、積極的に対テロ市街地戦術を習得するよう努めてもいる。

つまり対馬警備隊とは、日本の国境警備を担う特別部隊なのである。

駐屯地の前まで車で行くと、当たり前だが迷彩服姿の隊員が確認にやってくる。中江に挨拶をさせるわけにはいかないので、桑島は急いで助手席の窓を開け、手帳の身分証を提示した。

「対馬南署の、桑島と申します。さきほど隊長に、ご連絡差し上げたのですが」

「ハッ」

隊員はすぐに確認をとり、敷地内に通してくれた。入って左手の建物の前に駐めるよう指示され、そのようにすると、続けて「隊長室はこちら」と案内されそうになったので、分かります、大丈夫ですと遠慮した。

「……桑島さん、ここ、初めてじゃないんですか」

「うん。何回か来てるよ」

「隊長と、知り合いなんですか」

「知り合い、というか……まあ、話は何度かさせてもらってる」

車を降り、先の隊員に挨拶をして向かいの建物に進む。

学校によく似た感じの廊下を右手に進む。その突き当たり左手にある、これまた校長室によく似た感じの部屋を覗くと、窓際の執務机に隊長の川口《かわぐち》が座っている。

「ああ、桑島さん。どうもどうも」

「ご無沙汰しております。すみませんね。急にお時間を頂戴いたしまして」

一応中江も紹介し、勧められたソファに座った。

川口は、陸上自衛隊の一等陸佐とは思えないほど、人懐っこい笑みを浮かべる男だ。だが中身は、やはり筋金入りの軍人。案の定、例の不審船とそれに続く怪事件について話すと、途端にその口元を引き締めた。

「……ご存じ、なかったですか」

「いや、不審船のことは海保から連絡を受けておりましたが、そのゴム片の件は、知りませんでした」

目も、一点を見据えているようでいて、実はどこを見ているか分からない。そんなふうに感じる。

桑島は、一つ頷いてみせた。

「……そこにきての、二人組の韓国人です。いや、むしろ北朝鮮の人間である可能性の方が高いんじゃないかと、私は見ています。仮に密航者が、本当にゴムボートで上陸しているのだとして……ではその、人捜しをしていた二人組は、一体何者なのか。まさにボートの密航者なのか。あるいは逆に、密航者を捜している側なのか……それすらも、現状でははっきりしません。ですが、一応の警戒は必要かと思い、お耳に入れておこうかと」

川口は「そうですね」と腕を組んだ。

桑島が続ける。

「こちらの隊は、島のあちこちの森で訓練をされている。地形にも、その他の状況にもお詳しい。もし何かありましたら、そのときは、ぜひともお力をお借りしたい」

それとなく間を空け、川口の顔色を窺う。だが明快な返答は、今はもらえそうになかった。

「……とまあ、これは、一刑事がお願いしていいことでは、ありませんが」

川口は、またもとの笑みを頬に蘇らせた。

「いえ。貴重な情報を、わざわざ、ありがとうございました」

立ち上がり、固く握手を交わす。

桑島は、この川口という男が、わりと好きだった。

1

呉吉男の社長就任以降、東侑エンタープライズは着実に業績を回復させていった。少しずつではあるが、得意先軒数も増加傾向にあった。

三ヶ月ほどは、二十四時間態勢の監視を行った。あの、謎の中年男の正体を確かめる必要があったからだ。しかし社長就任以後、吉男はあの男とは接触しなくなっていた。少なくとも、前田班が監視している前では。

監視に気づかれたのではないか。そんな懸念も確かにあった。前田は、高杉係長にその旨の報告をした。それでも、監視は続行との命が下った。Ｇ４を運用し、東侑エンタープライズの動きを把握せよ。それ以外の回答は、本部からは返ってこなかった。

川尻は、いや、前田班の誰もが目的を見失っていたように思う。

今や東侑は、緩やかに業績を伸ばす一優良企業に過ぎなかった。吉男の得意分野を反映させ、スポーツウェアの輸入に力を入れたのが功を奏していた。中でもゴルフウェアが好調で、メーカーにもその点が評価され、アメリカの新興ブランドと正規代理店契約を結ぶまでになっていた。

　社内の雰囲気も見違えるように明るくなっていた。受話器をとるのも気が重そうな仕事ぶりや、社長の自殺場面を見せられるよりはだいぶマシだが、疑問は膨らむ一方だった。健全な企業の健全な仕事ぶりに、本部は一体何を見出せというのだろう。公安警察官として、川尻たちは何に注目すべきなのだろう。

「いいじゃねえか。当たり障りのねえもん見て、それで同じだけ給料もらえるんだからよ」

　荒巻は拠点のソファに寝転び、鼻をほじりながらそう言った。

「そんなこと言ってるから、刑事部に税金泥棒呼ばわりされるんだよ」

　川尻は待っている。カップラーメンができあがるのを。むろん、モニターも見続けている。

「言いたい奴には言わせておけ。危険視されていた団体の体質は改善されました。我々はもう、この会社は大丈夫だと思います……そういう報告に、意味はないか？　俺はあると思うね。右翼はバカです。半身ヤクザのキメラです。あとは組対（組織犯罪対策部）にでもやらせてください。共産主義は終わってます。左翼は死にました。今後は生安の分掌に組み込んでください。外国人ですか？　不法滞在なら入管に回してください。スパイは……あんなのは、見たいもん見たら帰ってもらえっつんだよ。こっちだって散々、世界中から技術も何も盗んできたんだ。ケチケチしねえで、ちったぁ恩返しに見せてやりゃいいんだよ……ま、テロだけはな、要警戒だ。だからよ、公安なんて外事三課だけでいいんだよ。みーんな、テロだけ警戒してりゃいいの」

川尻は鼻で笑ってやった。

「それじゃ、あんたはクビじゃないか」

「けっこう。俺はいつでも、喜んで交番に帰らせていただくよ。カメラを通さない、生の世間をこの目で見て、いってらっしゃい、ご苦労さまです……なんてな。平和な日本を満喫するのさ」

所詮、荒巻の言うことだ。どこまで本気で、どこからが冗談なのか分かったものではない。ただ、交番に帰ってもいいという発言は意外だった。警察官は俗に交番を「ハコ」と呼ぶが、この荒巻は「棺桶《かんおけ》」と言ってはばからない。てっきり交番勤務は嫌いなのだとばかり思っていた。

そんな、だらだらとした監視の日々は一年も続いた。

相変わらず東侑は緩やかな成長を続け、英男はリトルウィングでの活動に精を出し、川尻はそれを支援し続けた。

この監視はいつまで続ければいいのだろう。そんな疑問もいつしか薄れていった。川尻と前田が主に東侑を担当し、荒巻と広瀬が英男のアパートを見張った。川尻が外に出るのは、買い出しとその他の雑務、あるいは英男と会うとき。前田が出るのは、新たな接触人物の身元調査か、本部との連絡のとき。荒巻と広瀬は、二十四時間態勢で英男の行動確認を続けた。だがそれも、このところは適当に間引いているように、川尻には見えた。

だから、吉男が殺されたのには、本当に驚かされた。慌てて前後の情報を繋ぎ合わせてはみたが、吉男が殺されるような要因はどこにも見当たらなかった。

これが刑事捜査だったら、とんでもない非難を浴びていただろう。東侑を監視対象としていながら、その社長には二十四時間態勢の行確を付けていなかった。弟の行動はチェックしていたが、そっちは全く事件には関係なさそうだった。

挙句、吉男殺しの捜査に入ってきたのは殺人班六係。英男に事情聴取をしたのは、一課員も煙たがるといわれる東警部補だ。下手にほじくられて、東侑内の隠しマイクやこの拠点を発見されたら目も当てられない。

前田が新宿署の捜査本部内情報を仕入れてきたのは、吉男の告別式の翌々日、特捜設置からちょうど一週間後の、九月十一日のことだった。

「今のところ、東侑内の家宅捜索で、隠しマイクの類が見つかったという話は出ていないそうだ。それと、吉男は北新宿の遺体発見現場で殺されたのではなくて、どこか別の場所でリンチを受け、その結果、内臓破裂で死亡したと考えられているらしい。いま特捜の連中は、実際の殺害現場を必死で探し回っている。範囲は、新宿西口から大久保の吉男の自宅を結んで、その直線を幅一・五キロに拡大した範囲だ」

ちょうどこっちに来ていた広瀬が地図を広げる。

「すると……こう、か」

前田が言った通り、地図に書き込んで捜索エリアを囲む。新宿の繁華街がほとんど入る恰好になる。

「特捜は怨恨と、通り魔的犯行の両面で調べている。もう少し通り魔の線に傾いたら、隙を見て機材を引き揚げる。この拠点も、少し時期をズラして撤去する予定だが……」

珍しく、前田が言い淀んだ。

広瀬がちろりと見上げる。

「予定だが、なんですか」

前田は室内を見回し、鼻で溜め息をついた。

「実は……これはまだ、裏のとれた話ではないんだが」

その視線の先にあるのは、東侑の三階事務所を映しているモニターだ。

「……東京税関周辺に、ＣＩＡが張り付いているという噂がある」

入国管理局ではなく、税関に？

「おそらく上は、その件について探りを入れたはずだが、正式な回答は得られていないようだ。今のところ、ＣＩＡが独自に東京税関を調べているのか、東京税関に協力を要請して、貨物や手荷物検査などに立ち会わせてもらっているのか、その辺もよく分からない。むろん、張り付いているのがＣＩＡであるという確証もない。現場で動いているのは白人ではない、日本人エージェントだろうから、それこそ税関側との協力態勢ができあがっていて、制服でも着込まれたら、外から見ても分からない」

広瀬が眉をひそめる。

「それ、どこの筋からの情報ですか」

「んん……東京空港警察の警備課か、それこそ税関内にもぐり込んでる公安か。あるいは、ＣＩＡと民自党はベッタリだからな。政府筋から回ってきたという可能性も、なくはない」

前田がタバコを銜える。川尻はモニターの近くにあった灰皿を手渡しながら訊いた。

「しかしＣＩＡが、日本に出入りする荷物の、何を調べてるんですか」

「……分からん……分からんが、よほど重要な何か、ということは確かだろうな。どこからかも分からないが、とにかく、あるモノが日本に持ち込まれる。あるいは、日本から持ち出される。それを奴らは、水際で喰い止めようとしている。しかもそれは、日本側に、公に協力要請がしづらいものなんだろう。公にしていいのなら、もっと大々的に警察がやった方が早いからな。それができないから、自前で税関に張り付いている」

公にしづらい、何か。

「……覚醒剤、とか」

「だったら税関に任せておけばいい。得意分野だ」

「じゃあ、拳銃も」

「違うだろうな。その程度の小物ではないってことだ」

広瀬が前田を見上げる。

「もっと、軍事的な何か、ですかね」

「その線は、大いにあり得るだろうな」

「でも、空港の手荷物も対象になってるんですよね」

「いや、それはなんともいえない。でもそうだとしたら、モノは比較的小さいことになる」

持ち運びできるくらいに小さくて、アメリカが公にできない、何か。

「……軍の、機密情報か何か、ですかね」

「ハードディスクにコピーして、か。でもそれだったら、手荷物検査じゃ分からないだろう。コンピュータに繋いで、中身を見てみないことには。それに、デジタル化した情報だけなら、回線で送ってもいいわけだしな」

　広瀬が頷く。

「そうですね。ＣＩＡは世界中の電子網に検閲プログラムを仕掛けていますが、独自に暗号化して送れば、少なくともリアルタイムで筒抜け、ってことはなくなる。わざわざ、ハードコピーを運ぶような危ない手は使わないでしょう」

「じゃあ、なんなんですか」

　前田が首を傾げる。

「分からん。ただ、海外製品の輸入販売を手掛けている以上、東侑の荷も、当然そういった捜索の対象になるだろうって話だよ」

「現場でぶつかったら、あっちに譲れってことですか」

「そうは言ってない。ただ、そういう連中もいるかもしれない、って話さ」

　特に対応策を練るでもなく、その話題はそれで終わりになった。

　その翌日。荒巻から重要な報告をしにいくという連絡が入った。

　前田と二人で待っていると、彼は午後二時頃に現われた。

「これちょっと、再生してみてくれ」

　彼が差し出したのは、切手大のメモリーカードだ。

川尻がパソコンに挿入し、開いてみると、中に音声ファイルが一つ入っている。ダブルクリックして再生。メンバーの人数分繋ぎっぱなしになっているヘッドホンを、前田と荒巻に手渡す。

音声は、微かなノイズで始まった。

すぐにやかましい着信メロディが流れる。『パープル・ヘイズ』。ジミ・ヘンドリックスの代表曲だ。

《もしもし……ええ、大丈夫です》

英男の声。少し緊張しているようにも聞こえる。

《えっ……あ、はい……それは、ないと思いますけど……はい……分かります。東品川の》

東品川といえば、東侑の倉庫がある場所だが。

《えっ、アイアン？》

英男の声が上ずる。

《あっ……すみません……でも……》

なぜ、謝ったのだろう。

その後、英男はしばらく相槌を打つばかりで、具体的な言葉は発しなかった。ただ、何か無理な要求をされている雰囲気だけは、なんとなく伝わってきた。

《分かりました……やってみます……》

音声ファイルはそこで終了した。

前田の問いに、荒巻はかぶりを振って答えた。

「なんだこりゃ」

「突然の電話なんで、全く前後の事情は分かりません。ただ、G４は今日の午前中に、宅配便で何か受け取っています。十センチ立方ほどの小さな箱でした……その荷と、何か関係があるのかも」

「差出人は」

「あとから入って調べましたが、室内には空箱も伝票もありませんでした。持って出て……でも道中で捨てたりもしませんでした。バイト先に行ってからだとすると……相当な用心ですがね」

「電話の相手は、バンドメンバーじゃないな」

「ええ。むろん、カラオケ屋関係でもないでしょう。それだったら、東品川なんて地名は出てこない」

「しかし」

川尻が割り込むと、荒巻は苛立ったように横目で睨んだ。

「なんだよ」

「いや、東品川って言っただけで、別に東侑の倉庫を意味するとは限らないだろう。たまたま、そっちのチェーン店にヘルプに行ってほしいとか、そういう可能性だってなくはない」

「あの店の系列に、東品川の支店はねえよ」

前田が、首に掛けていたヘッドホンをはずす。

「シャケ。お前、この電話の相手は、誰だと思う」

「さあ。声、全然こっちに漏れてきませんでしたからね。さっぱりです……ただ」

荒巻の視線が、ゆっくりとこっちを向く。

「アントン。G４は、例の中年男について、なんて言ってた」

例の、中年男。あまりに久し振りなので、すっかりその存在を忘れていた。

「ああ……当初G４は、吉男に、アメリカとのパイプ役だと説明されて、実際に会ったG４は、アパレル関係の人だったって、俺には言ってた」

「……妙だな」

前田がモニター前の椅子から立つ。

「アパレル関係でアメリカとのパイプ役なら、かえって最近の方が、関係は密になっていたはずだ。実際そっち関係の事業が、東侑は好調だったじゃないか」

「そうとは限らないでしょう。ブランドが違えば、関係が切れることだってある。一概には言えないですよ」

荒巻が頭を横に振る。

「アントン、よく思い出せ……Ｇ４は、それをお前に報告するとき、どんな様子だった」

言われなくても、さっきから思い出そうとしている。

「少し、言いづらそうな感じも、あったような……」

荒巻は、親指でこっちを差した。

「俺、電話の相手は、その中年男だと思います。単なる当てずっぽうですが」

前田が頷く。

「うん……根拠はないが、それが一番しっくりくるし、一番……嫌なパターンだな」

「どうしっくりくるんすか」

少し声が大きくなってしまい、前田に睨まれた。

「……虎男の自殺と前後して、吉男の周辺で目撃された男。だがそいつは、シャケの尾行に気づいていた可能性がある。その後姿を見なくなったのは、尾行を警戒してのことだったのかもしれない。そして吉男は、アメリカのゴルフブランドものを輸入、販売し、成功している。例の男が、表には姿を見せなくなったが、裏で糸を引いていた可能性は高い」

「そんな表立ったビジネスの話なら、東侑を直接訪ねる機会があったっていいじゃないですか」

前田が段違いに眉をひそめる。

「お前は何が言いたいんだ。少しは自分の立ち位置を認識しろ……いいか。例の男が、本当に虎男の死後も吉男と関係を続けていたのだとしたら、それは東侑を大きくするためじゃない。吉男を大きくしようとしていたに過ぎない。だが何かが起こって、吉男は消された……新宿の特捜が決めかねてるくらいだ。怨恨か、それとも通り魔的犯行なのかは、実際はっきりしないんだろう。だが大事なのは、あの中年男が吉男の次に、Ｇ４にアプローチしてきた可能性がある、という点だ。もしそうだとしたら、今度はＧ４が危ないともいえるし、Ｇ４が、何かに使われる可能性だってある」

Ｇ４が、使われる。

「……しかし、『アイアン』ってのは、やっぱり、あれかな、ゴルフクラブのアイアンなのかな……モグさん、どう思う」

その荒巻の呟きを、川尻は、半分も聞いてはいなかった。

2

ここ三日、東と林田は呉吉男の関係者を当たっている。

九月十三日、木曜日。この日は、ようやく探り当てた馴染みの飲み屋を、午後三時頃に訪ねた。場所は新宿ゴールデン街のはずれ。なんと吉男は、劇作家、詩人、競馬評論家としてカリスマ的人気を誇った、あの寺山修司のファンだったらしく、そこは寺山ファンが集う店として、マニアの間では有名な店らしかった。

　むろん、店はまだ営業開始前だ。

「……あの事件って、若松さんだったんですか……そうですか、お亡くなりになったんですか……」

　店主の三谷《みたに》裕造《ゆうぞう》も、むろん筋金入りの寺山ファンなのだろう。酒やグラスを並べた棚以外は、全て寺山関係のポスターやチラシで埋め尽くされている。東には全く馴染みのないジャンルだが、それでも「天井桟敷《さじき》」という劇団名はなんとなく知っていたし、『書を捨てよ町へ出よう』や『田園に死す』といったタイトルには覚えもあった。

　おどろおどろしい白塗りメイク、お世辞にも美しいとは言えない裸体の男女。軍服、セーラー服。レトロ、デカダンス、エロス、インモラル——なぜ吉男は、こういった世界に惹かれたのだろう。そんなことを知ったところで事件解決の糸口になるとは到底思えないが、それでも、多少の興味は覚えた。

「若松さんはこちらに、どれくらいのペースで見えていたんですか」

「そうですね……週にいっぺんとか、十日にいっぺんくらいは、来ていただいてたと思います」

「いつも一人でしたか」

三谷はカウンターに並べてあったグラスを、一つずつ丁寧に、棚へと戻していく。

「ええ……お一人でした。うちではたまに、そのモニターで映画や演劇をかけたりもするんですが、それをじーっと、ご覧になるのがお好きでしたね……『身毒丸《しんとくまる》』と『レミング』が、特にお気に入りのようで。かといって、蘊蓄《うんちく》を傾けるタイプではなくて、しみじみと……いいなぁ……って。そんなふうに、ぼそっと、感想を仰る方でした」

「お話は、よくされましたか」

「ええ、それなりには。スポーツ用品の輸入販売をされていることは、伺ってました。確か、お父様が亡くなられてから、まだそんなに経ってないんじゃなかったかな」

東は「ええ」と返し、続けて訊いた。

「若松さんが亡くなられたのは、今月三日の夜なんですが、その日、彼はここに、見えませんでしたか」

「今月、三日、ですか……」

記憶を手繰り、だがそれでは足りないと思ったのか、三谷はレジの下からセカンドバッグを取り、中から掌サイズのノートを出した。

「三日の夜、は……『草迷宮』の日か……まあ、映画なんですが、最近若松さんが『草迷宮』を見てらしたって記憶は、ちょっとないんで、お見えにはならなかったと思いますが」

「何か、お会計の記録とかで、最後に来たのがいつか、調べられるものはありませんか」

三谷は、ちらりとレジスターを見やった。

「うちには、そういった精密機械はないんで。記録っていっても、会計一件がいくらって、そういうのだけですから。どんなお客さんがいくら払ったかって、そういうのは……正直、一週間もしたら忘れちゃいますよ。よほど何か、変わった出来事でもあれば別ですけど」

まあ、そんなもんだろう。

そのとき、ポケットで携帯電話が震え始めた。

三谷に会釈をし、いったん店から出る。

「……はい、東です」

相手は殺人班六係長の河野だった。

『今どこだ』

「ゴールデン街の、例の店です」

『じゃあ、すぐ北新宿に向かってくれ』

北新宿といえば、吉男の遺体が発見された辺りだが。

「なんですか」

『殺害現場らしき場所が見つかった。いま石田も向かわせた』

やはり。現場は近所だったか。

「了解しました。五分で行きます」

河野が詳しい住所を告げる。振り返ると、ちょうど出てきた林田が、気を利かせて筆記具を差し出してくれていた。


北新宿一丁目二十五‐△、丸山ビル。

東たちが到着したときにはすでに数組の捜査員が駆け付けており、現場内には鑑識も入っているらしかった。

周りはごく普通の住宅街のため、さほど野次馬は多くない。立入禁止テープの外に、近隣住民と思しき老人や主婦が、七、八人いるだけだ。

テープをくぐると、石田警部補がこっちに寄ってきた。

「……ご苦労さまです。お近くだったんですか」

「例の、ゴールデン街の店だ」

「ああ、寺山ナントカの」

「相当マニアックな店だったよ……それより、どうなんだ」

丸山ビルは四階建て、たぶん鉄筋コンクリート。青みがかったグレーの外壁には黒い稲妻がいく筋も走り、ところどころに苔《こけ》も張りついている。

「現場は、三階です。ほとんど廃ビルみたいですね」

「見つけたのは誰だ」

「桜井《さくらい》です」

石田が「おォい」と若い捜査員を呼ぶ。といっても、もう三十代半ばにはなるが。

彼は所轄署の鑑識係員にもうひと言言ってから、こっちに駆け寄ってきた。

桜井は同じ殺人班六係のデカ長。東はその、汗じみたワイシャツの肩を軽く叩いた。決して大きくはないが、よく締まった筋肉がそこにある。

「よく見つけたな」

「いやぁ、もう死に物狂いですよ」

眉をひそめつつ、だが口元には微かに笑みが浮かんでいる。

「なんたって捜索範囲が、ほぼ一・五キロ四方でしょ。ここで見つかんないでさらに広げられたら、もうほんと、身が持ちませんよ」

桜井を含む地取り班は、呉吉男が最後に行った店と自宅を直線で結び、その幅を一・五キロに拡大した範囲で殺害現場を見つけ出せと、デスクから命令されていた。

東は、わざと眉を段違いにしてみせた。

「……まさかお前、マッチポンプじゃないだろうな」

自分で現場をそれらしく作り、自ら発見して手柄にする。捜査一課の刑事とて、追い詰められれば自作自演に走らないとも限らない。

「東主任、冗談キツいっすよ」

まあ、そう願いたいところだ。

「中はどんな感じだ」

桜井は瞬時に表情を戻した。

「はい。現場は三階で、間取りは３ＬＤＫ。空き部屋で、建物自体の老朽化が激しいため、この年末にも取り壊す計画があるようです。もうほとんど住人もいません。四階に一世帯と、一階の管理人のみです。部屋は六畳ふた間と八畳に、十二畳のＬＤＫ。犯行に使用されたのは八畳間です」

「状況は」

「フローリングに、鉄パイプの先端が当たったような三日月形の打痕が十数ヶ所ありまして、部屋の床中央には、嘔吐物が乾燥したような残留物がありました。これと吉男が最後に食ったものが一致したら、文句なしでしょう」

三階でリンチ、か。

「……お前、どうやってそんな部屋、見つけたんだ」

「あ、やだなァ。まだ疑ってるんですか。だから、犯行に使えそうな条件の部屋を、虱《しらみ》潰《つぶ》しに当たってってっただけですよ。このビルだって管理人に頼んで開けてもらって、ひと部屋ひと部屋見てったんですから。そしたら、明らかにその部屋の鍵だけ壊されてたんで、ピンときたと」

　なるほど。それはご苦労なことだ。

「管理人は、何か見てないのか」

「ええ、残念ながら。ただ、四階の住人は何か知ってるかもしれないですけどね。管理人に勤め先聞いてるんで、鑑識が終わったら行ってみますよ……ああ、でもこの時間だったら、ここで待ってた方がいいかな。フィリピン人夫婦らしいんですが」

「日本語、喋れるのか」

　桜井は「さあ」と首を傾げた。

「何をやってるんだ。相手が外国人だった場合は、まずそこを確認しろ。もし日本語が駄目なようなら、本部に連絡して通訳を呼んでもらえ。新宿署の九階に、通訳センターの分室がある。そこを使え」

　フィリピン人なら、英語で概ね大丈夫なはずだ。

　夜の会議までには、鑑識結果もほぼ出揃っていた。

　報告するのは、現場鑑識三係の藤吉《ふじよし》主任だ。

「……まず、要点から。この部屋が、本件マル害、呉吉男の殺害現場であると、断定します」

　講堂中が低くざわめく。藤吉の報告はいつも単刀直入でいい。現場鑑識の中では、東は藤吉を最も信頼している。

「科捜研の法医第一及び第二係より報告が出ているので、こちらからまとめて……現場床にあった嘔吐物には、未消化のイカ、アワビなど、マル害が死亡前に摂取したとされる食品と同様のものの一部が、数種類含まれていた。少量だが床に付着していた血痕、また胃液等の体液から、血液型はＢ型と判明、マル害と一致。さらに現在、ＤＮＡ型も照合中。毛髪は七種類。うち一種類がマル害と一致。指紋は五種類。うち一種類がマル害と一致。足跡は九種類、うち一種類がマル害と一致。足跡の重なり具合から、加害者は二人から三人。それ以外の五、六種類は、犯行時より少し古いものである可能性が高い」

　ここまで揃えば、東にも疑問の余地はない。

「次に、現場の床板についていた三日月形の疵《きず》。わずかながら金属粉が採取できたので、化学第二が成分を分析中。おそらく、外径三十四ミリのアルミ製パイプとのこと」

　これの流通状況、殺害現場近くの工事現場などで盗まれていないかなどは、調べる必要があるだろう。

「検死調書にも、犯人は右利きであろうとの見解があるが、今回の疵も床に対して左傾斜でついているため、右利きの可能性はより高まった。現時点で報告できることは、以上」

河野がマイクを取る。

「何か、質問はないか」

特になし。

「では、現場周辺の地取り。桜井」

「はい」

勇んで立った桜井だが、殺害現場発見以上の報告は、これといってないようだった。上の階に住んでいるというフィリピン人夫婦も、三日夜のことについては何も分からないという。

また、あとに続いた組も同様だった。現状、三日夜にあの部屋で何があったのかを知る近隣住民は、いないことになる。

手元のメモから目を上げた河野が、再びマイクを取る。

「……明日からは少し、こっちの現場の地取り班を厚くして、目撃者捜しに重点を置く。今夜は、これにて散会」

石田が号令をかけ、全員が起立。礼。

だが、それで講堂を出ていく捜査員はわずかしかいない。ほとんどの者はここに居残り、新宿署が用意した弁当を食べ、ビールを飲みながら、第二会議ともいうべき捜査談義に花を咲かせる。それがごく一般的な、特捜での夜の過ごし方だ。

「……お疲れさまです」

会議中にとったメモをノートに清書していたら、気を利かせた石田が弁当とビールを持ってきてくれた。今夜は現場発見に対する褒美か、中華弁当にスープまで付いている。

「ああ、すまん……」

東はノートを閉じ、弁当を受け取った。

こんなときに、東のそばに寄ってくるのはこの石田くらいしかいない。他の六係員は古株の三浦警部補や平井警部補、所轄の連中はそれぞれ自分の仲間たちと車座になり、すでに始めている。

輪ゴムをはずし、弁当のフタを開けると、シューマイとエビチリの混ざった匂いがふわりと立ち昇った。

「……東さん。もうちょっと、桜井のこと褒めてやってくださいよ」

「ん？」

プルトップを引き、石田が缶を突き出す。東も自分のを開け、軽く合わせた。

「褒めただろう。よく見つけたなって……」

大きくひと口、喉に流し込む。少々ぬるいが、仕事のあとの一杯はやはり美味い。

だが石田は、何やら浮かぬ顔だ。

「でもそのあと、マッチポンプがどうこうって」

「冗談だろう。奴だってガキじゃない。いちいち真に受けやしないさ」

桜井は今も、一人でパソコンを打っている。現場検証調書を作っているのだろう。

「……東さんが言うと、冗談に聞こえないんですよ。それでなくたって、他の連中はいつ手柄を引っくり返されるか、戦々恐々としてます」

「別に俺は、意味もなく揚げ足をとったりはしない。疑問があれば訊く。なければ黙ってる。俺は一度だって、会議で野次なんて飛ばしたことはないぞ」

「その、黙ってるのも、怖いんだよなぁ……」

石田がザーサイをつまむ。東は、エビチリから箸をつけた。やけにしょっぱいが、ビールのつまみにはいい。

「……言えば煙たがられる。黙ってれば怖がられる……俺にどうしろっていうんだ」

「いや、分かりますけどね、俺は。でも、他の連中は違います。もう少し、東さんも空気読みましょうよ」

最近の会議で自分は、そんなに特捜の雰囲気を乱すような発言をしただろうか。

地取りの連中に、不在だった家族の話も徹底的に拾え、とは言った。敷鑑には、ただ得意先と言うんじゃなくて、どういう商品の取り引きをしてるかくらい説明しろ、とも言った。だが、せいぜいそんなところだったはずだ。

「空気ねぇ……」

シューマイ。これまた妙にコショウが効いている。

石田が、フッと笑いを漏らす。

「……なんだよ」

「いえ。なんか、無理な注文かなって」

「分かってんだったら言うな」

「いやいや、そういうものじゃないでしょう。無駄だと思えても、やっていくうちに見えてくるものだってある……そう俺に教えてくれたのは、どこの優秀な刑事さんでしたっけね」

今度は、東が笑いを返す番だ。

「もうそういう時代じゃない。今は効率よく、無駄を省いたスリムな捜査が要求される時代だ」

「ありゃりゃ」

そして、二人で笑う。周りの連中は、さぞ奇異な目で見ていることだろう。

「……そりゃそうと……今日の現場発見で、もう通り魔的犯行って線は、完全になくなったことになるな」

石田も真顔に戻る。険しい目で、飯を頬張る。

「……ええ。いくら廃墟じみているとはいえ、ぱっと見て、さっと入れる物件ではないですからね……きっちり下調べした上で、鍵も……事前に、壊しておいたんでしょう」

春巻きに、たっぷり辛子《からし》を塗る。

「っていうことは、だ……ホシは、計画的に吉男を襲った。だが、決して送金に応じろと、そういう脅しをかけたわけではない、ということになるよな」

石田が、バンバンジーに突っ込んだ箸を止める。

「……あ。言われてみれば、そうですね」

送金に応じさせるためなら、何も鉄パイプで死ぬまで殴る必要はない。北の親類で駄目なら、たった一人の家族となった英男を傷つけるぞ、殺すぞと、そう脅しをかければ済む話である。逆に犯人の要求が送金なら、必ず用意しますと、口約束だけでもしておけば吉男は殺されずに済んだはずだ。

「吉男は、何か握ってたんですかね」

「何か、とは？」

「北の……国家が転覆するような、何か」

笑うべきか、真面目に答えるべきか。

「だったら、別に時間をかけて痛めつける必要はない。一発で楽にしてやればいい。そんなことを、今さら躊躇《ためら》うお国柄でもあるまい」

確かに、と石田がバンバンジーを口に運ぶ。

「何か握ってたとしても、それは単なる情報ではなくて、もうワンクッション手前の、何かなんだろう」

「と、言いますと」

「さして屈強そうでもない吉男が、二時間鉄パイプで殴られ続けて、それでも明かさなかった、何かだ」

「お宝の在り処……ですか」

ここは笑ってもいいはずだが、あいにく微妙に事の核心を突いている。

「そう。でもそれは、シャブやマカロフなんて代物とは、違うんだ……たぶん」

石田が左拳を額に当てる。考えるときのポーズだ。

「ホシが北の人間、っていう線は、そもそもいいんですかね」

「まだ、不確定要素では、あるだろうな。だが、それ以外に何かあるか」

ビールをひと口。石田も倣う。

「……韓国、とか」

「韓国が、吉男に何を握られた」

「北が転覆するような、何か」

思わず吹き出してしまった。

「……なんだそれは」

「だから……韓国側は、北の今の体制を、できるだけ維持したいわけでしょう。石油もない、産業もない。あるのはパレード用の軍隊と、未完成のミサイル。実験段階の核爆弾、使うに使えないプルトニウム……そんな同胞隣国にパンクされたら、韓国は難民で溢れ返る。間違いなく共倒れになる……それを怖れて」

「つまり、具体的に、吉男は何を握った」

石田が深く唸る。

「……北が、転覆するような……あるいは、中国……それはないか……ロシア……そんな、なんでしょう……吉男一人がおっかぶって、殺されるまで、口を割らなかったもの……」

そろそろ、正解を聞かせてやろうか。

「分からないか。吉男が何を、握っていたのか」

石田が、パッと目を輝かせる。

「え、東さん、分かるんですか」

深く、頷いてみせる。

「教えてください、なんですか」

まあ待てと、ビールで喉を湿らせる。

「いいか。吉男が握っていたのはな……」

じっと、石田の目を見つめる。

「……将軍様の、キンタマだ」
一、二、三、四、五——。
おかしい。何秒経っても笑いが起こらない。

かなりの傑作だったはずだが。

3

川尻は、英男に接触してみようと提案した。だが前田は、まだ時期が悪いと一蹴した。

英男の、謎の電話連絡から二日が過ぎていた。その間、彼が動いたという報告はなかった。東品川は疎か、予定されていたはずのバンド練習も休んだようだった。

痺《しび》れを切らした荒巻は、先に東侑の倉庫に忍び込んで、英男が思わず漏らした「アイアン」とやらを探してみてはどうかと提案したらしい。しかし、前田はそれも却下した。輸出入関係の施設には現在、ＣＩＡが張り付いている可能性がある。下手にニアミスして、事を構えるのは得策ではない。東侑は例外であるとする確証は、何一つないのだから。

前田は、十四日の朝に拠点を出ていき、翌十五日の夕方に戻ってきた。

「新宿の特捜、動きがあったぞ」

グレーの夏物スーツ。脱いだ上着のポケットからタバコとライターを取り出す。

「……吉男の殺害現場が割れたらしい。北新宿一丁目だ」

「というと、遺体発見現場と、大して離れてないですね」

「ああ。特捜は昨日から、大半の捜査員を殺害現場の地取りに振り替えた。東もそっちに回された。Ｇ４に接触するなら、今がチャンスかもな……どうする」

東侑の事務所内映像。男性社員が、大きな段ボールを持ってドアを入ってくる。それを見た女性社員が慌てて手を貸す。

川尻は、映像を記録するハードディスクレコーダーのスイッチをオンにした。記録モードを確認する。ちゃんと「長時間」になっている。

「……行きます。今日は奴、バイトですから、直接池袋の店に行って」

「客として接触するか」

「はい。それが一番、早いと思います」

「一人でいいか。女とか、連れていかなくて」

一瞬、迷った。

「いや、いいです。一人で行きます」

前田は小さく二度、頷いてみせた。

池袋まではＪＲ埼京線でひと駅だ。

北口を出て、丸井方面に抜ける道を進む。夕方の五時十分。だいぶ陽は傾いていたが、まだ暗いというほどではない。上空に覗いた細長い空は、色の薄い夕焼けと鼠色の雲で斑《まだら》模様になっている。

途中で英男の携帯にかけてみたが、仕事中のためか留守電になってしまった。すぐさま荒巻にかける。

「……俺だ。今日、店は張ってるか」

『いや、ガサ（家宅捜索）かけてる。トノもこっちだ。お前は』

「池袋に来てる」

『ああ、接触するんだってな……健闘を祈るよ。俺も、八時前にはそっちに行く予定だ』

「分かった」

三分ほどで店の前まで来た。

カラオケルーム「パテオ」池袋本店。パーティなどにも使える大型個室が売りで、料理もドリンクも、シティホテルのレストラン並みに揃っている。

入り口の雰囲気もシティホテルのそれに近い。だが自動ドアが開いた途端、パチンコ店よろしくＢＧＭが溢れてくる辺りは、やはりカラオケ屋だ。

入って正面の受付に向かう。係員は若い男だが、英男ではない。

「いらっしゃいませ。お一人様ですか」

そうだと答え、メンバーズカードを提示する。以前に一度下調べに来たことがあり、そのときに作っておいたものだ。

辺りを見回す。他にもスタッフが四人いるが、英男の姿はなかった。とりあえず接触手段は、部屋に着いてから考えるとしよう。

申し込み、案内された三階の部屋は、二、三人で使うのに適した小部屋だった。ワンドリンクをコーラでオーダーし、スタッフが出ていったら、また英男にかける。

電波の入りは悪くない。だが仕事中だからだろう、英男は留守電にしたまま応じようとしない。

「……アンドウです。いま、池袋のお店の、えっと……B五号室に、来てます。少し、話はできないかな。連絡、待ってます」

この部屋は一時間半で申し込んである。十分おきくらいに連絡を入れて、三十分経って返事がなければ、こっちから捜しに行ってみる必要があるかもしれない。

コーラはすぐに運ばれてきた。妙に甘い、変な味がした。炭酸水とシロップのバランスが狂っているのではないだろうか。

ソファに深く腰掛け、室内を見回す。唄い手の立ち位置の真上に、小さなミラーボールが仕掛けられている。くるりと回り、しばし停止。そんな動きを繰り返している。止めるスイッチがどこかにあるのではと思ったが、よく分からなかったのでそのままにした。

隣接する部屋から、低く微かに伴奏が聴こえてくる。唄い始めは若干、音がはずれ気味だった。すぐに持ち直しはしたが、それでも上手い部類ではなかった。

ドアの前を誰かが通り過ぎる。小窓に映った横顔を凝視する。やはり、英男ではない。

実際に会ってどう切り出すかは、ある程度考えてあった。

吉男殺害以降、会うのはこれが初めてだから、まずは悔やみを述べる。そして、他言無用と念を押した上で、多少は捜査状況について明かす。殺害現場が判明して、通り魔という線はなくなった。お兄さんは計画的に殺害された疑いが強い。何か、心当たりはないか。

この程度のことは、むろん殺人班の東主任からも訊かれているだろう。だが、知り合って十日の担当捜査員と、二年越しの川尻とでは英男の対応も違うはず。そうでなければ、自分たちの二年はなんだったのかという話になる。

もし何か知っているのであれば、英男は、川尻には話してくれると思う。本当に何も知らないのであれば、さらに川尻から訊く。

あの中年男から、連絡はなかったか。

英男は正直な男だ。あったのなら、何かしら顔に出るだろう。なければ、ただかぶりを振るだろう。だが反応がどちらであるにせよ、英男は訊くだろう。

彼が、吉男の件に何か関係しているのかと。

可能性はある。そう答えたら、英男はどんな顔をするだろう。

そこからは様子を窺いながら、切り込んでいくしかない。あの男について喋らせるしかない。

三十分経った。

川尻は重い腰を上げ、ドアの前に立った。

レバー式のノブを回し、狭い廊下に出る。周りの部屋も、来たときよりはだいぶ埋まっているようだ。外に漏れてくる音量がそれなりに大きくなっている。

トイレを探すふうを装い、廊下を行ったり来たりした。このフロアにいるスタッフは三人。いずれも英男ではなかった。

エレベーター前まで行ってみる。案内によれば、二階から八階までが客室になっているようだった。とりあえず二階に行って、いなければ八階まで上って、ワンフロアずつ下りてこようか。

階段で一つ下りる。間取りは多少違っているが、廊下などの造りは三階と一緒だった。スタッフは男女一人ずつ。英男はいない。間違えた振りをして、苦笑いで女性スタッフとすれ違う。

エレベーターで八階に上る。下からきたカゴは仕事の引けた会社員で一杯になっていた。少し詰めてもらい、なんとか乗り込む。

彼らは五階で降り、その間、見える範囲でフロアを見回してみたが、やはり英男はいなかった。

打って変わり、一人きりになったカゴでさらに上る。

まもなく階数表示が「８」になり、ドアが開いた。

八階は、どうやらＶＩＰフロアのようだった。壁は木目調、照明はやや暗め。壁に並ぶドアも数が少ない。ひと部屋の大きさが違うのだろう。

と、そのときだ。

一つ向こうの角から、トレーを持った英男がひょっこりと現れた。バーテンダーのような、白シャツに黒ベスト、黒い蝶ネクタイという出で立ち。彼もこっちに気づき、やあ、と声をかけようと、川尻は右手を肩の高さにまで上げた。だが、声は出せなかった。

英男が、異様に険しい顔をしたからだ。

なんだ――。

その意味を解したときは、もう遅かった。

英男のすぐあとから、男が一人、角を曲がってきた。

「……おや、お知り合いですか」

川尻を、無遠慮な視線で睨《ね》め付ける。

東弘樹。なぜここに。

「あ、いえ……違います。じゃあ、僕は……これで」

向こうには深く頭を下げ、こっちには「いらっしゃいませ」と会釈をし、英男が通り過ぎていく。彼がいなくなれば、当然川尻は、東と二人で廊下に残される恰好になる。下の階と違い、防音設備にも金がかかっているのか、あるいはまだ客が少ないのか。八階の廊下は、スローなジャズのＢＧＭがちゃんと聴きとれるほど静かだった。

とっさにトイレを探す振りをし、廊下を反対に進んだ。

しかし、足音が付いてくる。人工大理石の床が、川尻のそれとは別のリズムで、かつ正確に踏み鳴らされる。

トイレに着いてしまった。もう、入るしかあるまい。

入り口正面の洗面台。腰上から天井までの大きな鏡。自分の肩口に、東弘樹の顔が並ぶように映り込む。

右手に進む。小便器は五つ。とっさに奥から二番目を選んだが、向かいの個室に入ればよかったと悔やんだ。

他の四つは空いているのに、東はそのどこにも立たなかった。気配は川尻の背後にある。

「……どこかで、お会いしませんでしたか」

わざと辺りを見回す。まさか、自分が言われたとは思わなかった。そういう芝居のつもりだった。

肩越しに背後を覗く。

「……は？」

「どこかで、お会いしたことは、ありませんでしたか」

実際、川尻は用を足し始めている。終わるまでは、この場を離れることも、ちゃんと振り返ることもできない。

「……すみません、ちょっと……お名前を、お伺いしても、よろしいですか」

東の顔は見えない。完全に川尻の背後、死角に入っている。

「警視庁捜査一課の、東といいます」

低く、硬質な声。

全身が冷えていくように感じるのは、たぶん、用を足しているから、というのだけが理由ではあるまい。

「さあ……警察官の、知人は」

「変ですね」

用は、終わった。早く、ここから――。

「私はどうも、あなたをよく知っているような、そんな気がしてならない」

ジッパーを上げ、便器から離れる。水が流れ出す。

「……人違いではないですか」

ちらりと見やる。東は腕を組み、無表情でこっちを見ている。

川尻はポケットからハンカチを出し、口に咥《くわ》えた。余計なことは喋りたくない。

「……私は、刑事なのでね。人違いということは、あり得ないんですよ」

そんなはずがあるか、と思ったが、反論はしなかった。袖を捲《ま》くりながら洗面所に進む。

場所は、真ん中にする。

また東が背後に立つ。腕は組んだまま。依然表情もない。

蛇口に手をかざすと、常温の水が勢いよく流れ始める。すぐに冷たくなる。

「どうも、『チヨダ』臭いんですよね。あなた」

この水より、もっと冷たいものが背中に広がっていった。

チヨダ。ひと目でそこまで分かるのか、この男には。

自分の表情は、どうなっているのだろう。目の前の鏡を見る。たったそれだけのことが、今は怖ろしくてできない。

口からハンカチを取る。これで、応える義務が生じてしまった。

「……チヨダ、とは、なんでしょう。やはり、人違いでは」

「いえ、それはだから、ないんですよ。人違いというのはない。私が言いたいのは、つまり、あなたは警視庁公安部の、外事二課の人間ではないのですか、ということですよ」

「チヨダ」の臭いを嗅ぎ付けて、そこに在日朝鮮人がいたとなれば、外事二課の所属と推測することはさして難しいことではない。ただ、ここまで言いきるには相当な覚悟がいるはずだ。自分の嗅覚に誤りはない。そういう絶対的な自信がなければ。

「何を仰っているのか……つまり、私も警察官だと、そういうことですか」

　東が腕を解く。

「……間違っていたら、お詫びします。ですので、お名刺をちょうだいできますか」

　自ら名刺入れを出し、一枚抜いてこっちに向ける。

　マズい。公安といえども、偽の名刺までは作らない。私文書偽造や詐欺の罪に問われるわけではないが、捜査手法として適正であるとはいえない上、あまりにも明確に証拠として残るからだ。

　むろん東は、それを分かった上でやっているのだろう。

「あの……どういったご事情かは存じませんが、いきなりこんなところで、名刺を出せと言われましても」

「お持ちではないですか……別に、特別なものでなくていい。これと同じ、可愛いイラスト入りのやつでいいんですよ」

　ピーポくん。警視庁の、マスコットキャラクター。

「失礼します」

　川尻が出ようとすると、耳の辺りに顔を寄せてくる。

男っぽい、オーデコロンの香り。

「……ひょっとしてあなた、アンドウさん、と仰るのでは」

一瞬、足が止まりそうになった。だがなんとか、そのまま歩き続けた。

東が追ってくる様子はなかった。だが刑事は、基本的に一人では行動しないものだ。必ず近くに相棒がいるはず。ということは、東ではない別の誰かが、東の指示で川尻を尾けてくる可能性も考えなければならない。

公安警察官が、尾行をぶら下げたまま拠点に帰ることはできない。ここはなんとしても、背後の安全を確認しなければなるまい。

川尻はまずタクシーに乗り、埼玉方面に向かわせた。

川越《かわごえ》街道から山手通りに出る。その辺りまではまだ流れていたが、中山道《なかせんどう》と合流した途端、渋滞にはまった。

運転席左手にあるカーナビの画面を覗く。環状七号線との交差点までの道が、赤く点滅している。しばらくはこの調子のようだ。

「すんません、もう一つ右の車線に入ってもらえますか」

運転手は「はい」と応じ、右ウィンカーを出した。

「……埼玉方面じゃなくて、いいんですか」

「ええ」

財布を取り出す。

「どちらに変更されます」

後ろから五千円札を一枚、運転手の二の腕に押しつける。

「すぐそこで降ります。釣りはいいです。ウィンカーも何も出さなくていい。適当に声掛けますから、安全確認だけして」

「でもお客さん、こんなとこで……」

右側は首都高速の桁下スペース。ホームレスなどに入られないよう、鉄柵で囲ってある。

「先の信号まで走るから、大丈夫です。右から降りれば、バイクも抜けてはこないでしょう」

それで一応、運転手は納得したようだった。そもそも料金カウンターは千円をまだいくらも出ていない。不服はないはずだ。

「……お客さん、誰かに追われてんですか」

「ま、そんなとこ……もう、いきます。降りますよ」

「ああ、はい……どうぞ。後ろ、大丈夫です」

鉄柵に当たらないよう小さめに開け、素早く抜け出る。閉めたら、前方にダッシュ。

二度ほど振り返ったが、後続車両から降りてくる者は一人もいなかった。

その後もしばらく歩き回り、誰もついてこないことを確かめた上で新宿の拠点に帰った。八時をだいぶ過ぎており、前田は不在だった。接触失敗の報告が先延ばしになったことに、いくばくかの安堵を覚える。

とりあえず腹が減ったのでうどんを作り、不在中の映像を確認しながら食べた。東侑自体は、ごく普通に営業をしていただけだった。ちなみに社長業は現在、営業部長の高原という男が兼務している。いずれは彼が、代表取締役に就任するものと思われる。

映像のチェックが終わると、しばらく暇になる。

シャワーを浴び、夜のニュースを見ながら缶ビールを一本開けた。あれ以来、若松吉男殺害事件に関する報道は一度もされていない。たぶん犯人が逮捕されるまでは、何もないだろうと思われる。

十二時を少し過ぎた頃、玄関のチャイムが鳴った。

誰だろう。班の誰かなら、自分で開けて入ってくるはずだが。

足音をさせずに玄関までいく。ドアスコープは、いきなりは覗かない。一度手で塞ぐ。覗いた途端、目を撃ち抜かれた公安警察官が昔いたからだ。

何も起こらないようなので、改めて目をあてがう。

荒巻だった。肩に上着を引っ掛け、向こうの壁に寄り掛かってこっちを睨んでいる。横には誰もいない。銃や刃物で脅されているふうもない。

鍵をはずし、ドアを開けてやる。

途端、荒巻は倒れ込むように入ってきた。すれ違う瞬間、鉄くさい臭いを嗅いだ。

ドアを閉め、鍵を掛ける。

「おい、シャケ」

荒巻はそのままダイニングの床に仰向けになり、声を押し殺して呻いた。

「おい、どうしたシャケ」

取り落としたグレーの上着は真っ赤に汚れ、黒いシャツの左肩もぐっしょり濡れている。

「……すまん……しくじった……」

床についた肩の辺りから、背中に手を差し込んでみる。出血は、ない。

「お前、弾、貫けてないのか」

「ああ……まだ、入ってる」

「馬鹿野郎……」

川尻は救急箱とハサミを用意し、まずシャツを切って開いた。銃創は左鎖骨の下、肩関節から四、五センチのところにあった。

「一発だけか」

「……ああ」

「誰に」

荒巻がさらに顔をしかめる。痛みより、悔しさの方が強いとでも言いたげだ。

「……店が終わって……Ｇ４は、例の……東侑の倉庫に、忍び込んだ……あいつ、合鍵、持ってやがった……俺も、あとから入って」

浅く吸い込み、いったん長く吐き出す。そしてまた、浅く吸う。

「……そしたら、すぐに別の、二人組も、入ってきて……朝鮮語で、呼び掛けて……一人が、荷を漁って……一人が、Ｇ４を探して……俺は、終わるまで、隠れてようと思ったんだが、つい……欲が出た。顔を見に、近づこうと……そしたら……」

「Ｇ４は」

「たぶん、途中で逃げた……」

「そうか……分かった」

素人に弾丸の摘出はできない。特に肩は神経が入り組んでいて、下手に傷つけたら腕が一生動かなくなる。

「今、モグさんに連絡するから。そしたら、医者に連れてってやるから」

荒巻は連絡している間中ずっと、ちくしょう、情けねえ、と呻いていた。

4

殺害現場の地取りを早めに切り上げ、東は池袋の、呉英男のバイト先に向かった。

呉吉男は、決して通り魔などに殺害されたのではなかった。西新宿からの帰り道で計画的に拉致され、北新宿一丁目のビルに連れ込まれ、拷問された上で殺害された。傷害致死という見方がないわけではないが、警視庁はあくまでも殺人事件として捜査、立件していく方針だ。

そう伝えたら、英男は一体どんな顔をするだろう。

吉男の死に関して、英男は何か知っている。そんな感触もないではなかった。またこちらの握っている情報の多寡を図り、自分の出方を決めようと考えているふうにも見えた。

だが、吉男殺しに英男が係わったのかというと、それはないように思った。何か事情は知っている。それを警察に言うことはできないが、かといって自分ではどうすることもできない。具体的な行動は何も起こすことができないまま、立ち往生している。そんな印象を東は持った。少なくとも、先日の事情聴取の時点では。

「若松英男さんは、出勤されてますか」

一階の受付で尋ねると、八階にいると言われた。行ってみると、英男はパーティにも使えそうな広い個室で、一人でグラスなどの準備をしていた。

「ああ、刑事さん……」

「こんにちは。今日はちょっと、報告があって伺いました」

仕事を続けながらでいいから聞いてくれと言い、捜査に進展があったことを告げた。

殺害現場の判明、計画的犯行、拷問、死体遺棄。

それぞれのキーワードに、相応の反応はあった。だがどれもごく当たり前のリアクションで、特にこれといって疑わしい部分はなかった。

「兄は、何かのトラブルに、巻き込まれていたんでしょうか」

まるで二時間ドラマか、ニュースの締めのコメントを聞いているかのようだった。選ばれた言葉。あらかじめ決められていた文言。穿《うが》った見方をすれば、その自然さが、逆に東には引っ掛かった。

「むろん、そういうことになります。何か、お心当たりはありませんか」

英男は、グラスとナプキン、皿、箸などが並んだテーブルを、力なく見下ろしていた。

「……ありません。すみません」

ありますけど、言えません。つまりそういう返事なわけだが、どう言えないのか、なぜ言えないのかとなると、東にも皆目見当がつかない。

英男は配膳用ワゴンを廊下の先に移動し、もう一度個室に戻り、置き忘れていたのかトレーを一枚ソファから拾い上げ、部屋から出てきた。

「何か思い出したら、ご連絡します……」

　廊下に出ていた東にそう告げ、エレベーターの方に歩いていく。

その、角を曲がった瞬間だ。

英男の顔に激しい動揺の色が浮かび、目を険しくし、だがすぐに打ち消し、東の方を見ようとし、それもやめ、結局彼はその場に立ち尽くした。

そこまで行ってみる。すると英男の視線の先に、男が一人いた。

ひと目見て、警察官だと思った。それも、私服捜査員の経験が長い。だが刑事ではない。組対とも違う。とすると、公安か。英男は在日朝鮮人。その可能性は大いにある。

　知り合いかと訊いたが、英男は違うと言って去った。男を追いかけ、問い詰めたが、むろん尻尾は出さなかった。だがまず、公安部外事二課で間違いない。顔は覚えた。あとで警察庁のデータベースを当たれば正体も分かる。

　まあ、その暇があればの話だが。

　新宿に帰り、地取りをやらせていた林田と合流。特捜に戻ったのは夜の七時半頃だった。他の捜査員たちも、大半はその前後に帰ってきた。会議は八時からになった。

「起立……礼」

まずは地取り。東の組が指名されたが、特に目ぼしい報告はなかった。だがその二つあと。六係主任である三浦警部補は、重要な証言を拾ってきた。

「こちらは、今日も一丁目三十二から三十六のエリアを当たりましたが、三十二の△にあるマンション『プレシャス北新宿』の住人が、事件当夜の三日か、あるいはその前夜……その辺は、あまりはっきりしないのですが、現場周辺で、不審な三人組の男を目撃しています。三人とも痩せ型、うち一人は、ぴっちりとオールバックにしていたと言います。着衣は、そのオールバックともう一人が濃い色のジャケット、一人はカジュアルなシャツ姿」

オールバックといえば、呉吉男の上着をコンビニのゴミ箱に捨てた男の人着と一致する。

「目撃者、コジマタカノリは、プレシャス北新宿の一室を仕事場にしている漫画家で、夜中、気分転換にあの辺りを散歩するのが日課になっているそうです。その夜も、辺りを小一時間歩き回ったあと、隣の駐車場の、空いているところの輪止めに腰掛け、ぼんやりしていたそうです。最初、現場に現われたのは一人で、建物内に入って、ちょっとして出てきた。すぐに携帯電話で話し始め……それが朝鮮語というか、コジマは韓国語と言いましたが、すると二、三分で、もう二人が現われた。これはコジマの印象に過ぎませんが、彼らはそもそも目的の物件があって、でも分からなくなってしまい、手分けをして探し、一人が先に見つけ、それを仲間に連絡、合流して、再度中に入った……のではないかと、コジマは言っています」

河野が顔を上げ、三浦を見る。

「時刻は」

「夜中の二時か、三時頃、だっただろうと」

「日付けははっきりせんのか」

「ええ。何しろ、曜日も時間もはっきりしない毎日を送っているとかで……場合によっては、夕方と明け方を間違うこともあるらしく……ただ、真っ暗だったので、辺りも静かだったので、あれは夜中、それも深夜をだいぶ過ぎていただろうと、そういう話です」

捜査員の何人かが首を傾げる。

三浦は、それが少しカチンときたようだった。

「しかし、何しろ漫画家ですんで、イメージの記憶というか、そういった点は、優れていると思われます。話を聞いたのはプレシャス北新宿の仕事場でしたが、どういう状況だったかを絵に描いてもらうとですね……ああ、これですが」

Ａ４判くらいの紙を持ち、周りに見せる。河野が手を出すので、三浦は前に出て提出した。内容はよく分からない。

「あとで現場に行ってみると、これが、まるで写して描いたように、ぴったりと一致しているんです。ある程度、証言の信憑性《しんぴょうせい》も、見込んでいいのではないかと」

特捜のどれだけの人間が納得したかは、正直分からない。
だが東は、ある程度信じてもいいのではないか、という印象を持ったが。

翌十六日も、引き続き地取り捜査を行った。日曜だったので家人も在宅が多く、午前中だけで思いのほかはかどった。それは決して、有益な情報が多く得られたという意味ではなく、あくまでも、数多くの家を回って話をすることができた、というのに過ぎないが。

六十代、主婦の話。

「ああ、あのボロビルね。うちの孫なんて、オバケビルって呼んでるわよ」

確かに。雷の夜など、なかなかの雰囲気を醸し出しそうではある。

近所のラーメン屋の話。

「実際何軒かは、不法滞在してる外国人の、不法占拠だったらしいよ。それが何喰わぬ顔で住んでんだから……図々しいよ。そんで追い出すとなったら、今度は持ち主の方が、金払わなきゃなんなくなって……あれじゃ可哀相だよ。どうなってんの、その辺の法律って」

知らない。諳《そら》んじて言えるほど、それに関する法律には詳しくない。民事不介入という便利な概念で逃げを打つ。

すると、また呼び出しがかかった。

「……はい、東です」

『品川にある、東侑の倉庫に行ってくれ。品川署から連絡が入った。どうも窃盗事件らしい』

倉庫に、窃盗？

東品川二丁目にある「東侑エンタープライズ・第二物流センター」は、主に輸送用コンテナから出した荷物を保管、管理するための施設のようだった。床面積は百五十坪程度。三台あるフォークリフトは全て、電動の立ち乗り用小型機だ。

鑑識作業も半分くらいは終わったのだろうか。部分的にだが、社員が片づけを始めている。

「捜査一課の、東です」

建物の外にいた、現場主任らしき男に声を掛けた。

「ああ、どうも……盗犯二係の、末松です」

巡査部長くらいかと思ったが、違った。名刺を見ると警部補となっている。所轄署では担当係長だ。

「新宿の特捜に、ご連絡をいただいたようで。ありがとうございました」

「いえ、社員の方が、社長が殺されたばかりなのに、って、言うものですから、それで本署に問い合わせたら、特捜は新宿だと……言うんで、連絡をさせたわけです」

適当に、頭を下げておく。

「で、早速ですが、どんな状況なんでしょう」

「はい……まあ、今朝、普通に社員の方が来ましてですね、倉庫内を見ましたら、あちこちの棚から、もう手当たり次第に箱が引き出されて、開けられている。やられた、と思って……まあ、素人だから仕方ないんですが、その時点で、かなりあちこち歩き回ってしまってですね、現場は壊れてしまってます。被害状況は……」

手帳のページを捲る。

「不思議なことに、あまりなさそうなんです。だいぶ高級なゴルフクラブや、ブランド物のウェアの箱も開けられているのに、数を数えてみると、入り数から減ってない……下手をしたら、箱の破損だけかもしれんのです。防犯カメラなどはないのですが、昨夜、最後まで残っていた社員が帰ったのが、午後十時二十三分ですので、犯行はそれ以後から朝方にかけて、ということになるでしょうか」

そんなことはないだろう。社長が拷問の上殺害されて、公安外事二課まで動いている、東侑エンタープライズの倉庫だ。一見分かりづらい被害でも、よく調べれば何かあるはずだ。

「事務所は、荒らされてないんですか」

「ええ。そっちは、無事だったようです」

狙いはあくまでも貨物、か。

そこに、作業服姿の男が近づいてきた。

「……刑事さん、あのぉ」

末松が振り返る。商品管理課の課長さんです、と東に教える。

「はい、なんでしょう」

「いや、実はその、商品ではなくてですね、アメリカから、亡くなった社長宛てに来てた、ゴルフクラブのサンプルが……どうも、なくなっているような……」

妙に、東の耳に引っ掛かるものがあった。

直接訊いてみよう。

「ちょっとすみません。亡くなった社長というのは、二代目ですか、それとも……」

「ああ、先代ではなくて、二代目の、吉男さんです」

「吉男さん宛てに来た荷が、なくなったんですか」

「はい、たぶん。ちょうど、亡くなられた日か、その辺りに、別の荷と一緒に届いて。『アイアンサンプル在中』みたいに書いてあったんですが、宛て名が個人になってましたんでね。開けて良いものやら、悪いものやら」

アメリカから送られてきたのに「在中」とは。要するに、送り主は日本人ということか。

一番考えやすいのは、やはり、例のちょいワル親父だが。

「どれくらいの大きさでした」

「そうですね……」

彼が示したのは、厚みが十センチ、縦五十センチ、横三十センチ、といったところだ。

「アタッシェケース、くらいですかね」

「そうそう、ちょうどそんな感じの形の、段ボール箱です。で、けっこう重かったです」

「さきほど、ゴルフクラブのサンプルだと言われましたが、つまりその中には、クラブのヘッドだけが、入っていたわけですか」

うーん、と首を捻る。

「そう……なんだと、思いますよ。何しろそんな程度の箱で、シャフトが付いてちゃ入りませんから。見たわけじゃありませんけど」

「そういうサンプルは、吉男さん宛てに、よく送られてきたんでしょうか」

「いや、普通は会社宛てだと思います、新宿の。こっちには、あんまり」

なぜ空輸せず、海路でコンテナ輸送したのか。

「送付元の会社は、なんというところか分かりますか」

「あー、どうだったかなぁ……ちょっと、待っててくださいね」

小走りで事務所に向かう彼と入れ違いに、活動服の鑑識係員が一人、こっちに向かってくる。

「末松さん、ちょっといいですか」

何やら末松に耳打ちする。東に聞かせないようにとの配慮だろうが、聞き終わった途端、末松は怪訝な顔でこっちを向いた。

「東さん。中で弾痕《だんこん》らしきものが見つかったっていうんで、よかったら一緒に、見てもらえますか」

鑑識係員には「捜査一課の方だ」とぶっきら棒に言う。なんとなく礼を交わし、鑑識の彼、末松、東、林田の四人で倉庫に向かった。

鑑識が案内したのは、倉庫のちょうど裏手にある、通用口の辺りだった。

「これです」

鋼板製の扉。コンクリート床から七十センチくらいの高さに、小さく穴が開いている。

確かに、拳銃弾の弾痕に見える。

「これ、向こうに貫通してはいないんで、このドアをはずしてですね、ドアノブもはずして、横に倒したり傾けたりしてたら、そのうち、中から弾丸が出てくると思うんですけど」

そのうち、というのがなんとも悠長だが、考え方としては間違っていない。なんにせよ、現場はできるだけ破壊しないに限る。

「……弾は、どんなだろうか」

東が訊くと、鑑識の彼は途端に困った顔をした。

「私には、なんとも、断言できませんが……こう、斜めから入ったと考えまして、この、直径を計りますと……九ミリ……九ミリパラベラム弾辺り、ではないかと……よって、密輸拳銃なら、マカロフとか、その辺りが……」

まあ、そんなところだろうと東も思う。

「……末松さん。アタッシェケース大の荷が本当に盗まれたのかどうか、それにもよるとは思いますが、どちらにせよ、発砲沙汰《ざた》となったら見過ごせません。ウチの特捜と一緒にやるか、そちらに三課が入るか、組対が入るかは分かりませんが、どういう形になっても、ウチには情報を流してください」

末松は真剣な顔で頷いてみせたが、もうひと押ししておく。

「荷の詳しい内容、犯人像、目撃証言、鑑識結果……逐一です。社長宛ての荷が盗まれたとあっては、こちらも、社長殺しと無関係と考えるわけにはいかなくなりますから」

「はい……」

さてこの脅しで、品川署はどこまで、今後情報を開示してくれるだろうか。

第四章

このところ、私を捜しているらしい二人組の男を町中でよく見かける。軍部の人間か、朴の仲間なのかは分からない。だがどちらにせよ、ここで事を構えるのは得策ではない。とりあえず、彼らが港に向かっていったのは先ほど確認した。いま私は、町外れの中華料理店で不味いラーメンをすすりながら、店に置かれていた今朝の地元紙に目を通している。

トップは北朝鮮の核施設問題。次いで大きいのは、釜山とを行き来するフェリーの運航時間が二十分短縮、運航回数も大幅増、という話題。その下。利用促進を図りたい対馬空港は愛称を一般公募。環境問題ではサンゴの白化現象。深刻化する地球温暖化。一枚めくると、北朝鮮の核問題について、改めて詳しく書かれている。

そう。日本人は心の底に、常に核に対する恐怖を持ち続けている。それはこんな離島であろうと、東京・大阪のような大都市であろうと変わらない。理由はいうまでもないだろう。日本が、世界で唯一の原子爆弾被爆国だからだ。

　しかも、たった四日間のうちに、二度も。

　一九四五年、八月六日の広島。九日の長崎。

ピカドン。キノコ雲。赤黒く溶けた皮膚。水を求めて歩く親子。コンクリートの壁に残った人の影――。

　これによって日本は太平洋戦争に敗れ、国家主権を失った。

　しかし日本は、その後のわずかな期間に驚異的な「戦後復興」を遂げることになる。四九年には湯川秀樹が物理学賞で、日本人初のノーベル賞を受賞。五一年にサンフランシスコ講和条約に調印し、国家主権を取り戻すと、五三年にはテレビ放送を開始。五六年、旧ソビエト連邦と国交を回復。これを受けて戦後十一年にして、国連への加盟も認められた。また朝鮮戦争特需により、経済水準も戦前とほぼ変わらないまでに復旧。この頃からのち二十年にわたり、日本は「高度経済成長」の時代をひた走った。石油と食糧を他国から仕入れ、自動車と精密機械を売る「経済大国日本」は、この頃に形作られた。

　七一年には「戦争を知らない子供たち」という歌が流行った。終戦から二十六年。戦後生まれも立派な大人になった頃だ。

　そんな世代も、今はもう還暦《かんれき》を過ぎている。

「誰も戦争を知らない時代」が、もうすぐ日本にやってくる。むろん、今後も日本が戦争をしなければ、の話だが。

だが、核を知らない、あるいは核を怖がらない世代はない。

日本人のＤＮＡには、核に対する恐怖がたっぷりと染み込んでいる。夏の空、スイカ、もんぺ。そんなものが、一瞬の閃光で全て吹き飛んでしまう。そうすり込まれている。八月十五日の終戦記念日に合わせて作られるテレビドラマで、国民は何度も何度も、そんな光景を目にする。

核の恐怖。

だがこれには、いささか過剰なところがある。

核を落とされたら全てがお終《しま》い、日本全滅、報復合戦の末に人類滅亡。その後には、雑草も生えない果てなき荒野を、ガソリンを手にした者だけが我がもの顔でジープを走らせる時代が訪れる。

いやいや、ハリウッド映画の見過ぎである。

現実には、核攻撃を受けたとしても、正しい対処さえすれば生き残れる可能性が十二分にあることが分かっている。外部光の入らない建物内に退避し、伏せた状態で爆発の瞬間をやり過ごし、爆風が収まってから、可能な限り地下道を利用して被災地を脱出する。これだけのことを実行するだけで、生存の可能性は格段に高まる。

だが、こんなことすら知らない日本人は、いまだ闇雲に核を怖れている。保有国を無条件に畏怖し、政治家でさえ対等な交渉を事前放棄している。

ロシアから北方領土は取り返せず、アメリカに言われれば法律を変えてでも自衛隊を海外に送り、北朝鮮には拉致日本人を返してもらえないまま米を進呈し、資金を送り、あまつさえ破綻した朝鮮系金融機関の預金者救済に公的資金まで投入させられている。

そう。核を持つということは、国際社会での発言権を得る、最も手っ取り早い方法なのだ。北朝鮮はその、実にいいお手本になっている。資源もなく、産業もなく、犯罪でしか外貨を得られない「ならず者国家」が、アメリカと対等に交渉し、国際原子力機関を翻弄してみせている。武器を持ち、脅す。たったそれだけのことで、あの国は生き長らえてきた。

しかしその方法も、もはや通じなくなりつつある。

既存の核施設の無力化、ミサイルの破棄、核実験の永久禁止。

まもなく北朝鮮は、表立っての核保有国ではなくなる。いわゆる、戦略としての核兵器を持つことができなくなる運命にある。そこを放棄しないと、他国からの援助が受けられず、体制は完全崩壊、国民の大半が餓死する恐れがあるのだ。アメリカを始め、ロシア、中国、韓国、そして日本が、北の核廃棄に向けての包囲網を形成。着実に成果を挙げつつある。

だが、既存の核を廃棄し、他国からの援助のみで現体制を維持することができるだろうか。

むろん、答えは「否」だ。

北は偽札、覚醒剤、拉致、恐喝に続く、新たな「闇の産業」の確立を急がねばならない状況にある。

戦略核兵器。

核の抑止力。

よく聞く言葉である。

核兵器には、持っているだけで効果がある、という側面が確かにある。つまり、使うつもりはないけれど、自国の立場を守るために、安全保障戦略上必要なので持っている。それが戦略核兵器だ。

これと対をなす言葉は何か。

戦術核兵器。いわば「使うための核兵器」である。

アメリカは二十一世紀初頭まで、TNT火薬換算量五キロトン以下の低威力核兵器、いわゆる「ミニニューク」は、研究も開発も、実験もしないという姿勢を保ってきた。ちなみに広島型原子爆弾「リトルボーイ」が約十六キロトン、長崎の「ファットマン」が約二十一キロトンといわれている。

核兵器とは、実に不可思議なものである。

破壊力が大きいと、危険過ぎて使い道がない。そこそこ小さいと、武器としての使があまりにも良過ぎるため、これまた危険なので研究開発できない、というのだ。

持ち運べる核兵器、「ミニニューク」。

ではその、危険過ぎるといわれている戦術核兵器は、アメリカにしか作れないものなのだろうか。


二〇〇六年十月に北朝鮮が行った核実験。あれは失敗だったとする見方がある。確かに、観測された地震波はさして大きなものではなかった。

事前に、中国側には「四キロトン相当の核実験」と連絡していたのに対し、のちに地震波から推算された爆破規模はわずか一キロトン。これを二十五パーセントの成功と呼ぶか、七十五パーセントの失敗と見るかは判断の分かれるところだ。

成功と失敗の分かれ目は、起爆装置にあるといわれている。通常、原子爆弾には三十個から六十個以上の起爆装置が設置され、それが一斉に作動しないと爆発規模は著しく低下する。〇六年の実験数値が思ったより小さくなってしまったのも、この起爆装置部分の設計ミスが原因であり、またそこが、核爆弾の最も技術の要るところであるともいわれている。

ただ逆に見れば、北朝鮮はすでに、原子力発電の使用済み核燃料からプルトニウムを抽出し、それを兵器に転用する技術は持っている、ともいえるわけだ。しかもその規模は、アメリカが開発することすら怖れている「ミニニューク」の範疇《はんちゅう》にある。

爆破実験は成功した。あとはその精度を上げていくだけ。今後これを如何にして上げるかには、いくつか方法があるだろう。地下で地道に実験を続けるか。あるいは、他国から実験データや設計図を譲ってもらうかだ。

しかし世界には、大規模な核実験なしに核保有を成功させた国もある。

南アフリカ。白人優遇、有色人種徹底差別の人種隔離政策、アパルトヘイトを行ったことで有名な、あの国だ。

同国は一九七〇年頃から核兵器開発を開始。四年後にはウラン濃縮工場の稼働に成功。九一年までに六個の核兵器を製造、保有していた。

南アフリカが核開発に踏み切ったそもそもの動機は、アフリカ全土で激化していく有色人種の人権運動に、白人優遇政策をとる同国政府が恐怖を感じたからである。だが時代の波には勝てず、同国内でも黒人中心の政党が台頭。白人政府は倒れ、アパルトヘイト政策は廃止された。

重ねていうが、ここで重要なのは、南アフリカが大規模な核実験を経ずして核兵器を保有した、という点である。アメリカやロシアに気づかれない程度の小規模な実験のみで、広島型とほぼ同威力の爆弾を完成させることも、決して不可能ではないのだ。

北はなぜ、失敗ではないかと疑われるような、お粗末な核実験を行ったのだろう。それはおそらく、北がまだ「戦略」としての核兵器に拘《こだわ》っているからだ。核兵器を、あくまでも「外交交渉のカード」として捉えているのだ。

しかしこの、外交カードとしての意味が薄れたら、どうなるだろう。資源はない。産業もない。あるのは使用済み核燃料と「ミニニューク」規模の核兵器を作る技術のみ。だがとりあえず、体制を維持するための外貨は欲しい。

そうなったら、答えは一つだ。

「ミニニューク」を量産し、他国に売る。これしかない。買い手はいくらでもいる。イラン、アラブ諸国、イスラエル、リビア、シリア。その多くは北が欲してやまない原油の産出国だ。

ただ、〇六年の実験だけですぐに「ミニニューク」が量産可能になるかというと、そうではない。大きく考えていたものを小さくまとめるのには、大変な技術がいる。デスクトップ・パソコンとノート・パソコン程度の差ではない。もっともっと、精度の高い設計と実験データが必要になってくる。

それが世界中のどこにあるのかといえば、むろん、その筆頭はアメリカということになる。アメリカの現有技術さえあれば、一キロトンの「ミニニューク」など簡単に作れるといわれている。問題は、それを誰が、いかにして調達し、どうやって北まで持っていくか、という点にあるだろう。

私はある時期から、朴大容が何者かに利用されているのではないかとの疑いを持ち続けてきた。

総書記の暗殺に失敗。脱北して再度その機会を窺う彼だが、そう都合よく「ミニニューク」などという最強兵器は手に入れられるものではない。少なくとも、私はそう思っていた。しかし現実に、朴は「ミニニューク」の入手に成功した。それがかえって疑わしかった。朴は「ミニニューク」の運び屋をさせられているのではないのか。私はそこまで考えた。

詰問しても、彼は決して、入手に至るまでの経緯を明かそうとはしなかった。ただその方法は、大まかにいえば二つしかないはずだった。アメリカの施設から盗んだか、あるいは何らかの取り引きに応じ、関係者から譲り受けたかだ。

取り引きは危険だ。その相手が北であろうと、アメリカであろうと。だから逆に私は、この計画に関わり続けようと心に決めた。何が起きているのかをこの目で見極めようと、自らに誓った。

絶対に、朴大容から目を離してはならない。

握った手綱を放すようなことがあってはならない。

それが、私の使命だった。

1

東は林田を連れ、東侑倉庫の周辺をしばらく見て歩いた。

やはり。品川署刑組課（刑事組織犯罪対策課）の人間が、地取りをしている様子はない。

「……林田さん。ちょっと、下調べしてから帰りましょう」

「はい」

東侑倉庫から盗まれたといわれているアタッシェケース大の箱には、一体何が入っていたのだろう。しかも倉庫内で何かトラブルが起こり、どちらかが発砲までしている。いや、もっとよく調べたら、さらに弾痕や弾丸が発見される可能性だってなくはない。

撃ち合いをしてまで、奪い合うようなもの。

覚醒剤か、金か。アタッシェケース一杯に覚醒剤を詰めた場合、むろんどれくらい小分け包装をするかで額も変わってはくるだろうが、仮に三十キロ詰め込めたとして、末端価格は二十億か、それ以上にはなる。では現金なら？　せいぜい入っても三千万がいいところだろう。

　しかし、荷はアメリカから来たという。アメリカから覚醒剤を輸入するというのは、あまり聞かない話だ。北朝鮮から持ち込んで、逆にアメリカに流すというのならまだ分かるが。

　辺りを見回す。周りには似たような倉庫が多いが、オフィスビルも同じくらいある。マンションや民家は少ない。単純に、夜中の目撃者は少数ということになる。

「ちょっと、あそこ……行ってみましょう」

　東が歩道の先を指差すと、林田は「はい」と応じた。

　海岸通り沿いにあるコンビニエンスストア。

「いらっしゃいませ……」

　自動ドアを入り、東は三人いる店員のうち、最も年嵩《としかさ》の男性を選んで声を掛けた。

「警視庁の者です。責任者の方は、いらっしゃいますでしょうか」

　案の定、その男がオーナー店長であるという。

「昨夜、そこの倉庫で窃盗事件が発生しまして。それに関係する何かが、こちらの防犯カメラに映っていないかと思いまして」

　店長は怪訝な顔をしながらも、映像の閲覧を承諾してくれた。

　昨夜の、十時二十分頃からの映像を見ていく——。

　二十分ほどかかって朝までの記録をチェックしたが、これといって何も映ってはいなかった。

「ありがとうございました」

さらに別系列のコンビニ一軒、ガソリンスタンド二軒で、カメラ映像を確認させてもらった。

「これは」

「ええ」

林田と目を見合わせたのは、二軒目のガソリンスタンドでだった。

海岸通りの歩道を、小柄な男が早足で歩いている。何か平たい箱のようなものを抱えているようにも見える。一度背後を振り返り、箱をしっかりと腹に抱え直す。

その、小柄な男が着ているTシャツに、東は見覚えがあった。

赤っぽい、プリントTシャツ。呉英男が、兄の葬儀の翌日に着ていたものとよく似ている。

「似てます、よね」

「ええ。そっくりですな」

倉庫から荷を持ち出したのは、呉英男か。

英男の携帯に連絡を入れてみた。が、出ない。店にかけてみると、今日は夕方から来ることになっていたが、さきほど体調が悪いので休むと電話があったという。

おかしい。そう直感した。

最寄駅の天王洲《てんのうず》アイルからりんかい線に乗り、池袋まで出る。西武池袋線に乗り換え、準急で三つめが大泉学園だ。

着いたのは四時頃だった。

二階建ての多い住宅街を抜け、英男のアパートに急ぐ。病欠が本当なら部屋で寝ているはずだが、違う気がした。

胸騒ぎがする。早く行かないと間に合わなくなる。そんな気がしてならない。

空を見上げる。雲行きが怪しい。東は雨が嫌いだ。大きな失態を犯すときは、いつも雨が降っていたように思う。経堂《きょうどう》で身代金を奪われたあのときも、大井で爆破事件があったあの夜も。

降るな。絶対に降るな。黒雲を睨み、天に念じながら歩いたが、通じなかった。ぽつぽつと、紺のスーツの袖に雨染みができ始める。

腕時計を見る。まだ午後四時十分だが、すでに日が暮れたように辺りは暗い。

途中でコンビニに入り、ビニール傘を買った。透明ではなく、黒の大きめのにした。林田は折り畳みを持っていた。

英男のアパートまであと二、三十メートルというところまで来て、東は歩を緩めた。向こうから歩いてくる人影が、ひどく気になった。

「林田さん」

「はい」

すぐの路地に入り、その人影が来るのを待つ。

やはり、英男だった。

透明のビニール傘を差し、黒いボストンバッグを肩から下げ、前のめりで歩いていく。アタッシェケース大の箱は持っていないが、ボストンはそれを入れるに充分な大きさのものだった。

行こうとする林田を、東は制した。

英男が動いたということは、公安も近くにいる可能性が高い。このままのこのこ出ていって、後ろを取られるのは面白くない。

辺りを見回しても、この前「パテオ」で会ったあの男の姿はどこにもなかった。尾行が一人もいないはずはなかったが、でもあまり待ち過ぎて、英男自身を見失うのは馬鹿らしい。

東たちは十五メートルほど距離を置いて、英男を尾け始めた。

それ自体は、決して難しい仕事ではなかった。英男はあまり背後に気を遣わない。自分が尾行されているとは、ほとんど思っていないのかもしれない。

いや、英男はあの公安と顔見知りのようだった。あのときの表情は、いま自分の背後には刑事がいる、そのことを公安側に伝えようとしたもののように、東には見えた。

とすると、すでに英男は公安の工作を受け入れ、運営されていると考えるべきだ。つまり、自分に公安が付いてくるのは当たり前。だから警戒しなくてもいいということか。だとすると、公安が東侑倉庫から荷を盗ませた、ということになるのだろうか。

英男は駅方面に歩いていく。東たちは、今さっき通った道を戻る恰好になる。

ガラスなどを利用し、英男と同じペースで歩いている人間がいないか見てはいるのだが、分からない。向かいの歩道。自分たちの後ろ。雨も手伝って視界が利かない。

英男のすぐ後ろにいる、地味なグレーのスーツの男。だが途中で、雑居ビルに入っていった。リュックにジーパンの、オタクふう青年。それも途中で曲がっていった。まさか、女を使ったりはしないだろうな。ベージュのタイトスカート。いや、怪しい。

駅北口に着く。英男が階段を上っていく。女は売店前で立ち止まった。引っ掛けか。それとも、全くの無関係だったのか。

女の背後を通り過ぎ、東たちも階段を上った。

英男が改札に向かっていく。ポケットからパスケースらしきものを取り出す——昔はよかった。買った切符の値段で、おおよそどの辺りまで行くのか見当がついた。今は駄目だ。チャージ式のカードで、ＪＲでも地下鉄でもバスでも、なんでも乗れてしまう。どこに行こうとしているのかはさっぱり分からない。

階段を下り、英男は西武池袋線の、池袋方面側のホームに立った。少し離れた場所で辺りの様子を窺う。依然、例の公安警察官の姿は見つけられない。

電車が来た。東は目配せし、まだ乗らないよう林田に指示した。

英男は降車客をやり過ごし、後ろから三両目の、一番後ろのドアから乗り込んだ。東は隣の車両に乗り込んで様子を窺った。英男はぐっと奥まで入っていく。発車間際になって降りる、などという小賢しい手は使えない立ち位置だ。

再び林田に目配せ。頷いた彼が乗ってくる。

ドアが閉まる。電車が動き出す。

十中八九、英男は池袋まで行くものと思われるが、油断はできない。東は林田と目で連絡し、いつでも英男に合わせて降りられるポジションをキープした。今日は日曜だが、幸い車内はあまり混雑していない。英男はあまり周りに注意を払っていない。

嫌なのは、英男を見張っている別の者がいた場合だ。さぞ、自分と林田の行動は愚かしく、間の抜けたものに見えているに違いない。腹立たしいが、こちらには相手が分からないのだから致し方ない。

石神井《しゃくじい》公園、練馬高野台。降車口が、進行方向に向かって右側の駅が続く。英男はドアから少し離れたところに立っている。降りる様子はないが、いつ動いても対応できるよう、停車中はずっと身構えている。

富士見台。また右側だが、英男は動かない。

中村橋、練馬、桜台。いつのまにか、英男は降りないだろうと思い込んでいる自分がいる。駄目だ。いつでも動けるよう準備を怠るな――。

江古田《えこだ》、東長崎、椎名町《しいなまち》。やはり、英男は降りなかった。行き先は結局、池袋だった。終点。全ての乗客が降りる。あまり背の高くない英男は、人込みに紛れると見分けづらくなる。茶髪の頭、紫のシャツ、黒いボストンの肩ストラップ。そんな目印を見失わないようにするのに精一杯で、公安がどこからか見ているかもしれないなどと、もはや意識してはいられなくなっていた。

　ときおり、東は思う。ひょっとすると自分は、尾行が苦手なのかもしれないと。過去、特に大きな失敗をしたことがあるわけではない。そういった意味では、決して下手ではないのだと思う。ただ、尾行をすると、非常に気疲れする。聞き込みや取調べをするのとは全く違う神経を使う。

　こんなことを、公安の連中は毎日やっているのか。

　尊敬はしないが感心はする。

　英男は池袋駅の構内を斜めに、真っ直ぐ歩いていく。東口界隈に用はないらしい。別の電車に乗り換えるのか、あるいは西口、北口に抜けるのか、そのまま地下への階段を下りていく。

地下一階のコンコースには、東京メトロ丸ノ内線、有楽町線、ＪＲ山手線、埼京線、湘南新宿ライン、東武東上線の乗り場がある。だが有楽町線に乗るにしては、やや遠回りをしている。丸ノ内線の改札も、いま通り過ぎた。するとＪＲか、東上線か。おそらくＪＲだろうと思っていたら、やはり。パスケースをセンサーに当て、改札を入っていく。

案内板をちらりと見上げ、山手線の、新宿渋谷方面ホームへの階段に向かう。どうも、人の多い方に向かう傾向がある。さらに尾行がしづらくなる。

山手線に乗り込む。日曜の夕方だけあって、そこそこ混雑している。若者の比率が、西武池袋線と比べると格段に高い。さっきまで目印にしていた英男の髪の色が、ここでは全く目立たない。むしろ地味で埋没した色になっている。

マナーモードにしてある携帯電話が、尻のポケットで震え始めた。

メール、ということはあるまい。東にそんなものを送ってくるのは、離婚した妻と暮らしている娘か、以前一緒に捜査をした女性刑事くらいなものだ。内容もほぼ決まっている。娘は母親が買ってくれない高額な何かが欲しくなったとき。女性刑事の方は、単なるご機嫌伺いだ。

やはり、メールにしては鳴動が長い。

英男が目白で降りないことを確かめ、携帯電話を取り出す。ちょうどそこで呼び出しは途切れた。番号を見ると、どうやら新宿の特捜からだったようだ。

車内での通話は、さすがに気が引ける。英男が降りるまでは、やはり無理ということになるだろう。

いつでもかけられるようイヤホン・マイクを耳に掛け、メモリーにある特捜の代表番号を読み出しておく。

新宿を過ぎ、さらに渋谷も通り過ぎると、客の数はだいぶ減った。東は、英男には発見されず、なお林田とはアイコンタクトがとれる立ち位置を心掛け、ひと駅ひと駅、英男の動きを注視し続けた。また、どこかで誰かが見ているのではという思いが脳裏をかすめたが、無視した。それはもう考えても無駄なことだ。

目黒、五反田。スーツ姿のサラリーマンもいるが、やはり平日よりは格段に少ない。そこら辺を考えたら、自分たちももう少しカジュアルな恰好をした方がよかったのかもしれない。

大崎——。

池袋からすると、環状線である山手線の真反対は浜松町辺りになる。つまり、大崎、品川、田町、浜松町、大目に見てもその次の新橋までの間には、英男は必ず、この列車を降りるはず。そうでなければ内回りではなく、外回りに乗った方が早かったことになってしまう。

案の定、英男は品川で動いた。バッグを担ぎ直し、出入り口に向かう。

東もその横顔を注視しながら降り、携帯電話のコールボタンを押した。

すぐに相手は出た。河野係長だった。

「東です。お電話いただきましたが」

河野は咳払いをし、低く『ああ』と応じた。

『お前いま、何をやっている』

口調には、やや咎《とが》めるようなニュアンスが感じられた。

「営業で品川にいます。林田さんと一緒です」

人込みで「尾行」などという単語は使えない。

『……呉英男の、尾行か』

なぜ分かる。

「ええ……そうですが」

『勝手なことをするな。俺は、東侑の倉庫に様子を見にいけとは言ったが、英男を尾けろなどとは言っていない』

まったく。何を言っているんだこいつは。

「言われたことだけやってればいいのなら、こんなに下らない仕事はありません。私は明後日付けで辞表を提出します……ですので、今日と明日は私の思う通りにやらせてください」

階段を下りていく、英男の後頭部を必死で追う。

『何を馬鹿なことを言っている。お前の辞表なんざどうでもいい。とにかく今すぐ、英男の尾行を中止しろ』

なんだ。圧力か。

「……なぜです」

林田は、ちゃんと英男を追っているだろうか。

『そんなことは、いま説明できることではない』

「帰ったら説明できるんですか」

『考えておく』

「だったら帰りません」

『ふざけるな東ッ』

「そのお言葉……そっくり係長にお返ししますよ」

切る。と同時に林田の頭を発見した。大丈夫だ。ちゃんと英男を追いかけている。

しかし、このタイミングで新宿の特捜に圧力をかけてくるとは、一体何者だ。やはり公安か。

警察業界において警備・公安畑は、刑事のそれよりも遥かに出世がしやすいといわれている。しかもそこに、キャリア、ノンキャリアの別はない。エリート採用でも叩き上げでも、偉くなりたければ警備・公安に行った方がいい。昔から、そういうふうにいわれている。

実際、警察庁長官や警視総監も警備・公安畑から出る場合が多い。嫌らしい話、ＯＢは警備・公安の持っている情報が欲しいし、現役キャリアはいい天下り先を世話してほしい。利害は一致し、情報は売買され、警備・公安のＯＢと現役の結び付きはさらに強まる。

だが英男の尾行を潰すことは、果たしてそこまで重要なことなのだろうか。刑事部の人間に触れられたくないような秘密が、あのボストンバッグには詰め込まれているのだろうか。

必死で英男を追っていたら、いつのまにか林田が隣に来ていた。

「東主任……」

短く、耳元で囁く。

「もう、引き揚げましょう」

そっちにも連絡が入ったのか。

「……いいですよ。林田さんはあがってください」

どこに行く気だ。英男は、新幹線の指定席券を買う列に並んでいる。

「しかし主任」

「義理だの仁義だのはけっこうです」

東は少し距離をとり、別の券売機の列に並んだ。英男がどの列車でどこまで行くか分からない以上、こちらも全ての切符を買い揃える必要がある。ましてや、どこで誰が見ているか分からない現状、警察手帳で改札を通るのは得策ではない。

「……林田さん。私は、如何なる圧力にも、金にも、権力にも、屈しません。これは、絶対にです。私にはもう……怖いものも、欲しいものも、守るべきものもない。ただ、自分の触ったヤマだけは、自分の手で挙げたい。そう、考えているだけです。ですから……どうぞ、あがってください。単なる、子供じみた我儘《わがまま》です。それに、誰かを巻き込むようなことはしたくない」

列は少しずつ進んでいる。むろん、前後には聞こえぬよう声はひそめている。

林田はまだ、どうすべきか迷っているようだった。

「……ただ一つ、お願いをしてもいいですか」

東が言うと、林田は「はい？」と小首を傾げた。

「申し訳ありませんが、今お持ちの現金を、ありったけ貸してください。カードが使えればそうしますが、この先は、何が起こるか分かりませんから……」

すると、林田は笑みを浮かべ、財布から七万円抜いて、渡してくれた。

英男は、午後五時五十八分の「のぞみ四十九号」に乗ろうとしているようだった。

東も同じホームの、少し離れたところに立っている。

林田はもういない。ここからは単独行動になる。

それだというのに、ふいに右肩を叩かれた。振り返ると、

「……お前」

知った顔の警察官が、そこに立っていた。だが名前が思い出せない。小柄だが、なかなか二枚目の、東よりもひと回りくらい若い——。

「久し振りですね。東さん」

声も覚えている。変わらない。違いを挙げれば無精《ぶしょう》ヒゲだが、それもよく似合っている。

「……お前も、外事二課か」

怪我《けが》をしているらしく、左腕を首から吊っている。上着も袖を通さず、肩に引っ掛けてあるだけだ。だが、骨折とか捻挫とか、そういうのとは違うらしい。左腕自体にはギプスも当て板もない。すると鎖骨か、あるいは胸骨、肋骨《ろっこつ》か。

「東さん……あんた、もう帰んなよ。そういう連絡、入ってるでしょう」

なるほど、そういうことか。

「キサマなんぞの指図は受けない」

「指図じゃない……命令だよ」

吊られた左腕の下から、ちょこんと銃口が顔を覗かせる。警察官が握っているのだ。モ

デルガンということはあるまい。

「なんの真似だ」

「帰れって言ってんだよ」

思い出した。確か、荒巻という名前だ。かなり前だが、成城署で一緒だった男だ。

「断わる」

東は真正面から、荒巻の左肩を摑んだ。案の定、患部はそこだったようだ。

「ンヌッ」

だが、荒巻が呻いたのはその一瞬だけだった。

「……よく我慢したな。いい子だ」

親指で患部を押す。分厚いガーゼ。だがさして大きくはない。ひょっとして銃創か。撃たれたのか。東侑倉庫か？

さらに指先をガーゼに捻じ込む。荒巻が歯を喰い縛る。額に、汗の玉が数十個、並んで浮かぶ。

「……誰に撃たれた」

睨み、震えるばかりで、荒巻は答えない。

「東侑の倉庫で何があった……」

指先が傷口に埋没する。鉄くさい臭いがしてくる。親指が、生温かく濡れる。

荒巻の目が焦点を失いかけたので、慌てて力を弛めた。

「……キサマらの狙いはなんだ」

答えないので、また力を込める。

だが、そこでホームに列車が入ってきた。発車までは三分ほどあるはずだが、乗り損ねたら目も当てられない。諦めるとしよう。

「助かったな、荒巻……」

最後にぽんと叩いてやろうかとも思ったが、やめにした。

武士の情《なさけ》というやつだ。

2

前田の指示で、目白にある形成外科まで荒巻を連れていった。むろん、撃たれたのは肩なので命に別状はない。弾丸の摘出もさして難しくはなさそうだった。

「程度としては、一日か二日、入院してもらう傷だけどね……銃弾なんて、決して綺麗なものじゃないから、どんな細菌に感染するか分からない……ただまあ、警察官なんでしょ。何か面倒なことになったら、嘱託医《しょくたくい》にでも相談しなさいよ。その方が安心だよ」

いわゆる「モグリ」ではないようだが、ある程度は裏社会寄りの患者も診療する。そんな医者であるようだった。なぜ前田がこんなところを知っているのかは分からないが。

飲み薬を三日分もらって拠点に帰ると、前田も戻っていた。

「すんませんでした……」

左腕を吊った荒巻が首を垂れる。

前田はダイニングのテーブルでカレーライスを食べていた。

「……撃ったのは、二人組だってな」

「はい」

「お前は、G4と間違われて撃たれたのか」

「その可能性は、あると思います」

「二人の風貌は」

「暗かったので、よくは……ただ、朝鮮語を喋っていた声は、わりと若い感じでした。二十代、三十代……そんな感じの」

前田は難しい顔をし、足元に置いていたナイロンバッグをテーブルに載せた。

鈍く、重たい音。

ジッパーを開けるよう、目で川尻に命ずる。

「……携帯命令が出た」

中身は、拳銃と拳銃サックだった。シグ・ザウエルP230が三丁。近年、私服警察官用として広く配備されるようになったモデルだ。川尻自身は訓練で何度か撃った程度で、職務中に携行するのはこれが初めてになる。

「トノにはもう渡してある……次にＧ４が動いたら、徹底的にマークする。アントン、お前、大泉学園に行け」

すると荒巻が、いきなりバッグに手を突っ込んだ。

「俺が行きます」

「駄目だ」

前田はかぶりを振り、もうひと口カレーライスを頬張った。

「……お前はここに残って、東侑の監視だ」

「冗談でしょう。もう事態は動き始めてる。Ｇ４が倉庫に入り、何者かがそれを狙った。もうヤマのスジは東侑を離れてる。俺もＧ４を追いますよ」

「その体でか」

「かすり傷ですよ。弾もすぐ抜けました」

「俺が聞いた話では、明日辺り熱が出るかもしれないということだったが」

「子供じゃないんだから……熱くらい大丈夫ですよ」

諦めたか、前田がこっちを向く。

「トノにこれを渡しに行ったときに聞いたんだが、Ｇ４は、アタッシェケース大の段ボール箱を持って、アパートに戻ったらしい。状況から考えると、G４は、東品川からそれを持ち帰ったと見るべきだろう。つまり、シャケを撃った二人組の狙いもそれ、ということになる……なんなんだろうな、その中身ってのは」

そんなことは、分かろうはずもない。

翌朝、川尻一人が大泉学園に向かった。

これまではその関係性から、直接川尻が英男の行確に当たることはなかった。だが、負傷者が出た今となっては、そんな贅沢も言っていられない。

拠点は大泉学園駅から歩いて七分ほど。英男のアパートの、斜め向かいにあるマンションの三階。間取りは２ＤＫ。

「……いらっしゃい。歓迎するよ」

川尻が着いたとき、広瀬の顔はちょうど半分泡に覆われていた。彼は電気シェーバーを使わない主義なのだ。

「悪い、先、トイレ使わして……」

トイレ付きユニットバスは、洗面所も兼ねている。

「まさか、デカいの？」

「うん、デカいの」

「勘弁してくれよ……」

　用を済ませて出てくると、広瀬はキッチンで続きを剃ったのか、すっかり綺麗な顔になっていた。ヘッドホンを片耳に当て、歯を磨いている。

「どう、Ｇ４は」

「まだ寝てる。大鼾《おおいびき》掻いてる」

　以後は川尻もヘッドホンを着け、監視に入った。

　英男が起きたのは午前十一時頃。携帯電話が鳴ったからだった。

《はい……あ、はい……あります、ここに……えっ……分かりました……なんとか、できると思います……はい、じゃあ》

　すぐどこかにかけ直す。

《……若松です。お疲れさまです。フルタさん、いますか……ああ、若松です。すみません、今日ちょっと、休ませてもらえますか。朝から、腹が……それと、熱も……ええ、近くの医者に、行ってみます……すんません……はい、じゃあ》

　思わず、広瀬と目を見合わせた。

「仮病欠勤とは、らしくないな」

「ああ……」

「今日、動くな」

「うん……」

　まもなく、乱暴に段ボールを開けるような音がヘッドホンに響いた。それと、整理箪笥の引き出しを開け閉めする音。続いて、分厚いナイロン生地の何かを、ガサゴソと弄《いじ》る音。ジッパー、水道、シャワー、スプレー、ドライヤー。テレビ、はすぐに消してＣＤ。これは確か、ヴァン・ヘイレンのセカンドアルバムに入っている、「Somebody Get Me A Doctor」という曲だ。

「こっちも支度しとくか」

「ああ……」

　その後はしばらく音楽が聴こえるだけで、英男が何をやっているのかは分からなくなった。出かけるのではなかったのか。段ボールの中身を、どこかに持っていくのではないのか。

　三時半を過ぎた頃、また携帯電話が鳴った。音楽は消さず、ボリュームを半分ほどに絞って出る。そうされると、英男の返事すら上手く聞き取れなくなる。

　やがて電話を切り、ＣＤも消した。荷物を持ち上げるような音。カーテンを引く音。衣擦れ、咳払い。水道から水が流れ、止まる。

「行こう」

「ああ」

広瀬は長時間留守録のボタンを押して立ち上がった。

川尻は前田に、英男が動き出したことを電話で伝えた。

拳銃を携行しているため、Tシャツ一枚というわけにはいかない。川尻も広瀬も、夏物のスーツにネクタイという恰好だ。

玄関を出て階段で一階まで下りたとき、英男はすでに表の道を歩き始めていた。駅方面に三十メートルほど進んでいる。雨が降っており、アスファルトはどこも黒々と濡れていた。

広瀬が英男の十メートルほど後ろにつき、川尻がさらにその後ろを歩く形をとった。互いの連絡には尾行用の小型トランシーバーを用いる。市街地でも二、三百メートルは余裕で届く優れものだ。

ジッ、とイヤホンが鳴った。

《……例の刑事、正面》

川尻のいる位置からは遠く、また雨で視界も悪いため肉眼での確認はできなかった。だが、例の刑事——東警部補なら確かに、なんとなくこんな動きを察知し、喰い付いてきそうな気はした。

広瀬はいったん横道に入り、川尻も自動販売機の陰に身を隠した。また東も何かを警戒しているのだろう。英男をやり過ごしてもなお、すぐには歩き出さなかった。

雨で霞んだ道の先に目を凝らす。

またイヤホンが鳴る。

《モグさんに今、東がいることを伝えた。上手くしたら、排除してくれるかもしれない》

いや、どうだろう。東は、上からの圧力になど屈するだろうか。

英男の背中は、もう遥か遠くに見えない。

英男は西武池袋線で池袋まで出て、山手線で品川、そのまま東海道新幹線の改札まで来ていた。そこで、東の相方が尾行から離脱した。再び山手線に乗るところまで確認したので間違いない。東は今、単独行動ということになる。

圧力に屈したのは相棒だけだった、ということか。それならそれでいい。目が四つから二つになるだけでも、格段にこっちが有利になる。

無線が鳴った。

《切符、買っておく。そっちよろしく》

川尻は了解と返し、英男と東の両方が見える位置に立った。

まず購入を終えた英男が動き出した。そのまま改札を通り、ホームに下りていく。数分遅れて、東がそれに続く。それを物陰から見送っていると、広瀬が追いついてきた。切符を受け取り、二人で改札を通った。

だが、川尻たちがホームに着くと、妙なことになっていた。

荒巻にそっくりな風貌の男が、東と話をしている。いや、よく見れば東が、相手の左肩に手をやっている。

「あいつ、何やってんだ……」

広瀬も小首を傾げる。

「あまり、いい雰囲気では……ないな」

まもなくして新幹線がホームに入ってきた。東は列車に乗り込み、荒巻らしき男はその場に残った。大きな柱に背中を預け、苦しげに天を仰ぐ。遠いのでよくは分からなかったが、ジャケットの左肩に、赤黒いシミがあるように見えた。

発車する頃にはもう、荒巻の姿はホームのどこにもなかった。

広瀬とは、英男の乗り込んだ車両を挟むよう、前後のデッキに待機する態勢をとった。進行方向に対して、広瀬が前、川尻が後ろ。東は英男の四つ後ろの席に座っている。その席の切符を本当に彼が持っているかどうかは分からない。

しかし、川尻たちが警戒しなければいけないのは東だけではない。この列車には、東侑倉庫に忍び込み、荒巻を撃った人間もいるかもしれないのだ。

英男がいる車両の、中程を注視する。左三席、右二席。英男は通路に面した真ん中、左三つめの席に座っている。隣は頭髪の薄い、グレーのスーツを着た五十代くらいの男性。少なくとも、荒巻が目撃した人着とは一致しない。

英男は荷物を足元に置いているようだった。あとから乗ってきた窓際の席の男が、何かを跨ぐような仕草を見せたので間違いない。

しかし、その中身はというと、さっぱり見当がつかない。

あの謎の電話が、例の中年男からだったとして。英男はそいつに何を頼まれたのだろう。東侑倉庫から、アタッシェケース大の段ボール箱を持ってきてくれ。まずそれがある。しかも英男は合鍵を持っていた。その直前に彼は宅配便で小さな荷を受け取っている。中身が合鍵だったとすれば、流れとしては分かりやすくなる。

そして東侑倉庫に忍び込み、アタッシェケース大の何かを盗み出した。それを追って入った荒巻は、さらにその後に入ってきた朝鮮語を話す二人組に撃たれて負傷。おそらく英男も、そのときの銃声くらいは聞いているはずだ。

それでも彼は荷物を手放さず、アパートまで持ち帰った。やがて夜が明け、何事か命じられ、いま新幹線に乗っている。ごく普通に考えれば、その荷物を電話の主に渡しにいく、ということになるだろう。

つまり電話の主は、合鍵は手配できるけれども、東侑倉庫への侵入や、新幹線を使っての運搬はできない状況にあるわけだ。そもそも英男は、その荷をどこまで運ぶつもりなのだろう。

このまま乗っていれば、山陽新幹線と直通しているこの東海道新幹線は、最終的には博多に到着する。博多まで行くのに新幹線か、という疑問もなくはなかったが、陸路を選ばざるを得ない理由が何かあるとすれば、それは手荷物検査の有無であろうと察しがついた。逆にいえば、それほどあれは開けられたくない荷であるわけだ。

一体、なんなのだろう。

朝鮮語を喋る二人組が、銃を撃ってまで奪おうとした何か。おそらくその行き先は、北朝鮮。

覚醒剤の類でないことは確かだ。覚醒剤というのは、北から日本に流れてくるべきものであって、こっちから奪っていくべきものではない。原産国は北朝鮮なのだ。断じて薬物関係ではない。

となると、やはり現金か。いや。あのバッグ一杯に一万円札を入れたところで、おそらく一億になるかならないかだ。アタッシェケースに限定したら、三、四千万がいいところだろう。

だとすると、偽札探知機か。こっちから持っていって、その裏をかく新しい偽札を開発しようというのか。しかし、それも辻褄が合わない。日本製の偽札探知機なら、韓国でも大量に出回っている。わざわざ日本で調達して運ぶメリットはない。

だとすると、やはり兵器関連だろうか。

呉吉男の社長就任以降、東侑はアメリカとの取り引きを強化してきた。あれがアメリカから来た荷である可能性も決して低くはない。アメリカの軍事技術、兵器開発に係わる情報、データ。それなら日本を経由させてでも持っていく価値はある。むしろアメリカから北に直接運ぶことはできないのだから、日本を経由させるというのは理に適《かな》った方法といえる。

ただ、そうなると分からないのは、英男の立ち位置だ。

彼はずっと、北を憎んできたはず。父が死に、兄が殺された今となっては、もはや北に肩入れしなければならない要素は一パーセントもない。その彼が、あの中年男の言いなりになって――？

いや、実のところ「北が」と断言もできないのだが、少なくとも朝鮮語を喋ったという二人組が、銃を使ってでもあの荷を手に入れようとしたのは事実だ。ということは、彼らは英男ともあの荷の受け手とも、利害で対立する勢力と見なければならないことになる。

あの荷を、二つの勢力が奪い合っている？

一つは電話の主と、英男。もう一つは、朝鮮人グループ。

二つのグループが欲しいもの。

そんな諍いになぜ、彼は首を突っ込む気になったのだろう。

名古屋まであと少しとなった頃、東が席を立ち、こっちに進んでくるのが見えた。

むろん、窓の外を見るなどしてやり過ごすこともできた。だが川尻は、あえてそうはしなかった。ドアを出たらすぐ見える場所に立ち、彼が来るのをじっと待った。

やがてドアが開き、前を向いた東はこっちに気づいた。微かに目を細め、だが川尻の横を素通りしようとする。

「……小便だ。代わりに見張っておけ」

一瞬、その襟首を引っぱって振り返らせ、たっぷり小便が溜まっているのであろう下っ腹に膝蹴りをくれてやろうかと思った。が、わざわざ思い留まるまでもなく、馬鹿馬鹿しくなってその気は失せた。

対立する部署の人間に、命令口調か。なるほど。これではさぞ、部内でも煙たがられることだろう。

用を済ませてきた東は、わずかにだがすっきりした顔になっていた。ハンカチをしまいながら川尻を見上げる。

「なあ……おたくらは、あの朝鮮人の、何を探ってるんだ」

川尻はその目を真っ直ぐ見返した。

「それより前に、奴に何をした」

「……奴？」

「ホームにいた、片腕を吊った、無精ヒゲの男だよ」

「ああ……荒巻のことか」

名前を覚えているとは。正直、驚きだ。

「あれは、あいつの方が悪い。いきなり俺に銃を向けて、帰れ、命令だとほざきやがった。だから少し、お灸を据えてやったまでだ」

「肩から、血が出てたぞ」

「ああ。もともと撃たれてたんだろう？」

「知ってて、あんた」

「やっぱり、あれか。東侑の、東品川の倉庫でやられたのか」

ぐっ、と喉が硬くなるのが、自分でも分かった。

すぐには、否定も肯定もできない。

東が、不敵な笑みを浮かべる。

「お前……あんまり公安には向いてないな」

さらに片頬を吊り上げ、肩を震わせる。

「こんな程度で……一々顔に出してちゃ駄目だよ。この前だって、俺が『アンドウ』って言ったら、足、止まってたじゃないか」

確かに、そうだったかもしれない。

「……なあ。外事二課は、奴の何を追っかけてるんだ。奴の持ってる荷物、あれはなんだ」

不思議だ。この男の質問には、気を抜いていると答えてしまいそうになる、妙な間といか、引力がある。なんだろう。声色がそうさせるのか。

「……知りませんね」

「おいおい、とぼけるばかりが公安じゃないだろう。たまには情報を出し合って、税金分の働きをしてみちゃどうだ」

ここは、かぶりを振ってやり過ごす。

「まあいい……お前みたいな下っ端『チヨダ』は、どうせ事態の全容なんぞは知らされちゃいないんだろう。だがな、これだけは言っておくぞ……目の前で、誰かが殺されそうになったら、そのときは助けろよ。手ぇ出して足出して、命懸けて守れよ。それが警察官ってもんだ。組対も刑事も、公安もない。それができない人間に、警察官を名乗る資格はない」

踵を返し、東が客室に戻っていく。その後ろ姿を見ながら、川尻は激しい胃の痛みを堪えていた。

自分は、虎男を見殺しにした。

その痛みは今も、この腹の底にある。

駅に停まるごとに、英男が動くのではないかと客席に目を凝らした。ときおり広瀬とも連絡をとり、英男や周りの客の様子に変化がないかなどを確認し合った。

結局、英男は小倉駅でも降りなかった。

終点の博多駅に着いたのは夜の十一時ちょうど。幸いこっちは降っておらず、英男はバッグをしっかりと抱え、駅近くのシティホテルまで徒歩で移動した。ここが待ち合わせ場所なのか。それとも博多は、まだ通過点に過ぎないのか。

東は英男を追って入り、川尻と広瀬はその様子を外から見ていた。東は英男が部屋をとるのを確かめ、警察手帳を使って近い部屋を確保したようだった。あとから川尻も同じ階の部屋を押さえ、広瀬は別の場所で待機することになった。レンタカーを借りて、外で建物を見張るとのことだった。

それぞれが、それぞれの場所に散っていった。

部屋に入って一人になると、要らぬ考えばかりが頭を巡った。

払っても払っても脳裏によじ登ってくるのは、東の、あの言葉だ。

そのときは助けろよ。手ぇ出して足出して、命懸けて守れよ。

何か起こったとき、自分は身を挺して英男を守ろうとするだろうか。本気でそのように行動できるだろうか。

そんな疑問が、思考に絡みついて離れない。

自分は一体、何者なのだ。

3

東が確保したのは、六階の六〇八号室だった。

英男は真向かいの、六一五号室にいる。

どうということのないシティホテルだ。シングルベッドにテレビ、トイレ付きバス、化粧台を兼ねた机、電気ポット、消毒済みの湯飲み、薄汚れたカーテン。

とりあえず上着を脱ぎ、ネクタイもワイシャツも肌着も剝ぎ取り、フェイスタオルを水で濡らし、上半身を拭いた。残念ながら湯船に浸かって「ああ極楽」とやる暇はない。英男がいつ動き出すか分からない以上、こっちも常に動ける状態でいなければならない。

ひょっとしたら部屋などとらず、車でも借りて外で見張った方がよかったのかもしれない。外事二課の連中はどうしているだろう。そもそも、奴らは何人で動いているのだろう。

刑事と違い、公安は必ずしも二人ひと組とは限らない。三人の場合も、七人の場合もあるという。だが少なくとも、新幹線の中で会ったあいつだけということはないはずだ。他にも何人かで囲って、このホテルを見張っているに違いない。

発砲沙汰の起こるような場所から、英男は何かを持ち出し、おそらくここまで運んできている。あの夜に撃った側の人間も、今この辺りにいるのだろうか。

だがそれと、英男が荷を渡そうとしている人間とは別だと考えるべきだろう。英男は誰かに頼まれて荷を運び、対抗する何者かによって狙われている。

分からない。

吉男を殺したと思しき、韓国語を喋る三人組。東侑倉庫で発砲した何者か。この二つは、おそらく同一のグループだろう。ということは、吉男は元来、例の荷を流した側の人間であったということだ。英男も今、その意志に従って行動しているものと考えられる。

少なくとも二つのグループが取り合っている、何か。それは、アメリカから持ち込まれた可能性が高い。

まさか、核兵器関連――。

そう考えれば全てに納得がいく。ただ、すでに北の核ミサイル開発計画は実現させる価値のないものになっている。むしろ外交カード。完成させる気があるのかないのか。その方がよほど重要になってきている。

とすると、核兵器関連ではないことになる。

生物兵器か、細菌兵器の類か。

むろん、それらの研究もアメリカは行っている。しかし生物兵器というのは元来、核を持てない弱小テロ国家が発想、研究開発してきたものだ。それに限るならば、何も危険を冒してアメリカから持ち込む必要はない。提供してくれる国は、たぶん他にもある。

やはり、核兵器というのが最も考えやすい。

そうなるとやはり、実験データだろうか。


三時間ほどはドアに張り付いて、向かいの部屋の様子を窺っていた。

だが、どうしても眠くなる。

打開策として、東は外に出てみることを思いついた。ただの眠気覚ましではない。辺りを探索し、妙な状況になっていないかを確かめる意味もある——などと、自身に言い訳しながら。

無人の廊下に出る。エレベーター前まで行く間も、誰にも会わなかった。エレベーター二基は両方とも一階で停まっている。

ボタンを押すと、左のカゴが上ってきた。

開いた扉の中は空だった。乗り込み、一階まで下りる。

再び扉が開き、急いで降りて確かめたが、隣は動いていなかった。少なくとも、東が出ていくのとすれ違いに、誰かが英男に接触するということはなさそうだった。

ロビーを見渡したが人影はなく、フロントカウンターも無人、奥にあるレストランも閉まっていた。出入り口辺りの照明も落とし気味になっている。

フロントカウンターにある壁掛け時計を見る。午前二時十八分。まあ、無人も致し方ない時刻ではある。

玄関の自動ドアを二枚通り、表に出る。目の前を走る片側三車線の大通りも車はまばらで、人影となれば一つもなかった。いや、右に少し行くとコンビニがあり、そこから一人出てきた。信号を渡り、ホテルから離れる方に歩いていく。

東も、なんとなく歩き始めた。

とりあえず、ホテルの周りを一周してみることにした。

一つ角を曲がり、暗い裏道に入る。

知らぬまに、溜め息をついている自分がいた。

こんなとき、痛感する。日に一度はこんな瞬間がある。

自分は、全くの一人なのだと。

つらくないと言ったら嘘になる。

刑事なんて生き物は、しょせん誰もが一匹狼。そういった意味での覚悟はできている。

刑事仲間に友人が欲しいなどとは思わない。能力的に信頼できる人間が、近くに一人か二人いればそれでいい。

だが、仕事を終えて帰る家に誰もいないというのは、やはり寂しいものだ。

かつては妻と娘がいたが、七年前に離婚し、以来一人で暮らすようになった。二人はいま静岡の、妻の実家近くのマンションに住んでいる。

もう丸二年、会っていない。当然かもしれないが、妻よりも娘に会いたいと強く思う。今年十二歳になる。この二年で、また大きくなっているのだろう。来年はもう中学生だ。

離婚に至る経緯は、決して単純なものではなかった。家庭を顧みない夫とか、刑事にありがちなそれではない。そもそもの原因は、九年ほど前に起こった、ある殺人事件にあった。

大和会系指定暴力団「橋野組」構成員である馬渕《まぶち》亮平《りょうへい》という男が、何者かに刺殺された。当時の橋野組は、覚醒剤の販売に絡んで右翼団体「関東國政会」と対立関係にあり、馬渕も薬物関係に通じていたことから、販売ルート上のトラブルが事件に発展したものと考えられた。

当時の東は、捜査一課殺人班五係の所属だった。マル害が暴力団員ということで、当時でいう捜査四課の人間も特捜に入った。また敵対関係にあるのが右翼団体ということで、公式にではないが、捜査本部デスクは公安三課にも意見を求めたようだった。

やがて東の後輩巡査部長が、目撃証言から犯人と思われる人物の似顔絵作成に成功した。目撃者もいい出来だと太鼓判を押したので、特捜としては当然、マスコミに発表して広く情報を求める考えだった。

だが、何者かがこれに反対した。似顔絵は発表されず、そればかりか捜査員がコピーを持って聞き込みをすることも禁じられた。

明らかにおかしな方針転換だった。

殺人班五係としては、むろん似顔絵を公開したかった。捜査四課もこれについては不満を漏らし、所轄の連中も首を傾げていた。では一体、誰が似顔絵の公開を潰したのか。それについての説明は、特捜デスクからは一切なかった。

そんな折、今度は刑事が聞き込み捜査中に刺され、死亡した。似顔絵を作ったのとは別の、だがやはり東の後輩に当たる巡査部長だった。加害者は中山満《なかやまみつる》、四十八歳。関東國政会の構成員で、似顔絵にそっくりな顔をした男だった。亡くなった後輩は、運悪く似顔絵の採用が検討されたときの会議に出席しておらず、似顔絵と中山のそれが酷似《こくじ》していることに気づかなかった。だが中山本人は、刑事が来たというだけでパニックに陥り、捜査員に切りかかった。現場にいたもう一人の捜査員が中山を取り押さえ、逮捕したが、彼も腕や脚など数ヶ所に傷を負った。

なぜこんなことになったのか。

東ら殺人班五係員の見解はこうだった。

公安三課は関東國政会に対し、何かしらの内偵を進めていた。だがそれとは全く別の流れで、馬渕殺しは起こってしまった。刑事部は目撃証言から犯人の似顔絵を作成。だがそれを見た公安三課は焦った。あまりにも中山満に似過ぎていたからだ。おそらく、公安三課が進めていた内偵に中山は深く関わっていたのだ。ひょっとしたら情報提供者だったのかもしれない。だとしたら逮捕などもってのほかだ。絶対に阻止しなければならない——。

推測ではあるが、おそらくそんな理由で似顔絵は潰された。出世コースである公安は、今も昔もキャリアＯＢや省庁の官僚と強く結びついている。各部への圧力工作などはお手の物だ。一特捜本部の似顔絵に待ったをかけることくらい、造作もないことだったろう。

だがそれが原因で、一人の刑事が殺された。もし似顔絵が早く世に出回っていて、中山の面が割れ、逮捕されていれば、彼は死なずに済んだかもしれない。そうでなくとも、捜査員全員が似顔絵を持ってさえいたなら、中山の顔を見た瞬間に警戒することもできた。むざむざ真正面から、心臓をひと突きにされることなどなかったはずだ。

殉職した彼は、逸見《いつみ》淳司という名だった。「ジュンシ」と呼ばれると、「殉死」のようで縁起が悪いからと、必ず「ジュンジ」と言い直させていた。

カレーと、長渕剛と、犬が好きな奴だった。鑑識が警察犬を連れてくると、真っ先に行って「ヨシヨシ」と撫でていた。希望は刑事よりむしろ現場鑑識で、犬と仕事をしたいとも言っていた。

恋人もいた。警部補試験に合格したら、結婚する約束をしていたようだった。どうりで、デートもしないで勉強ばかりしていたわけだと、東は亡くなってから初めて納得した。

葬儀では、四百人の警察官が、敬礼で彼を見送った。

だがその中に、公安部の人間は一人としていなかった。

赦せない。いや、絶対に赦さない。

殺人班五係のメンバーは馬渕事件の起訴後、独自で捜査を始めた。誰があの似顔絵を潰したのか。誰が誰に指示し、誰が刑事部に発表を止めさせたのか。その全てを明らかにするつもりだった。また中山満は案の定、公安三課が仕込んだ情報提供者だった。盗聴器の設置や書類の持ち出しなど、違法行為を数々働いていた。

東たちは、場合によっては公安三課の告訴も辞さない覚悟だった。自分たちの手柄のために、他部署に情報の廃棄を強要したのだ。これは公安三課の警視庁に対する背任行為であり、その過程に何かしらの圧力があったとすれば、恐喝での立件も視野に入れるべきだろうと考えていた。

しかし、五係が動けば動くほど、当時を知る者は現場から離れていった。管理官が消え、参事官が去り、五係長が異動になった。東自身も三係に配置替えになり、他の者もそれぞれ別の係、中には所轄署に飛ばされた者もいた。

それだけではない。

ある日、東宛てに郵便が届いた。自宅にではない。警視庁刑事部殺人犯捜査第三係にいる、東弘樹に宛ててだ。

中身は、いわゆる盗撮写真だった。

妻と、娘の――。

当時、東たちは文京区内の集合官舎に住んでいた。警察官とは一種独特な危機意識を持つ人種で、その価値観は官舎に住む家族にも徹底して叩き込まれた。要は、部外者に対しては微塵も隙のない態度で臨み、身内同士はプライバシーを持たないガラス張りがよいという考え方だ。

この、身内同士の付き合いというのが、曲者《くせもの》だった。

分かりやすい例を挙げれば、外出中に突然雨が降る。すると官舎の誰かが部屋に上がり、洗濯物を取り込み、あまつさえ綺麗に畳んでおいてくれる。それを笑顔で「この前はありがとうございました」「いいえ、お互い様よ」とやらなければならない。その大前提としてあるのは、一戸一戸に鍵はかけないというルールだ。警察官舎とは、そういう世界である。

東の妻は民間の、会社経営者の家庭に育った。だがこの警察業界の慣習を受け入れ、馴染もうと必死に努力した。幹部の細君に呼ばれれば、四十度の熱があってもティー・パーティに参加した。お嬢ちゃんも連れていらっしゃいと言われれば、泣いて嫌がる娘を叩いてでも連れていったという。

そんな妻に、娘に対しての仕打ちが、これか——。

東は、警察全体に裏切られた気持ちで一杯になった。

写真は、とても本人たちに見せられる内容ではなかった。

もう官舎に家族は置いておけないと思い、大至急知り合いの不動産屋に相談して、品川にマンションを買った。

だがそこに、二人が来ることはなかった。

妻が、自殺を図ったのだ。

一命を取り留めた彼女に理由を訊いたが、決して答えようとはしなかった。

退院した彼女は、娘を連れて静岡の実家に身を寄せた。東も、その方がいいと思った。

別居は二年に及び、そのまま離婚することになった。慰謝料や財産分与などの問題は生じなかった。そもそも妻は資産家の娘だ。刑事の安月給から小銭を絞り取ろうなどというケチな了見は持ち合わせていない。

二年前に会ったのは、東がある事件で怪我をして、入院したときだった。その前は七五三のお祝いに呼ばれたときだ。五年も前になる。ちょうど自由待機だったので、静岡まで行くことができた。

「パパ……詩織《しおり》、大きくなった？」

頷くだけで、涙がこぼれた。そして自らに誓った。この娘の人生を、傷つけるようなことがあってはならない。ほとぼりが冷めたら一緒に暮らそうなどと考えてはならない。

正直、逸見が殉職した一件は、公安部の思惑通り有耶無耶になっていた。そもそも公安三課を告訴しようなどという行動は、警察庁からも警視庁からも検察庁からも、慎むよう強く言われていた。

さらに東は、個人的に尊敬する大先輩にまで釘を刺され、考えを改めざるを得なくなった。和田《わだ》徹《とおる》という、のちに「名捜査一課長」と呼ばれるようになる男だ。

「東。これ以上意地を張って、犠牲者を出すな……公安だって必死なんだ。組織防衛という意味では、今の時代、奴らの方が数段つらい場所に立たされている。これ以上ついて、もし暴発でもしたら取り返しのつかない事態になる。そうなったとき、お前は、その責任をとれるのか」

いえ、と東はかぶりを振った。

「……俺の睨みが利くうちは、お前を刑事畑からはずすような真似はさせない。断じて、この俺がさせない。だがな、俺がいなくなって、お前もいなくなったら、捜査一課はどうなる。刑事部はどうなる。確実に、公安の連中は刑事を舐めてかかるようになるぞ。その方が、俺にとってはつらい……東。お前が、刑事部の楔《くさび》になれ。他部署に対して、またあるときは身内に対して、打つべきものは打ち込め……だから、今は堪えて、留まることを考えてくれ。東」

　それで初めて、逸見の件にケジメをつける気になった。以後も公安に腹を立てることは幾度となくあったが、逸見の殉職について蒸し返すことはしなかった。

　だがもうその頃には、東の公安嫌いは内外に知れ渡るようになっていた。むろん事実なので、東も否定はしなかった。また自身でも驚くほど、公安部の人間とそうでない者を見分けられるようになっていた。目の配り方や、動くテンポ、その場に漂うニオイのようなもので、そうと分かるようになってしまっていた。

　荒巻。奴はその典型だった。怪我の、患部の見当が付いた瞬間、その傷口に親指を捻じ込んでいた。感情的な行動だった。自分にもまだあんな青臭い気持ちが残っていたのかと、むしろ嬉しくなった。

　だが不思議なのは、あの「パテオ」で会った男だ。奴は、むろん公安臭くはあるのだが、何かが違っていた。上手くは言えないが、要するに、腐敗と発酵のような違いだ。腐ってはいるが、やりようによってはまだ食える。そんな気がした。

　ふと、何かが視界の端に引っ掛かり、我に返った。

　なんだ。自分は今、何を見た。

　通りは依然として無人で、今さっきタクシーが通り過ぎた他は車も走っていなかった。

猫？　いや違う。野良犬、鼠？

そっとホテルを見やる。今はちょうど玄関の真裏に来ており、黒い鉄柵に覆われた非常階段を見上げることができる。

何か、動いたのか。

一階一階、何か隠れてはいないか凝視する。だが正直、暗くてよく分からない。むしろ誰かいるのだとしたら、向こうからこっちは丸見えになっているはずだ。こっちが見上げているうちは動かない。少なくとも、自分が相手の立場だったらそうする。

とりあえず、一つ先の角まで歩いてみる。横断歩道があり、信号は赤だったが、車は来そうになかったのでそこを渡った。

向かいのビルの陰に入って、足を止めた。そこから目だけを数ミリ出し、再びホテルの非常階段を見た。

しばらくはなんの変化もなかった。非常階段に動く影はなく、通りに出てくる者もいなかった。

そのまま、ホテルと裏通りを見続けた。

三分。いや、五分はそうしていただろうか。

ふとまた何かが気になり、目だけで辺りを探った。

すると、一方通行の道路を挟んで向かいにある、タバコの自動販売機。すでに販売時間を終了し、ボタンの赤ランプだけを残して消灯した状態だが、その、いくつもパッケージが並んだ窓に、中腰になった自分の姿と、もう一つ、黒い影――。

「ハッ」

飛び退きながら振り返る。

空を切るジャックナイフ。

避けられたと見るや相手は腰に手をやり、また何かを取り出そうとした。

拳銃か。そうはさせるか。

「テアッ」

下から蹴り上げる。当たらない。だが牽制《けんせい》にはなった。もう一度。また避けられた。瞬時にジャックナイフが薙《な》ぎにくる。今度はこっちが避ける。でもすぐ前に出て、

「シタッ」

掌底《しょうてい》――右掌の、手首に近い辺りを相手の鼻っ柱に叩き込む。

踏み込み、手応え、共に申し分ない一撃だった。剣道なら確実に一本取っている。実際、鼻骨の軋む音を掌で聞いた。骨折、まではしなかったかもしれないが。

だが敵も然《さ》る者。呻き声一つ漏らさずステップバックし、そこで改めて腰に手をやった。

黒いシャツ、黒いスラックスに、黒いニットの目出し帽。背は百七十センチ以上、痩せ型。むろん、男――。

それだけ確認するので精一杯だった。距離をとられたらこっちは圧倒的に不利になる。

東も表通りに飛び出し、歩道を曲がって身を隠した。

今頃、新宿の特捜では拳銃の携帯命令が出ているのかもしれないが、東は東侑倉庫の発砲事件現場から真っ直ぐ博多まで来てしまった。よって、いつも通りの丸腰。相手が撃ってきたら、走って逃げるしか生き延びる方法はない。

ただ、先に逃げたのは相手の方だった。

再び角から目を覗かせると、暗い通りには軽やかな足音が響くばかりで、その姿はもうどこにもなかった。

思わず、その場に膝をついた。深く息を吐き、額の汗を拭った。

とりあえず、助かった。

4

午前三時頃だったろうか。

ウトウトしかかっていた川尻の尻で、携帯電話が震え始めた。

広瀬からだった。

『G4は無事か』

川尻は廊下に通じるドアを少しだけ開け、ドアストッパーと手鏡をその隙間に差し込んで外を見張っていた。何しろウトウトしていたのだから絶対とは言えなかったが、少なくとも物音はしなかったはずである。音さえすれば、それがたとえゴキブリの足音でも目を覚ます自信はある。

ちなみに場所は、エレベーター乗り場を挟んで、英男たちとは反対側の角部屋だ。

「……無事だ」

『東が出ていったのは知ってるな』

「ああ。二時、ちょっと過ぎだったか」

『奴、襲われてたぜ』

そのひと言で、残っていた眠気は一気に消し飛んだ。

「襲われた？」

『ああ。直接襲った奴の顔は目出し帽で分からなかったが、こっそりあとを尾けていったら、ちょっと離れたところで黒のワンボックスに乗り込んで、仲間と合流した。その中に、知った顔があった』

意味ありげな沈黙が挟まる。

「……誰だ」

『聞いて驚くなよ。外事関係者なら、誰もが名前くらいは知ってる大物だ』

外事関係者なら、誰もが知る――。

「だから、誰だよ」

『……朴、大容。将軍様の暗殺を企てて失敗、七年前に脱北した、元人民軍の高官だよ。車には東を襲った奴と、朴と、たぶんもう一人乗ってた。どうも連中は、常に三人で行動してるようだな』

一体、何がどうなって――。

「……それで、東は無事だったのか」

『かろうじてな。相手も撃つ素振りはしたが、結局は撃たなかった。東にとっては幸運だったな……奴は丸腰。撃たれていたらひと溜まりもなかっただろう』

英男を追っているのは、元北朝鮮人民軍の高官、朴大容のグループ――。

『モグさんに報告したから、もう少ししたら、そっちにも朴の顔写真くらい送られてくるだろう。ひょっとしたら、手下の顔も手に入るかもしれない』

「分かった。何か動きがあったら、こっちからも知らせる」

電話を切った途端、妙な疲労感に襲われた。

低い天井が、ゆっくりと、垂れ下がってくるような――。

三時半頃にまた、携帯電話が震えた。

ディスプレイに「Ｇ４」の文字を目にした途端、胸が潰れるような感覚を味わった。

急いで部屋のドアを閉め、施錠し、だがなかなか、通話状態にはできずにいた。手の中で、携帯電話は震え続けている。

話したくないわけではなかった。だが彼の声を聞くのは、正直怖かった。この状況下で、彼は自分にどういった態度を示すのか。以前と変わらぬ英男なのか。それとも川尻の知らない、全く別人格の何者かになってしまっているのか。

これ以上出ずにいたら、留守電サービスになってしまう。

通話状態にし、耳に当てた。

「もしもし」

しばしの無音。向こうの息遣いが聞こえないのは、たぶん自分の鼓動がうるさいせいだ。

『……あ……アンドウさん……ごめん、寝てた？』

思わず、安堵の息が漏れた。やはり、英男は英男だった。

「……いや、起きてたよ。大丈夫」

彼も、似たような息を漏らした。

あの、と二人同時に言い、だが互いに譲り合い、結局は歳の順か、川尻が続けることになった。

「ああ……その、吉男さんの一件以来、こっちもあんまり、連絡できなくて……そういえば、まだ、お悔やみも言ってなかった」

『いえ、そんな……』

「お兄さん、ほんとに……残念なことになってしまって。全然、力にもなれなくて……申し訳なかった」

英男は恐縮したが、それでも川尻は、悔やみの台詞を続けた。

『すいません、なんか、気ぃ遣わせちゃって……あと、この前も、すみませんでした。わざわざ、店まで来てもらったのに』

「いや、かえって突然で、迷惑だったね」

『大丈夫でしたか、あのあと』

「え？」

『ほら、あの刑事』

そうだった。あれも、同じ日のことだった。

「ああ、君が目配せしてくれたお陰で、助かったよ。なんとか、切り抜けられた」

『そっか……じゃあ、よかった』

「うん……ありがとう」

それより君は、今どこで、何をやっているんだ。

そんながっついた質問を、喉元で押さえ込む。

「君から、電話してくるなんて……何か、話したいことでも、あった？」

『いえ……まあ、なんか、ここんとこ、バタバタしてたんで……アンドウさんとも、ゆっくり、話せなかったな、って……それに、話したいって、留守電に入ってたから、何かな、って』

そうか。先に話したいと言ったのは、こっちの方だったか。

「今は、家にいるの」

『いや、今は……ちょっと、出先です』

「そう、か……」

何を、馬鹿なこと――。

訊くべきことはもっと他にあるだろう。大切なことが、いろいろ。

「あの……それはそうと、お兄さんの、件なんだけど。英男くんは、その……犯人に心当たりは、ないの」

喉を詰まらせたように、英男は、しばし黙り込んだ。

そうなると川尻も、先を続けられなくなる。

本当に訊きたいことは、もっと別にある。なぜ東侑の倉庫になんか忍び込んだのか。あそこから持ち出したものはなんなのか。それは誰に命じられてのことだったのか。その荷物はどこで受け渡すことになっているのか。ここ博多か、それとももっと別の場所か。

だが黙られてしまうと、こっちも何も訊けなくなる。本題のずっとずっと手前で、足踏みをするしかなくなる。

『……アンドウさんは、兄貴の事件の捜査には、係わってないんですか』

そんな質問も、沈黙よりはマシに思えた。

「うん……部署が、違うから」

『何か情報とか、入ってきたりしませんか』

殺害現場が判明したようだと伝えると、それは東から聞いたと、逆に言われてしまった。

「そうか……他に何か、あったかな……」

馬鹿な。こっちが情報を引き出されてどうする。そうじゃないだろう。いま重要なのは、彼がなぜ、このような状況に身を置いているのかだ。カバンの中身は何で、それをどこで誰に渡すつもりなのかということだ。

しかしそれを訊く糸口すら、今は見出せない。

迷っていると、英男の方が痺れを切らしたようだった。

『……別に、根拠も証拠も、なんもないんですけど、でも……兄貴を殺したのは、北の人間です。それだけは、間違いないです』

恨みという名の膿《うみ》を、腹の底から搾り出した。そんな言葉であるように、川尻には聞こえた。

『ようやく俺、分かったんです……俺、これまでずっと、自分が朝鮮人だってこと、なんとか忘れよう、関係ねえ、どうってことねえって、思おうとしてたんです。その事実を、遠ざけようとばかりしてた……親父が自殺するまで追い詰められても、まだそう思ってた。でも、それじゃ駄目なんです。こんな簡単なことに、兄貴を殺されて、ようやく気づくなんて……馬鹿っすよ。ほんと……』

それじゃ駄目って、それは、どういう——。

『あの国を、アメリカになんとかしてもらおうとか、日本にどうにかしてほしいとか……そんなんじゃ、駄目なんですよ。あんな国、行ったこともないし、懐かしくも、ありがたくもなんともないけど、でもやっぱ、俺は、あの国の人間なんです……テメェらの国のことは、やっぱ、テメェらでケリ付けないと』

尾行中、ふいに対象者の背中を見失ったときと、全く同じように、肌が粟立《あわだ》った。

いま自分は、英男を、見失いかけている。

「英男くん……ケリって、一体……」

彼は打ち消すように、声に出して笑った。

『やだな……違いますよ』

何が違う。何と違う。

『ほら、その、在日って、国籍、ふた股みたいなもんじゃないっすか。だから、新しい女と付き合いたいなら、前の女とは、きっちりケリ付けろよって……モラルとして、そうだろって……まあ、その程度のことっすよ』

違うだろう。そんな話じゃなかっただろう。

英男の背中が、どんどん見えなくなっていく。

『すんません……明日はちょっと、人と会う予定があって』

「英男くん、明日は、どうしてる」

だから、それは誰なんだ。

「それ、何時頃？　その前とか、あととか」

『いや、ちょっと、マジで遠くなんで……一日かかっちゃうんで』

「遠くって？」

『場所は、ちょっと、あれなんすけど……でも、どうしても俺、その人に、会いに行かなきゃならないんです。その人が、向こうで俺のこと、待ってるんで……すんません。ほんと明日は、マジで』

誰に会う。どこで会う。英男、君は明日、誰と――。

一番訊きたいことなのに、知らなければならないことなのに、どうしてもその言葉が、口から出てこない。

『……なんか、遅くにすんませんでした。また電話します』

こっちの返事も待たず、彼は電話を切った。

かけ直すことを、考えないではなかった。でも実際は、身動きすらできない状態だった。いつのまにか、全身が粟立っていた。顔面が冷たい汗に覆われ、喉も、やけに渇いていた。

四時を少し過ぎた頃、東は自分の部屋に戻ってきた。特に怪我をしている様子はなかった。広瀬に報告したが「だろうな」で終わってしまった。

五時、六時。両者に動きはなかった。

七時。朝食をとりに何組かの客が部屋を出てきたが、英男と東は動かなかった。

八時。相変わらず朝食に出入りする客ばかり。

だが八時二十三分。ようやく英男のいる六一五号室のドアが開いた。肩からボストンバッグを下げている。長袖のTシャツは替わっているが、ジーパンは昨日と同じだった。エレベーターに向かう。すかさず向かい、六〇八号室のドアが開き、東が顔を出す。辺りの様子を窺いながら、エレベーター乗り場に向かう。川尻はドアスコープから見ていたのだが、他人が辺りを警戒する姿というのは、どうしてこうも滑稽なのだろう。

広瀬に知らせる。

『……分かった。少し時間差で下りてこい』

それから身支度を整え、エレベーターは使わず、階段でロビーまで下りた。

八時半。朝食を終え、チェックアウトする客がカウンターに、かなりの数並んでいた。携帯電話のディスプレイを見ると【九月十七日、敬老の日】となっている。そうか。月曜だというのに泊まり客が多かったのは、今日が祝日だったからか。

見れば、英男と東は別の列に並んでいる。だがなんの悪戯か、東が並んだ列の方が進みが速い。四、五分眺めていると、とうとう東の方が先に会計を終えてしまった。急に手持ち無沙汰になったらしく、英男から離れる方向に歩きながら、なお周囲を警戒している。

川尻は柱の陰からその様子を見ていた。あえて姿は隠さなかった。目が合ったら合ったでいいと思っていた。だが、なかなか向こうは気づかない。そんなこんなしているうちに、英男の番になった。それに気をとられた瞬間、

「……よく眠れたか」

えらく得意げに、東が声を掛けてきた。

わざと、鼻で笑ってやった。

「そっちは、散々だったらしいですね」

男らしく濃い眉が、ぴくりと跳ね上がる。

「ああ……よかったよ。こうやって、生きて朝を迎えられた」

視線は、会計をする英男に向けられている。川尻はあえて、それ以外の場所に目を配っ

た。

　東が顔を寄せてくる。

「……奴は、どこに行くつもりなんだ」

「知りませんね」

　知っていたところで教えるものか。

「バッグの中身は」

「着替えでしょう」

　横目で睨まれる。

「舐めるな、若造」

「ロートルの出る幕じゃないってことです」

　すると、ふっと笑ってみせる。

「……ずいぶんな言い草だな」

　英男がカウンターを離れる。

「終わりましたよ」

　東は英男と玄関、その周辺をじろりと見回した。

「……おい、公安」

　そういう呼ばれ方は初めてだ。

「あまり、返事をしたくない呼び方ですね」

「じゃあ、名前を教えろ」

英男が回転ドアに足を踏み入れる。

頭の中に、いくつもの名前が、浮かんでは消える。

「……川尻。川尻、冬吾です」

東は、片頬を吊り上げる不敵な笑みを浮かべた。

「じゃあ、川尻……ヤバくなったら、援護してくれ。頼むぞ」

ぽん、と腰の辺りを叩かれる。

見ると、川尻の上着のポケットから、白い、四角いものが覗いていた。

清算は前田に振り込みでしてもらうことにし、川尻も早速外に出た。

今日はよく晴れていた。

英男は、方角でいえば北西に向かって歩いているようだった。大博通りという、片側四車線の大通りの歩道をひたすら進んでいる。その姿は、川尻の位置からは見えない。英男を追っているのは広瀬だ。いま川尻が見ているのは、あくまでも英男の十数メートル後ろを歩いている、東の背中だ。

川尻はマイク付きイヤホンを右耳に捻じ込み、携帯電話で十一桁の番号を押した。東の名刺に手書きで記してあった、携帯番号だ。

相手はすぐに応えた。

『……はい』

「川尻です」

息を呑むような間が空いた。

『……早速、なんのご忠告かな』

「朴大容という人物を、ご存じですか」

『……パク？　いや、知らない』

「昨夜あなたを襲ったのは、その男の手下ですよ。朴はもと、北の軍部の人間です。将軍暗殺に失敗して、七年前に脱北してきたと言われています」

『……確かか』

「信じていただかなくても、私は構いませんが」

東の後ろ姿。その歩が、少し鈍る。

『つまり、英男の荷物を狙っているのは、北の革命分子ってわけか』

「そう、かもしれない、ということです」

『じゃあ、逆に英男は、北の体制側に使われているということか』

「そこのところは、私にも分かりません。ただ、注意はした方がいいですよ。相手は日本人じゃない。行動原理も、我々とは根本的に違います。舐めてかかると、取り返しのつかないことになります」

数秒、間が空いた。

『……分かった。注意するよ……他には何か』

「いえ。今のところは」

『そうか』

電話を切ってから、東は携帯にイヤホンを仕掛け、耳に捻じ込んだ。また川尻から連絡が入ることを期待しているのだろうか。

今度は左耳のイヤホンが鳴った。広瀬だ。と同時に、東が駆け出すのが見えた。

《G４が走り出した》

川尻は了解と返し、全力で東の背中を追った。

《呉服町交差点を右に曲がった》

次の角。ちょうど横断歩道が青になっている。

東も曲がっていく。川尻も全力で付いていく。

まもなく東には追いついた。だいぶ息を切らし、バテ気味になっている。

「先に行きますよ」

「あっ……ああ……」

前方にボストンバッグを抱えて走る、長袖Tシャツの後ろ姿が見えた。広瀬の姿はない。だがどこかから見ているはずだ。彼は尾行の達人。足も前田班で一番速い。

英男はまだ走っている。なぜかは分からない。誰かから逃げているのか。

《左に曲がった》

やはり、広瀬はちゃんと追っている。しかし、どこにいるのだろう。

電柱の番地を見る。中呉服町。高いビルとビルの間に、ときおり民家が挟まっているような雑多な町だ。祝日のためか、車も人もあまり通りに出ていない。

英男はラガーマンよろしく、バッグを胸に抱えて走っている。

そして大きな郵便局の前に出た、その瞬間だ。

ふいに角から出てきた黒い影が、真横から英男に体当たりをかました。

車に撥《は》ねられたように、英男の体が宙に浮き上がる。でもまだバッグは抱えている。背中から植え込みに落ち、左膝辺りか、脚がガードレールに当たって鈍い音がした。間髪を容《い》れず、黒い影が英男に襲い掛かる。さらにあとからもう一人出てきた。そっちは手に何か持っている。ナイフか。

「英男くんッ」

思わず叫んでいた。体当たりの男は一瞬こちらに注意を払ったが、もう一人は構わず、ナイフを振り下ろした。

Tシャツの右肩が真一文字に裂ける。反射的に、英男の手元が浮く。男はその隙にバッグを摑み、強引に奪い取り、

「よせッ」

英男の腹にもう一撃加え、二人はすぐさま向こうに走り出した。

迷ったのは、ほんの一瞬だった。

川尻は二人組を追うより、英男の介抱を優先した。

「英男くん、大丈夫か」

右肩が大きく切り裂かれている。右脇腹にも刺創がある。深さは分からない。

「あ……アンドウ、さん……」

とりあえず抱え、植え込みから彼を引きずり出す。

「なんで、アンドウさん……ここに……」

歩道に横たえる。

半分ぶら下がった袖を引き千切り、肩を縛って止血した。腹は、どうしたらいいだろう。まず自分の上着を考えたが、それをしたら今度は、拳銃が丸見えになってしまう。他に持っているものといったらハンカチくらいだ。まるで用を足さない。

「川尻ッ」

振り返ると、すぐそこに東が追いついてきていた。苦しそうに脇腹を押さえている。

「おい、どういうことだ」

「どうもこうもありませんよ」

「……バッグは」

「やられました。二人組です」

東が膝をつく。入れ替わりに川尻は立ち上がった。

「傷は右肩と右腹。肩はともかく、腹は深さが分かりません。お願いします」

川尻は男たちが逃げた方に走り始めた。

東が「オイ」と怒鳴った。

だが、そんなことで止まるわけにはいかない。

一分間を置いてしまったら、そう簡単に追いつけるものではない。相手だって必死だ。どこかに隠れられたら見つけ出すのは至難の業だ。

昭和通りという、これまた大きな道路を渡り、浜口公園、万四郎神社、その周辺道路などを捜し回った。

イヤホンが鳴った。

《おい、何が起こった》

「G4が襲われた。バッグも持ってかれた。相手は二人組だ」

《それで》

「逃げられた。そっちは」

《急に予想と反対に回られて見失った》

「どこで」

広瀬と連絡をとりながら捜したが、結局発見はできなかった。いったん、公園裏手の月極駐車場で待ち合わせることにした。

「……もう、こうなっちまったら、カバンの中身を、G4に吐かせるしかないな……どうしてる、奴は」

息を切らした広瀬は、両手を膝について川尻を見上げた。

「肩と腹を切られてたんで、東警部補に任せてきた」

すると、眉を段違いにして睨め上げる。

「……東と、接触したのか」

「ああ……昨日の、新幹線の中でも、今朝、フロントでも……」

広瀬は、呆れたと言わんばかりにかぶりを振った。

「まったく……なに考えてんだ」

携帯電話を取り出し、連絡を入れる。むろん前田にだろう。

「……ああ、私です。英男が、バッグを奪われました……すみません。至急手配願います。博多区奈良屋町付近、黒のボストンバッグ、幅六十センチ、マチが三十センチほどの、わりと大きなものです。手提げと肩下げのストラップ、アタッシェケースが楽に入るサイズ。奪ったのは二人組。一人は身長百七十センチ以上、痩せ型。黒いシャツに同色のスリムなパンツ。今日姿を見せたのは二人ですが、近くに朴もいたものと思われます。最終的には三人組のはずです……はい、お願いします」

切り、二つ折りのそれをポケットにしまう。

「……すぐに所轄の警備課、地域課を使って手配するってさ……運よく、見つかってくればいいがな」

広瀬は通りの向こうを見、腕時計を見て、また通りを見渡した。

「お前、英男のところに戻って、全部吐かせろ。バッグの中身、東京から運んできた理由、渡す相手、場所、もう何もかも、一切合財だ。東がいたって構うことはない。とっくに面は割れてんだろう」

「トノは」

眉をひそめ、かぶりを振る。

「お前一人で行け。俺は東になんて会いたくない。顔を晒すのは真っ平ご免だ」

踵を返して歩き出す。もと来た方に。たぶん、昨夜借りた車をとりにいくのだろう。

だが、東たちを残したところに行き着く前に携帯電話が震えた。

《アントン、博多港だ。博多港センタービルの駐車場辺りで、近い人着の男たちが目撃された。俺は車で行くから、お前もすぐ来い》

「分かった」

その場でタクシーを拾い、博多港に向かった。距離にして三、四キロ。道もさして混んでいなかったので五分とかからなかった。

広瀬は駐車場と言っていたが、着いてみると、周りはほとんどが駐車場だった。どこのことを言ったのかさっぱり分からない。奥の方には、倉庫やコンテナ置き場がある。

電話をかけてみたが、出ない。そもそも、広瀬が借りた車がなんだったのかも川尻は知らない。せめて車種くらいは聞いておくべきだった。こうなってしまったら捜しようもない。

神経を集中し、視覚、聴覚を研ぎ澄まし、辺りで何か起こっていないかを探る。が、分からない。アンテナには何も引っ掛かってこない。祝日のためか港内は閑散としており、敷地内を走っている車もほとんどない。

センタービルの前を通ったセダンがこっちに向かってくる。白いマークⅡ。だが川尻のところまで来る前に、右の方に曲がっていった。運転していたのは、だいぶ年配の男だった。たぶん関係ない。そもそも朴たちが乗っていた車は、黒のワンボックスだったと広瀬は言っていた。

歩行者はというと、さらに少ない。

確かに、こんな状況で不審人物を見かけたら、しかもそれが警察庁からのお達しにある人着の、黒いボストンバッグを抱えた男だったら、誰もが大威張りで報告するだろう。するとそうか。彼らはつまり、歩いている状態で目撃されたのだから、広瀬もここまで来たあとは、車を乗り捨てて周辺を捜索に歩いたはずだ。

広瀬は朴らを見つけたのだろうか。それとも――。

いったん道を戻ろうと思い、だが突如、爆竹のような音がどこかで鳴った。続けて三回。銃声か。だとしたら自分たちの持っているP230ではない、別の銃だ。

広瀬――。

振り返り、銃声がした港の奥の方へと走った。

なぜ撃ち返さない。広瀬、なぜ応戦しない。

サックからP230を抜く。安全装置をはずし、遊底を引く。緊張は、意外なほどない。

色とりどりの箱が並ぶコンテナ置き場。通路を一つひとつ覗いて進む。むろん、背後や上にも目を配る。いったん中に入ったら、もうどこから撃たれてもおかしくない状況になる。

三つめ、四つめ。通路を一ヶ所ずつ確認する。人影は疎か、辺りにはゴミ一つ落ちていない。

五つめ、六つめ。七つめの通路の、三十メートルほど行った辺りに、人影を発見した。

こっちに背を向け、両膝を地面に着いている。上着の色、背中の形、髪型——広瀬だ。

さらに警戒しながら進む。前後、そして上。コンテナの切れ目では左右も。視線を回し、銃口を巡らせ、一歩一歩、だが可能な限り速く。

「トノッ」

手の届くところまで来て、肩に触れ、辺りを見回し、だが、

「……おい」

広瀬の体が、ゆっくりと、後ろ向きに倒れ始めた。

膝元に拳銃が転がり落ちる。

慌てて背中を支える。首が、転げ落ちるように、真後ろに——。

「トノッ」

左目を撃ち抜かれていた。腹にも二発。いや、心臓に近い。

「……おい、おいってッ」

体温が、かなり低下している。

「おいってば、おい、トノ、おいってばッ」

涙のように、大量の出血が、彼の頬を伝い落ちている。

血で粘ついた唇が、微かに、何か言いたげに、動く。

「……なに？」

だが何一つ、言葉にはならない。

「おい、トノ……」

広瀬の体から、力という力が、抜け落ちていく。

すくい取ることも、留めることも、できない。

命が今、川尻の両手を濡らし、流れ、散っていった。

第五章

平和というものは、そうではない状態との対比でしか、実感できないものなのかもしれない。

一つは過去。日本人は八月になると、広島・長崎で行われる原爆慰霊祭の様子をニュースで見、十五日前後に放送される太平洋戦争関連のドラマを見て、戦争はいけない、今の日本は平和でいいと、改めて実感する習慣がある。夏休みの課題図書にも、必ずそういった作品がラインナップされている。

もう一つは、仮想の敵だ。純粋にハイキングを楽しみ、マナーを守って釣りをする韓国人観光客の方々には大変申し訳ないが、いま対馬の住民、とりわけ南部唯一の繁華街を内包する厳原町の住人は、二人組韓国人男性というのに、非常に敏感になっている。

『桑島さん、出たよ出たよォ、謎の二人組がァ』

韓国亭の店主、高田伸也が言い触らしているのか。あるいは桑島と中江が聞き込みをする姿が、住民の不安を煽ったのか。とにかくあれ以来、この一帯の島民は韓国人男性の二人組を見かけると、ほとんど反射的に、桑島に通報するようになっていた。

「どんな体格でしたか」

『でっぷり太っててさァ、嫌味な態度なんだよォ』

「そうですか。それは困りましたね」

まあ、大半はこんなガセネタだ。

だが中には、

『今さっき来たのよ、ウチん店に。例の二人組が』

「どんな体格でしたか」

『二人とも背が高くてね、韓流スターみたいだったわよ』

ひょっとすると、という情報も交じっているので邪険にはできない。

「服装はいかがでしたか」

『二人とも、地味めのシャツにズボンだったわ。カウンターに座るなり、隣の北岡さんのお皿を指差すんで、おんなじ日替わり定食を出してやったの。けど、それ出すまでの間も、食べてる間も、ずーっと、フジタの方を気にしてるんだよね』

「フジタ」というのは、彼女の店の向かいにある喫茶店で、北岡というのは、その隣の洋品店の主人だ。

「フジタの、何を気にしてたんでしょうか」

『あたしもそう思って、チラチラ見てたの。そしたら、たぶんだけどね、窓際ん席に、中年男が座ってたの。それを見張ってるんかなって、ちょっと思って』

桑島は「すぐ行きます」と言って電話を切った。左手で上着を摑み、右手で中江の肩を叩いた。

　現地に行ってみると、定食屋「はらだ」の女将、原田時枝《ときえ》は、カウンターの中で片付け物をしていた。

「お邪魔します。もう、ランチは終わりですか」

　午後二時を数分過ぎている。だが別に、本当に昼飯を食べたいと思っているわけではない。他にまだ客がいたので、それっぽく切り出してみただけだ。

　時枝は「いらっしゃい」と応じながらも、目で、桑島たちを奥にいざなった。小上がりとカウンターの間の通路を進み、絣《かすり》の反物《たんもの》を切って下げたような暖簾をくぐり、厨房に顔を覗かせる。

　亭主の文吉が、裏路地に出る勝手口の手前で、新聞を読んでいる。

「こんにちは」

　こっちに顔を向けた文吉は、ちらりと外を見、新聞を畳んだ。

「……こっち」

立ち上がり、桑島たちを近くにいざなう。

「ほら……あそこ、見えるだろう。あいつだよ」

路地の隙間から、厳原本川に架かる橋の欄干《らんかん》が見えている。実際の幅にしたら二メートルほど。だがそこに、ちょうど一人、男の姿が覗いている。

「一人、だね」

「うん。今は一人」

「何やってるのかな、あれは」

文吉は得意げに頷いてみせた。

「仲間とは今、別行動してる。奴は、仲間が帰ってくるんを待ってんだ」

「ここから出ていって、そのあと、ってこと？」

「そう。ウチにいる間は、チラッチラ、チラッチラ、フジタの方ばっかり気にしてて。で、向こうから男が出てきたら、さっと席を立ったんだ。食い逃げか、と思ったけど、一応金をテーブルに置くんで、毎度どうもって、行かせたら……これよ」

ポケットから何やら取り出して見せる。

「千五百円。うちの日替わりは七百七十円。二人で千五百四十円でしょう。なーに『釣りは要らねえ』みてえな顔してんだァ、と思ったんだけど……カアちゃんが、追っかけようとしたら止めんだ。なんだって訊いたら、今の、桑島さんが捜してた二人組じゃないかって……そんでまあ、様子を見てたってわけ」

　よく気づいてくれたね、ありがとうと言うと、文吉はさらに自慢げに続けた。

「……奴らが見張ってた男はフジタを出て、すぐそこに駐めてた車に乗って、港ん方に行っちまった」

「車？　どんな車」

「うーん、銀色の……ごく普通んだよ」

　シルバーのセダン、と覚えておこうか。

「それから？」

「ああ……それで、奴らは急に慌てた感じになって、一人は反対方向に走り出して、そんで、一人はそこに残った、ってわけ。俺ん見たところ、今いない一人は、どっか別んところに駐めた車を、とりに行ってるんじゃないかと……うん」

　なるほど。一理ある。

　桑島は文吉の肩を撫でた。

「いやぁ、助かるよ」

　確かに、風体は高田伸也の目撃談と一致している。百七十以上ありそうな背。痩せ型。髪は短く、目は、そう言われてみれば細い方だ。

韓国亭はこの近くだ。高田伸也を呼んで、一昨日の二人組の一人があの男か、確かめさせようか。

しかし、それを実行する前に男が動き始めた。

「行くぞ、中江……ありがとね、文吉さん」

勝手口を出て、川の方に行く。男は左手、厳原大橋の方に歩いていった。その向こうには厳原港がある。

午後二時十三分。気温は二十五度くらいだろうか。強い海風にあうと、少し肌寒ささえ感じる。

前を行く男の背中も、風を受けて大きく膨らんでいる。髪も逆立っている。肩をすぼめ、いくぶん前のめりに歩いていく。後ろに注意を払う様子はない。自分が尾行されているか否かに、あまり関心はないのかもしれない。

厳原大橋を過ぎ、そのまま港の方に進んでいく。だがそこで、電話がかかってきたようだった。道の端に寄り、ポケットから出して耳に当てる。桑島たちも脇道に入り、様子を窺った。

「お前、マナーモードにしてあるか」

「してますよ、ほら……あ、してなかった」

「しとけバカ」

電話を切り、男は辺りを窺ってから細い道を左に入った。港からも逸れる方向。そのまま山道を登っていけば修善寺、国昌寺、松水寺などにも行けるが、とてもそういう趣味があるようには見えない。

案の定、男が道を曲がったのは、表通りから身を隠すためだったようだ。電柱に身を寄せて立っている。桑島たちはもう一つ手前の道から回り込んで、彼の背後から表通りを見る位置についた。

まもなく、別の男が彼に近づいてきた。

「あっ……」

声を漏らした中江を睨み付け、口に指を立てる。

とうとう、二人揃った。なるほど、新しくきた男の方が五センチほど背が高い。髪は七三。高田伸也の観察眼はなかなか鋭かったことになる。

しかし、あんなところで二人は何をしているのだろう。何やら小声で言い合っている。あとから来た男が表通りを指差し、これ以上俺にどうしろというんだ、とでも言いたげに両手を広げてみせる。

彼らの視線の先にあるのは厳原港だ。右手には漁港。少し左手にフェリー乗り場。その向こうには入管に税関、海上保安部なども入っている合同庁舎がある。

晴れた空。海と町を隔てるものは何もない。

潮風が、ときに重く、強く、押し寄せる。

いつのまにか、この島の小さな地面に、足を突っ張っている自分がいる。風に流されないように、さらわれないように、必死で踏ん張っている。

そして、ここに押し寄せてくるものは、何も海風だけではない。

何やら得体の知れないものが、ときおりこの島の暮らしを脅かす。

あの二人がそうだと、決め付けることはまだできない。だが、そんなニオイをまとっているのは確かだ。日々粘っこい潮風に苛められても、まだまだこの鼻は馬鹿になんかなっちゃいない。ちゃんと嗅ぎ分けている。臭い奴と、そうではない者とを。

ふと、彼らが見ているものが分かった気がした。

フェリー乗り場の手前に停まっている、シルバーメタリックのカローラ。文吉のいう「銀色のごく普通の車」に、無理なく当てはまる。

運転席には人がいる。先手を打って、その人物に職務質問、という手が浮かんだ。停まっているのは港の駐車場。別段疑わしい要素はないが、職務質問くらいはしてもいい。だが、今一つ思いきれない。もう少し待つ方に心は傾いた。

高田伸也を連れてきて、会わせられたらいいのにな、とも考えた。だが、それはもう駄目だ。とてもではないが、一般人に面通しをさせられる状況ではない。具体的に何がというのではないが、場の空気が悪過ぎる。

十分ほど、そんなふうにしていただろうか。

件の車のドアが開くと、二人が明らかに姿勢を正すのが分かった。

運転席から立ち上がったのは中肉中背の男。黒いサングラスをかけており、遠目なのではっきりはしないが、髪を伸ばして、後ろで括っているように見えた。

その長髪の男が歩き出すと、やや遅れて二人も続いた。少し距離を置き、仮に振り返られても、すぐに身を隠せるような態勢をとり続けている。

何をするつもりなのだろう。あの二人は。

桑島たちは、タバコの自動販売機の陰に入り、様子を窺った。

港には、いつのまにかフェリーが入ってこようとしていた。九州郵船の「フェリーちくし」。大きな船体が、合同庁舎の脇を通過してくる。

あの長髪の男は、フェリーから降りてくる誰かを待っているのだろうか。それとも、自身がこれからフェリーに乗るのだろうか。彼が乗ったら、二人組もあとを追うのだろうか。いま入ってきた便は三十分ほど停泊したのち、壱岐《いき》の郷《ごう》ノ浦《うら》に向けて出航する。彼らは壱岐に行くのか。

いや、フェリーに乗るのなら、もう乗船手続きを済ませていなければならない。こんなところでぼんやりと眺めてはいられないはず。ということは、やはり降りてくる誰かを待っているのか。

フェリーが岸壁に着く。三人はそれぞれターミナルの方に歩いていく。

やがてタラップが掛かり、乗客が降り始める。ビジネスマンの姿はあまり見えない。それよりも、島民が様々な事情で本土とを行き来している。そんな利用状況のようだった。長髪の男はターミナルの建物を迂回し、外壁に半身を隠すようにして、フェンスの向こうにできた乗客の人だかりを覗き見ている。二人組はさらにその様子を、少し離れた植え込みの陰から窺っている。

先頭の客がターミナルを出てきた。そのままタクシー乗り場に歩いていく。さらに五人、十人と続いて出てくる。徒歩五分ほどの場所にあるバス停に向かう者、駐車場に向かう者、選ぶ交通手段は様々だ。

だがそんな中に、なかなか動き出さない人影があると、逆に目立つ。ターミナルから出てきて、出入り口に突っ立っている、全身黒ずくめの男。足元に置いた、わりと大きなボストンバッグも真っ黒だ。迎えを待っているふうにも見える。

長髪の男が見ていたのは、どうやらそのボストンの男だったようだ。辺りに人がいなくなっても立っている彼を、相変わらずターミナルの陰からじっと見つめている。

やがて長髪の男は、携帯電話でどこかに連絡を入れた。ボストンの男は辺りを見回し、ずっと誰かを待っている様子だ。

長髪の男は電話を切り、再びボストンの男に目を向けた。それより手前にいる二人組も、依然としてその様子を凝視している。

なんだ。何をしているんだ、こいつらは。

ようやく意を決したか、長髪の男が動き出す。

手前の二人組はまだ動かない。

辺りを見回していたボストンの男は、近づいてくる長髪の男に気づき、そちらに体を向けた。話ができる距離に来るまで待ち、長髪の男と何やら言葉を交わす。内容は分からない。遠いというのもあるが、そもそも彼らが日本語を喋っているとは、なんとなくだが思えない。

その直後だ。

二人組が動いた。

二人とも懐に手を入れ、出し、するとその手には、小さな黒いものが握られており、

「危ないッ」

桑島は思わず叫んでしまった。

二人組が振り返る。その向こうで長髪の男も振り返り、懐に手を入れるのが見えた。さらにボストンの男も。いや、いつのまにか人数が増えている。ボストンの男の背後には、もう二人、男が控えていたようだ。

最初に撃ったのは長髪の男だった。短く乾いた銃声が響き、こっち側にいる二人組の足

元で、小さくアスファルトが弾けた。

長髪の男は身を屈め、ボストンの男を含む三人組の方に突進していった。もうそこからは、何がどうなっているのかよく分からなくなった。

ただ、長髪の男対三人組、あるいは二人組という敵対関係は、なんとなく読みとれた。

つまり、単純計算をすれば一対五。長髪の男に勝ち目はない。

「おい、やめろォーッ」

誰に何をやめさせたいのか、自分でもよく分からなかったが、とにかく桑島は怒鳴った。

すると、二人組の一人がこっちに銃口を向けた。

とっさに横に跳び、車の陰に身を隠した。ほぼ同時に銃声がし、ボンネットが波打った。

マズい。連中は本気だ。見ず知らずの相手を、なんの躊躇もなく撃てる人間だ。

後ろを見ると、なんと中江はまだ、さっきまで身を隠していたタバコの自販機の陰にいた。そこから一歩も動いていない。

桑島は身振りで、電話をかけるよう指示した。むろん、本署に応援を要請しろという意味だ。だが中江は、は？　と言わんばかりに首を傾げるだけ。いっこうに自分から行動を起こそうとはしない。

バンパーの辺りから目だけを覗かせる。

長髪の男は寄ってたかって羽交い絞めにされ、銃口を心臓の辺りに押し付けられていた。

「よせ、やめろォーッ」

二人組の一人がこっちを向き、また撃った。今度は左のヘッドライトが砕け、破片が辺りに散らばった。

駄目だ。このままでは死者が出る。

1

川尻は暴漢を追いかけていったまま戻ってこない。

残された東は、英男の傷の具合を見ていた。

「……なんで、刑事さんまで」

英男の意識は、わりとはっきりしているようだった。肩の傷は、筋肉は多少切れているだろうが、腕が動かなくなるほど深くはない。脇腹の方は、脂肪層に達してはいるものの出血はさほどではなく、命に係わるものではないと思われた。

「立てるか」

「はい……」

いくら祝日で人が少ないからといって、右半身血だらけの男を連れて歩けば目立つ。どこか休める場所はないか。

幸い、道を渡ったところに公園があるのが見えた。

「あそこまで歩けるか」

「はい……行けます」

片側四車線の広い道路だったが、仕方ない。出血が目立たないよう英男の右側に立ち、歩調を合わせて横断する。年配の女性、子供連れの夫婦に奇異な目で見られたが、いずれも騒ぎ出すふうはなかった。無事、公園にたどり着いた。

木陰のベンチに腰を下ろす。

「……待ってろ。薬、買ってきてやるから」

大通り沿いにドラッグストアを探し、消毒液と脱脂綿、大判の絆創膏《ばんそうこう》、包帯を調達して戻った。途中に二十四時間営業のジーンズショップがあったので、長袖Ｔシャツも買った。

「脱げるか」

「はい……なんとか……」

公園のベンチで若者を裸にし、治療してやる姿はさぞ奇妙だったろう。他人がこんなことをしていたら、たぶん自分なら職務質問をする。いや、警察官なら誰もがするだろう。この傷、この出血は只事ではない。

ただ、傷の場所はわりとよかった。東の技術でも、上手く傷口を圧迫して止血することができた。

「ありがとう、ございました……」

最後に新しいTシャツを着たら、もうほとんど怪我人には見えなくなった。ジーパンの血痕は、ちょっとワイルドな模様だと思えばいい。

「しかし、なんでお前……」

博多になんか来たんだ、あの荷物はなんなんだ、誰に、なぜ襲われたんだ、そもそもこれは、吉男殺しと関係があるのかないのか。

訊きたいことは山ほどあったが、仕方ない。電話が入ってしまった。

ついさっき受けた番号。川尻だ。

「もしもし、お前いま……」

『どこにいますか』

低く、それでいて有無を言わせない口調だった。

首の後ろを、冷たい手で押さえ付けられたような。

そんな不快感を覚える。

「さっきのところから、大通りを渡ったところにある、公園だ。怪我の治療を……」

『すぐに行きます』

向こうが切り、通話は無機質な電子音に変わった。

英男が、怪訝な顔で見上げている。

「アンドウさん……ですか」

やはり。英男のバンドを熱心に観にきていたアンドウとは、あの川尻のことだったのだ。

「……ああ。すぐ来るそうだ」

実際、川尻は五分ほどで現われた。

表の道でタクシーを降り、公園に入ってくる。しかし、なんと言ったらいいのだろう。東は、一種異様なものを感じずにはいられなかった。彼の周りだけ磁場が狂っているような。時空が歪んでいるような。そんな、実に不快で、不気味な雰囲気だ。

どうした。そのひと言が、上手く口に出せない。

「……東さん」

目の前まで来た川尻は、いきなり何か差し出してきた。

黒い、オートマチックピストルだ。シグ・ザウエルＰ２３０。先端を握り、グリップをこっちに向けている。

「持っていてください。丸腰なんでしょう」

確かに、昨日の一件があったので、拳銃があった方がいいと思ってはいた。だが、それを他部署の人間から貸与されるというのは、どうだろう。

「……お前は」

「私は、持ってます。ですんで、使ってください」

　ということは、これは、別の誰かのものだったのか。Ｐ２３０は近年、私服警察官を中心に配備されているモデルだ。川尻と近い者、しかも私服警察官が、この状況下で、拳銃を必要としなくなった。それが意味するものは、一つしかない。

　遠くの方に救急車のサイレンを聞いた気がしたが、それと関係はあるのか。

「……分かった。借りておく」

　拳銃サックはないので、安全装置を確認して、ズボンの腹に捻じ込んでおく。動きづらくなるが仕方ない。上着のボタンを閉める。

　川尻がベンチに腰を下ろす。両肘を膝につき、顔を伏せる。

「……英男くん。いくつか、訊きたいことがある。いいだろうか」

　鳩が一羽、寄ってくる。だが気まずい雰囲気を察したか、すぐにもといた方へと戻っていく。

「はい……」

　英男が頷くと、川尻も少しだけ、彼の方に顔を向けた。

「君は、東品川にある、東侑エンタープライズの倉庫から、何か持ち出したね」

　また鳩が寄ってくる。今度は二羽。

「……はい」

「誰かに、頼まれたの」

「……はい」

乾いた風が、頭上の枝を揺らす。木漏れ日が、地面を撫でて回る。

「誰に」

「……キム、イルドン……日にちの『ニチ』に、東と書いて、金日東。北朝鮮の、元軍人です。あれはもともと、彼のものですから」

「あれ、っていうのは、つまり」

「ミニニュークです」

ミニニューク——聞いたことのない言葉だった。

思わず川尻を見ると、彼も目を見開き、東に視線を合わせてきた。小首を傾げてみせると、川尻は頷くようにして唾を飲み込み、ハッと息を吐いた。

「……要するに、小型の、戦術核兵器です。主に、五キロトン以下の、原子爆弾を意味します」

「五キロトン？」

「広島が、約十六キロトン。つまり、三つ四つあれば、広島と同じ悲劇が……」

そんなものが、なぜ東侑の倉庫に。

「英男くん。それは、どれくらいの大きさだった」

「……これくらいのが、三つ……」

英男が示したのは、ちょうど握り飯くらいの大きさだ。

「だから……『アイアン』なのか」

「アイアン？」

東の問いを無視し、英男が頷く。

「でも、アンドウさん……なんで『アイアン』のこと……」

川尻は小さくかぶりを振るだけで、それには答えない。

「……金日東は、それをどこから持ち込んだの」

「たぶん、アメリカからだと、思います。それを、いったん東侑倉庫に入れて、本当は、兄が受け取って、渡しにいくはずだった」

そこだけは、東にも分かる。

「……だが吉男は何者かに拉致され、その『アイアン』の在り処を喋るよう拷問され、その結果、殺された」

英男が頷く。

「それで、俺が代わりに、届けることに……」

川尻が首を傾げる。

「届ける？　どこに」

「……対馬です」

なぜ、そんなところに。

だが川尻は、ある程度話が読めたような顔をした。

「つまり、モノがモノだけに、空輸はできない。まず東侑ルートでアメリカから日本に持ち込んで、東京から対馬までは君らが運び、そこから、工作船か何かを使って北に持ち込む……そういう計画だったのか」

英男はうな垂れるように頷いた。

川尻は溜め息をついた。悔しげに頬を歪め、英男を睨む。

「……なぜ君は、そんな計画に、加担したんだ」

驚いたように、英男が顔を上げる。

「だって、俺は……俺はただ、北を、引っくり返す……革命に、協力することで、この国を……」

もう、東には全くわけが分からなくなった。見れば、川尻も眉をひそめている。

「だって……アンドウさんなら分かるでしょう。知ってるでしょう。金日東は、北に、家族を皆殺しにされてるんですよ。両脚を切られて、見せしめみたいに磔にされて、死んだあとは、その場で戦車に踏み潰されて……それだけじゃない。部下も、その家族までも殺されて……でも、それでも彼は逃げなかった。もう一度北に戻って、今も苦しんでる人民のために、革命を起こそうとしてるんですよ。ミニニュークで官邸もろとも将軍を吹き飛ばして、現体制を崩壊させて……でも、朴大容がその計画に気づいて、『アイアン』を横取りしようとしている。ミニニュークを軍部に持ち帰って、量産して、第三国に輸出しようとしてるんです」

「英男くん」

川尻の声が、低く、重く落ちる。

「……君はその話を、誰から聞いたんだ」

「誰って……金日東、本人から」

英男がハッとなる。

「な……何か、違うんですか」

川尻は瞬きもせず、英男を見ている。

「金日東という名を、俺は今、初めて聞いた。ただ、よく似た境遇、よく似たことをしようとしている男の名前なら、知っている。朴大容……彼こそ元北朝鮮軍部の人間で、将軍暗殺を計画、だがそれが発覚して脱北、関係者はその家族に至るまで皆殺しにされた……脱北後は中国からアメリカに渡ったとも、日本に入ったとも言われていたが、確かな足取りは分かっていなかった……昨夜、この刑事さんが襲われるまではね」

「そんな……」

英男の視線が、地面を這い回る。砂粒に紛れた食べ物を探す、鳩のそれによく似ている。

「……俺が聞いてたのは……朴は今も、軍部の中心にいて……北朝鮮国内に余っている、プルトニウムで、ミニニュークを量産して、他国に売りつけるつもりなんだって……」

もう東には、何が本当で何が嘘なのか、まるで判断がつかなくなった。

「あの人……金日東は、自分は、朴にマークされてるから、代わりに『アイアン』を、東侑の倉庫から、対馬まで、持ってきてくれって……それが、結局はこの国を、日本を救うことにもなるんだ……北の現体制が崩壊すれば、拉致被害者だって帰ってくる。在日だって白い目で見られなくなる。核の脅威もなくなる。全て、この国のためなんだ、日本のためになるんだ、それと同時に、北朝鮮人民のためでもあるんだって、そう言われたから、俺は……」

「もういい」

東が遮ると、川尻も顔を上げ、頷いてみせた。

「ええ……その、金日東の言い分が正しいか否かは別にしても、アメリカからミニニュークが持ち出されたというのは、たぶん事実なんだと思います。いま東京税関の関係施設は、ＣＩＡの徹底したマークにあっています。彼らが捜しているのが……たぶんその、ミニニュークなんでしょう」

英男が「クソッ」と吐き捨て、地面を踏み鳴らす。

数十羽の鳩が、一斉に空へと舞い上がる。

捕まえようとした小さな子供が、両手を思いきり伸ばす。

それは、天に抱かれようとしているようにも、天を抱こうとしているようにも、東の日には映った。

ふと我に返る。こんなことをしている場合ではない。

「……すると、その金日東とやらは、仮に君からミニニュークを受け取った場合、それを北に運搬する手段も、確保していたことになるな」

英男は、曖昧に首を傾げた。

「たぶん……あるんだと、思います」

「だとしたら、朴はミニニュークのみならず、その運搬手段も拝借するつもりのはずだ。つまり、奴らもここから、いったんは対馬に渡ることになる」

ハッとした英男が公園の時計を見上げる。十時二十五分。

「駄目だ……もう、フェリーが……」

川尻が覗き込む。

「何時何分の便だった」

「俺が乗ろうとしたのは、十時、ちょうど……」

なら飛行機で、と思ったが、腹に捻じ込んだＰ２３０が気になった。

どう考えても、これを持ったまま飛行機に乗れるとは思えない。

2

次に対馬行きのフェリーが出るのは夕方。旅客機は手荷物検査があるため使えない。そうなったらもう、手は一つしかない。

地元の漁師に、漁船で対馬まで連れていってもらうほかない。

「……私が、行ってきます」

博多漁港まで移動し、川尻は自ら進んで交渉役を買って出た。

漁港には、当たり前だがたくさんの漁船が並んでいた。別に祝日だから休み、というのではなく、たぶん、もう漁を終えて戻ってきたタイミングだったのだろう。

どういう船が速いのか。はっきり言って、川尻にはさっぱり分からない。だが、見た目が古いのよりは新しい方がいいだろう。

どことなくクルーザーっぽい外装をした船の前で、網の手入れをしている男に声を掛けた。

「お忙しいところ申し訳ない。実は、急いで対馬まで連れていってくれる方を探しているんですが、お願いできませんか」

警察手帳を手早く提示する。男は四十代後半くらい。茶色いサングラス越しにも、その目の鋭さは感じとれた。

「急いで、対馬……」

「はい。十時に博多港から出たフェリーを、追ってもらいたいんです」

男が、褐色の太い腕に巻かれた時計を覗く。もう十時四十分を過ぎている。

「追っかけるのは、フェリーでよかと」

「ええ」

「ジェットフォイルじゃなかとね」

マズい。その違いはよく分からない。

「……たぶん」

「たぶんじゃ分からんばい。フェリーとジェットじゃスピードが違う。フェリーなら対馬まで四時間ちょっとかかろうが、ジェットなら、その半分しかかからんばい」

男はぐっと網の塊を持ち上げた。

「……ま、どっちにしろ、今ここじゃ、俺の船がいっちゃん速かとよ。それに、フェリーもジェットも、途中でいったんは壱岐に寄るけん、そこば寄らんで真っ直ぐ対馬に向こうたら、ちいとは差も縮まるかもしれんばい」

それでいいからよろしく頼む、と川尻は頭を下げた。

東と英男を連れてくると、男は少し驚いた顔をした。

「おい、三人もおるとな」

「運賃でも燃料費でも言い値でお支払いします。だから」

「別に、金の問題じゃなかったい……」

サングラスの奥の目が、英男をじろりと舐めるように見る。

「……アンちゃん。あんた、怪我ばしとるんじゃなかと」

英男が無言でかぶりを振る。だが、男が納得した様子はない。

「若かろうが元気じゃろうが、船の揺れは、慣れんもんには応える。今から出て、フェリーかジェットに追いつこうっちゅう話なら、こっちも、三十ノットいっぱいまで出さにゃいけん。怪我人は乗せられんばい」

川尻は、英男は置いていってもいいのではないかと思っていた。朴大容の顔写真なら、すでに手元に届いている。吉男と会っていた中年男が金日東であるなら、その顔も分かる。東とここに残して、川尻一人で行っても朴と金を確保することはできる。

だが、

「大丈夫です……お願い、します……」

英男は、東に支えられながら、男に頭を下げた。

「……俺、行かなきゃ、いけないんです……這ってでも、対馬まで行って……自分自身で、確かめないと……」

男の目に疑問の色が浮かぶ。だがそれを、彼はぐっと呑み込むようにして、小さく頷いた。

「……全速力じゃけん。キツいばい」

「はい……」

「激しゅう揺れる。胃袋、引っくり返るまで吐くことになるばい」

「……はい……」

「怪我ばしとるんやったら、なおさらばい」

「はい」

男は英男を見つめ、じっと見つめ、やがて自ら船に乗り込み、振り返って、手を差し伸べた。

何年も野晒《のざら》しにされた、古木のような腕だった。極端に先端が太い、不恰好な指の並んだ手だった。掌は色違いのように白く、かつひび割れている。中指の関節は、まるではずれたように、親指側に曲がっている。

そんな手が、英男の手を握る。東京育ちの、ギターを弾く以外は特に何ができるでもない手だ。軽く握る。強くしたら壊れてしまう。だから軽く。優しく。

しかし英男が片足を乗せ、揺れてよろめくと、しっかりと支える。腕中の瘤《こぶ》に血が注がれ、何ものも取り落とすまいと、鋼の強さで受け止める。

「……すみません」

恥じたように、英男は頭を下げた。

男は操船室のパイプ状の柱を、英男に握らせた。

「ここが、特等席ばい。しゃんと摑まっとりなせ」

「はい……」

「前ば、よう見とりんしゃい」

「はい」

男が、グッと奥歯を嚙む。褐色の肌。無精ヒゲの顎。浮き立つ筋肉。

「アンちゃん」

「はい」

「死んだら……いけんばい」

英男も、グッと顎に力を入れ、頷いた。

「……はい」

　海は、穏やかに見えた。

　だが出航すると、誰も何も喋らなくなった。

英男は確かにつらそうだった。波による上下、風による左右の揺れ。体を支えるのは左手。衝撃を堪えるたび、腹部に激痛が走るのが見ていて分かった。

川尻とて無事ではなかった。吐き気は止《と》め処《ど》なく襲ってくる。だが英男が耐えている以上、川尻が先に楽になるわけにはいかなかった。英男が受けた注意に倣って、川尻も船体にしっかりと摑まりながら、できる限り前方に視線を注ぎ続けた。

東は、わりと平気そうだった。操船室の計器を覗き込み、自分の腕時計を見て、また前方を見る。そんなことを繰り返していた。

川尻も別の何かを考えようと試みた。だがそうすると、浮かんでくるのは決まって広瀬の、最期の姿だった。

目と心臓を撃ち抜かれていた。朴大容一派とは、どんなやりとりがあったのだろう。いきなり撃たれたとは考えづらい。むしろ広瀬が警察官だと分かったから、朴たちは撃ったと考えるべきだろう。あそこで、一体何があったのか。だがどちらにせよ、朴一派が相当追い詰められた状況にあるのだけは間違いない。今の奴らは、殺人も厭《いと》わない精神状態にある。

前田には連絡を入れた。場所と状況を伝え、救急車なり警察なりを手配してくれるよう頼んだ。

広瀬を残してあの場を去るのは、正直、つらかった。公安警察官になって、自らの人間性を疑ったことは数知れずあったが、その中でもあれは、最悪の行動だったかもしれない。

仲間の亡骸《なきがら》を、知らない土地の、誰もいない、コンテナ置き場に放置してきたのだ。

もし自分が刑事だったら、もう少しあの場に留まって、地元警察に事情の説明をして、協力を求めることもできただろう。だが公安である自分は、広瀬の懐から警察手帳を抜き取り、取り落とした拳銃を回収し、現場から一刻も早く立ち去ることを選択した。

遺体に拳銃サックを残したのには、むろんはずすのに時間がかかるというのもあったが、発見されたときに、あの遺体が警察官であることをのちのち説明しやすくする狙いがあった。

これは、身元不明の射殺死体なんかじゃない。あの拳銃サックがそう主張してくれることを願いながら、川尻は現場から走って、逃げてきた。

幸い、東たちのいるところに戻る途中でサイレンを聞いた。あれが、広瀬を迎えにいってくれたのだと、そう、今は思いたい。

ふいに、口の中に冷たい唾が溢れてきた。舌の両脇が、まるで砂鉄を舐めたかのように痛んだ。その砂鉄を、必死で呑み込んで耐える。鼻水も、海風の分だけいつもより塩辛い。

舵を握る船の主は、大前辰夫《おおまえたつお》というらしかった。漁協が発行した許可証か、あるいは表彰状のようなものが天井近くに飾ってあり、川尻のいる位置から、ちょうどその名前のところだけが見えている。

漁船というのが、通常どんな感じで運航されるものなのかは分からない。ただ、今の気分を端的に言えば、大きなジェットスキーに乗せられているようなものだ。とにかく揺れが激しい。しっかり四肢に力を入れていないと、摑まっている柵やパイプに、逆に体を打ちつける破目になる。川尻は額を二度、肘と脇腹は何度もぶつけ、今もその痛みが引いていない。英男が患部をぶつけたらと思うと、それだけで身震いがする。

「……見えた」

一瞬、大前が何を言ったのか理解できなかった。だが隣で聞いていた東が、背伸びをするようにして前方を見たので、フェリーの影が見えたのだろうと思い至った。

しかし、どんなに注視してもフェリーは見えなかった。それについて改めて尋ねる気力は持ち合わせていなかったので、結局、それっきりになった。

数分すると、どうやら自分は勘違いをしていたのだと気づいた。見えたのはフェリーではなく、対馬の島影だったのだ。

大前は漁協か何かに無線連絡を入れた。接岸許可が要るのだろうか、場所の指示を受けていた。

さらに近付くと、岸壁に、白い大きな船体が横付けになっているのが見えてきた。すでにフェリーは到着しているようだった。

「すまん……間に合わんかったな」

いいえ。そのひと言が、なかなか喉を通って出てこない。

東がかぶりを振る。

「いや、助かりました。まだ、着いたばかりのようですし」

なるほど。見るとフェリーからは、続々と客が降りてきている。

大前は、フェリーとは違う桟橋《さんばし》に船を着けた。川尻は吐き気を堪えながら、必死で財布からありったけの札を抜き出した。

まず東が降り、それに英男が続いた。それから川尻は、大前に頭を下げた。

「ありがとう、ございました……すみません、今、これしか持ち合わせが」

大前は口をへの字に結び、いったんは札を受け取った。だがすぐ、一万円札二枚だけを抜いて、残りは返してよこした。

「なんがあっとか、分からんとじゃけん……現金は、持っときんしゃい」

ここで押し問答をする余裕はなかった。

「……すみません」

頭を下げて受け取り、船外に出た。

「早う、行きんしゃい」

もう一度礼をしようとしたが、先にそう言われてしまった。

会釈をして、フェリー乗り場の方に向かった。

だが、着くか着かないかのうちに銃声が聞こえた。

「東さん」

「ああ」

とりあえず、英男にはどこか建物の陰にでも隠れているように言い、二人で銃声のした辺りに向かった。

それはまさに、フェリーターミナルの玄関前で起こっていた。

五人の男が、一人の男の自由を奪い、連れ去ろうとしている。五人の内の一人は、朴大容であるようにも見えた。

「よせ、やめろォーッ」

その叫び声は、少し離れた自動車の陰から聞こえた。幸い周辺に人はいない。フェリー客は捌けたあとだったようだ。

五人組の一人がその車に銃を向ける。

東と川尻は、ほぼ同時に拳銃を抜いていた。

東が一発、川尻が一発。いずれも直接狙ったのではない威嚇《いかく》射撃だったが、効果は絶大だった。すぐさま駐車車両の陰に身を隠すと、相手は狂ったように辺りを見回し始めた。

「援護しろ」

「はい」

東が身を屈めて走り出す。発砲した男がそれに気付き、銃を向ける。が、川尻が大袈裟に立ち上がり、両手で構えると、慌ててこっちに狙いを変える。その頃にはもう、東はさっき叫んでいた男のところに行き着いていた。

五人が、もう一人を引きずって動き始める。誰か一人はずっとこっちに銃を向け続けているため、迂闊に追って動くわけにもいかなかった。

やがて、五人の中から一人が飛び出し、どこかに走っていった。

川尻も隙を見て、東たちのところに向かった。車の陰に身を屈めていたのは、がっしりとした体格の、五十代の男だった。

「……地元のデカ長さんだ」

「クワジマです」

とりあえず会釈をしておいた。

「警視庁の……川尻です」

向こうの五人は、近くに駐めてあった車に乗り込もうとしている。シルバーのカローラ。そこにもう一台来る。黒の、少し古いスカイラインだ。さきほど走り出た一人と思しき男が運転席にいる。

「どういうことなんですか、これは」

東が訊くと、クワジマは首を傾げた。

「私にも、よく分からんのです。数日前から、人捜しをしている不審な韓国人二人組がいるということで、密かに捜査はしていたのですが、今日になって、ようやくそれらしき二人組を発見して、追尾したところ、ここにたどり着いた……どうやらフェリー客を待っている男を、二人は監視しているようでした。いま羽交い絞めにされているのが、そのフェリー客を待っていた男で、彼はフェリーから降りてきた三人組に近づいて、でもそうしたら、まもなくこんなふうになってしまって。最初に撃ったのは、羽交い絞めにされている男ですが……何しろ、あっちは総勢五人。介入しようにも、こっちは丸腰で」

フェリーから降りてきた三人組、が朴大容一派だとすると、羽交い絞めにされているのが金日東か。おそらく金日東は、ここで英男を待っていた。だが降りてきたのは、なぜか朴一派だった。戸惑っているうちに、どこからかあと二人が加勢し、合計五人に囲まれる恰好になった、ということだろうか。

そんなこんなしているうちに、六人はそれぞれ、二台の車に分乗し終わっていた。

「ちっくしょう……」

クワジマが唸る。

シルバーのカローラもエンジンを始動。黒のスカイラインを先頭に、二台はフェリー乗り場の駐車場を出ていった。

「クワジマさん、車は」

彼は力なく、東にかぶりを振ってみせた。

最初の赤信号は無視。二台は連なったまま左折。そのまま走り去った。

桑島巡査部長は現場から本署に連絡。厳原港において発砲事案が発生。外国人と思しき二人を含む五人のグループが、男性一名を拉致して逃走した旨を報告した。

逃走に使用された自動車はシルバーのカローラと黒のスカイライン。ナンバーを告げると、まもなくカローラはレンタカー、スカイラインは届けが出されたばかりの盗難車と判明した。

桑島は早速、後輩の中江巡査長にカローラの借り主を調べるよう指示。中江はそれを今、必死で本署の誰かに頼み込んでいる。携帯の口を囲い、「水飲み鳥」のように繰り返し頭を下げている。

かぶりを振り、桑島が溜め息をつく。

「……東さん、川尻さん。奴らはこの島で、一体何をやらかそうとしているんですか」

東がチラリとこっちを見る。こういった説明は川尻がすべき、ということなのだろう。

川尻は、近くのベンチに座らせた英男を見やった。

「ええ……桑島さんは、犯行グループが所持していた、大きなボストンバッグを、ご覧になりましたか」

　はい、と小さく頷く。

「あれは、そもそも彼……若松英男くんが、ここ対馬で、ある男に渡すべきものでした。その、ある男というのが、つまり拉致された長髪の男、なのだと思われます」

　英男は乱闘場面を遠くからしか見ておらず、川尻も拉致された人物の顔までは確認できなかったため、連れ去られたのが金日東であるのかどうかは定かでない。

「ボストンの中身は」

「すみません。それは、まだ申し上げられません」

　桑島が眉をひそめる。

「なぜです」

「捜査上の機密、とお察しいただきたい」

「……同じ警察官に、言えないようなものなのですか」

　同じ警察官。そう言われること自体、思われること自体が、今の川尻には苦しい。自分はその、同じ警察官である仲間の亡骸をコンテナ置き場に放置し、逃げてきたのだ。

　東はこっちに背を向けている。助け舟を出すつもりは、とりあえずなさそうだ。

　桑島が続ける。

「拳銃、覚醒剤、その他の違法薬物。そう考えて、構いませんか」

「すみません。詳しくは申し上げられませんが……」

　これ以上、どう表現したらいいのだろう。

「ただ……もっと危険なものだと、思っておいていただきたい」

　桑島の目の色が変わる。

「……爆弾、ですか」

「まあ、分類としましては、そっちに近いでしょうか」

　途端、蔑むような目で英男を見やる。

「過激派とか、そういった類の話ですか」

「申し訳ない。これ以上は……」

　ようやく東がこっちを向く。

「桑島さん。よそ様のシマにドンパチを持ち込んで、お願いできる立場ではないのですが……それでも、私ら現場の人間に言えることは、限られています。ここは一つ、お宝の正体はさて措いてですね……拉致連れ去り事案の捜査ということで、お願いできませんか。むろん、そちらの捜査に我々が入れていただく、という形で」

　しばし考え、やがて承知したように、桑島は頷いた。

「……了解しました。詳しい事情は、のちのちということで」

　東は警部補。桑島と川尻は巡査部長同士。東の言葉は表面上、非常に丁寧だったが、結局は階級の力が桑島を頷かせたように、川尻には見えた。あるいは刑事同士、何か通ずる部分でもあったのか。公安である川尻には分からない、何かが。

そんな頃になって、中江の携帯が鳴った。本署からのようだった。カローラの借り主の免許証は、番号だけを実在のものに合わせた、偽造免許であったことが判明した。

まもなく対馬南署の制服警察官、鑑識係員、私服捜査員など約二十名が現場に到着し、初動捜査が開始された。海上保安部の協力も得て、制服警察官が厳原港周辺を完全封鎖。鑑識は発砲現場の検証と証拠品採取をし、私服捜査員は主にフェリーターミナルの職員、近隣住民などに話を聞きにいった。

川尻らは同署刑事生安課の刑事係長に挨拶。だが彼は苦りきった顔で頷くだけで、一向に捜査を進めようとはしなかった。

様子を窺っていた桑島が、痺れを切らしたように持ちかけた。

「係長、県警への応援要請は」

彼は眉を段違いにし、呆れたようにかぶりを振った。

「四、五回発砲があった程度で、死人は疎か怪我人も出ていない状況で、この離島までわざわざ、県警が応援に駆けつけるか？　しかも、その内二発はあんたら、東京さんが撃ったって話じゃないですか。困るんですよね、いきなりそういうことされると」

「しかし係長、拉致連れ去りがあったのは事実です」

「どこの誰べエが」

肩を怒らせ、係長に詰め寄ろうとした桑島を制したのは、東だった。

「……失礼。我々の発砲につきましては、のちほど正式な報告書を提出いたします。ですので現状は、拉致連れ去りは実際にあったものと認知し、具体策を講じていただきたい。今現在、県道の検問は」

係長は不快感を隠さずに東を睨んだ。

「管区内十二ヶ所でやらせている。桑島の報告では、車両は南部に向かったということだったが、一応北署にも、同様の手配を回しておいた」

「それ以外は」

「交通課、地域課を総動員、車両、不審者を当たらせている」

「人数は」

さらに不快感が強まる。

「あなたね……こっちは、東京とはわけが違う。そこのところをまず、理解してもらいたい。一般職員を入れても、たった六十人きりの警察署だ。それで十の駐在と一つの交番を回している。今ここに二十人連れてきたら、持ち場を離れて近隣に不審車両、不審人物がいないかどうか確かめに出られるのは、せいぜい二十人かそこらだ……それ以上は、どうにもならん」

思わず、川尻は現場周辺を見回した。

港の対岸には道路と、小さな町並みが見えている。だがすぐその背後には、尖った山影がかぶさるように迫ってきている。

対馬南署はこの近くにあるらしい。島に二つある警察署の、大きな方が南署だという。ということは、常識的にいえば、この辺りがこの島で一番賑やかな場所、ということになるのではないか。逆にここ以外の場所は、もっともっと山に囲まれていると考えておくべきだろう。

そんな場所に、たったの二十人。

車をどうするかの問題は別にして、もし犯人グループが山の中に逃げ込みでもしたら、この島では事実上、警察による捜索は不可能ということになるのではないか。

東と目が合った。彼はそれを中継するようにして、桑島に視線を送った。桑島は東と係長を見比べ、なんと、東に頷いてみせた。

「……係長。では我々も、周辺の事情聴取に向かいます。東警部補と川尻巡査部長にも、協力していただこうと思うのですが」

「ああ。ぜひ、そうしてもらってくれ」

桑島、東、川尻。なんとなく全員で礼をし、係長のもとを離れた。

港の駐車場を出て歩道を進む。少し向こうには紺色のセドリックが、歩道に乗り上げる恰好で停まっている。運転席にいるのは中江巡査長。後部座席には、英男が座っているはずだ。

耳打ちのように、桑島が東に顔を寄せる。

「ここの上の連中は平和ボケしちまってて、まるで役に立たんのです。しかし、幸いこの島には、こういった事態に対処できる、ある面では県警より、もっと頼りになる組織があります。そっちに、応援を要請しましょう」

東が小首を傾げ、桑島の目を覗き込む。

「……と、言いますと」

「陸自です。陸上自衛隊、対馬警備隊です」

さすがの東も、驚きを隠せない様子だった。

言葉に詰まっていると、桑島が続けた。

「ご覧の通り、この島の陸地は、ほとんどが険しい斜面の山に占められています。そういった部分に入っていけるのは、『ヤマネコ』の異名をとる対馬警備隊をおいてほかにはありません。おまけにここは、日本の国境にも接している。何者かが国境を越え、侵入してきたらという事態については、警察よりもむしろ、陸自の方が真剣に考えています。対テロ市街戦の訓練も積極的に行っていますし、何しろ人員が三百名以上いる。それだけでも遥かに警察を凌駕《りょうが》している」

しかし、と東が挟む。

「桑島さん。上を通さずにそんなことをして、あなた、大丈夫なんですか」

桑島は立ち止まり、東を険しい目で見据えた。

「……東さん。私を、失望させんでください。あなたは私があの発砲に遭っているとき、臆せず駆け付け、あまつさえ威嚇射撃までしてみせた。私は、警察官たる者の危機管理意識は、常々そのようでなくてはならないと思ってきました。撃つべきときを見分け、ことの優先順位を的確に判断する……いま我々がしなければならないのは、なんです。一般市民の安全の確保でしょう。だとしたら、所属がどうだ、階級がどうだ、事務の所掌がどうだなんてことより、その事案を、最も適切に処理可能な部隊に委ねる……そのことの方が、よほど重要なのではないですかね」

東は深く息をつき、曖昧に頷いた。

桑島のセドリックで厳原港を離れた。

国道を南下。地図を見ると、島の南半分を時計回りに進んでいることになるようだった。

しかし対馬の道路というのは、どういうわけかいくら走っても海が見えない。左右を過ぎていく森を見ていると、ここが四方を海に囲まれた島であることをつい忘れそうになる。四時を過ぎた頃からだろうか。濃緑色のジープと、ときおりすれ違うようになった。

助手席の桑島はその様子を見て、満足そうに頷いた。

「彼らは、島内の様々な場所で訓練をしているだけあって、道も地形もよく知っています。国道をざっと見て回って、それでも手配車両が発見できなかったら、今度はそれに連結する道路と、村……でも、村に隠すのは大変です。ここの島民は、よそ者に対する警戒心が強いですから。何かあればすぐ、署や駐在、海上保安部や漁協に連絡を入れてくる。じゃあその他にはというと、必然的に山ということになるんでしょうが、さきほど警備隊長と話した限りでは、車で入っていける山道というのは、そう多くはないそうです。しかも、二台ともセダン。隠れるためとはいえ、そう奥までは行かれない。隊員が大体の心当たりを当たったら、とりあえず報告をくれることになっています」

夕方五時を過ぎると、周囲も段々と暗くなってくる。スモールランプを点け、島の南端をパトロールのように巡回しているが、警備隊からの報告は疎か、南署からの連絡も何もなかった。

英男は後部座席右側に座って、窓の外をじっと見ている。傷の具合はどうだと訊いたが、今はさほど痛みもないようだった。それだけ東の処置がよかったということなのだろう。

「ここらで、引き返しませんか」

運転手、中江巡査長の提案を、桑島は頷いて受け入れた。

次の交差点でハンドルを右に。川尻も地図を見るのをやめてしまったため、もはやどの辺りで曲がったのかも分からない。だがたぶん、島の東側から、西側まで来ていたのではないかと思う。ここから東側の厳原港まで帰るとしたら、今度はどれくらいかかるのだろう。また一時間半くらいかかるのだろうか。

山道に入ると、もうほとんど夜と変わらない暗さになった。中江がヘッドライトを点けると、逆に左右の森はその闇を深めたように見えた。

ごくたまに真っ直ぐな道に出ることもあるが、そのほとんどは曲がりくねっている。高低差もかなりある。この道路事情では、さぞや島内は交通事故が多かろうと、余計な心配をしたくなる。

ときおり、隣の英男が音をたてて唾を飲み込む。気分が悪くなったのではと心配したが、あの漁船の揺れを耐えきったのだからと、半ば勝手に納得して済ませた。

また陸自のジープと出くわした。特に挨拶を交わすでもなく、ただスピードを落として道幅を譲り合い、すれ違う。

中江の運転は、たまに急ブレーキを踏むことはあるものの、それ以外は総じて滑らかで、カーブが多いわりに乗り心地はまずまずといってよかった。

「もうそろそろ、山道も終わりですよ」

ということは、東側に抜けるのか。そう思って時計を見た途端、誰かの携帯電話が鳴った。

桑島のだった。時刻は六時十分。

「はい、桑島です……」

相手も小声で喋っているのか、内容が分かるほど声は漏れてこない。

「……分かりました。すぐ向かいます」

通話を終え、桑島が中江に「行け」と命じたのは「オウラ」という場所だった。

「オウラだったら、ちょうどよかったですね」

「ああ。せいぜい事故を起こさんよう、頼むぞ」

東が、前にいる桑島に訊く。

「そのオウラで、何か」

「ああ、すみません。隊員が、林道に乗り捨ててある手配車両を発見したようです。目下、犯人グループがいないかどうかを警戒しながら、周囲を捜索している模様です」

「オウラというのは、どこなんです」

「厳原港の、少し南にある小さな漁村です。そこより、さらにちょっと南に下りた辺りにこの道は突き当たりますんで、好都合でした」

大きなカーブを抜けたところで、今度はパトカーとすれ違った。

辺りに広がる森は、すでに闇の塊と化している。

3

「尾浦」という案内表示のところで斜め右に入る。

急な下り坂。左は草の生えた斜面、右手は薄闇に覆われた空。眼下の景色は、暗いなりに少し開けているように見えた。

道は曲がりくねりながら、黒い山影の合間にできた、わずかな平地へと下りていく。まだ少しだけ、空と同じ灰色を映し込んでいるのが海なのだろうか。すると、ほんの数ヶ所明かりを灯している、あの辺りが集落か。

だが、二つめのカーブに差し掛かった瞬間、両手を広げた迷彩服の人影が、ヘッドライトの輪の中に飛び込んできた。

「うわっ……ちょ」

急ブレーキ。隣で英男が苦しげに呻く。

さらに辺りが暗くなるのを感じ、見回すと、すでに車は小銃を構えた男たちに囲まれていた。十人前後。全員が迷彩服らしきものを着ている。

桑島が助手席の窓を開け、だがひと言いうより先に、ヘルメットの頭がぬっと入ってきた。

「ライトを消して、エンジンを切って」

はいはい、と中江がハンドル脇でイグニッションキーを戻す。

急に静かになった。辺りの闇から、虫の音が染み出してくる。

ヘルメットが引っ込み、また別の頭が車内を覗き込んだ。顔は全く見えない。

「ご苦労さまです。桑島巡査部長」

「隊長……ご、ご苦労さまです」

互いに礼を交わす。

「手配車両は、この林道を下りていった先の、畑の奥の雑木林に、頭を突っ込む恰好で停まっておりました。確認していただけますか」

はい、と応じて桑島が目配せしたのは、後部座席の東だった。

二人で車を降り、隊長と呼ばれた男に従って道を下っていく。

まもなく、辺りを囲んだ自衛隊員たちは音もなく下がっていった。やがて闇と同化し、いるのかいないのかも分からなくなった。

虫の音と、深まっていく闇。流れ込む海風。

自然と訪れた沈黙。

破ったのは、中江だった。

「……あのぉ、さっき桑島デカ長から聞いたんですけど。犯人グループが持ってるボストンバッグには、爆弾が入ってるって、ほんとですか」

窓が開いているというのに。なんと迂闊なことを言うのだろう。

「分かりません。その可能性もある、というだけです」

「でもなんで、韓国人がそんなもの持ってるんですかね」

「さあ……」

「ああ、韓国人じゃなくて、北朝鮮の人間って可能性も、あるのか」

無視する。

「ひょっとして、そのバッグの中身って……掌サイズの、原爆だったりして」

闇の中でも、英男が身を硬くしたのが分かった。

だが暗さと、座席が前後という位置関係が幸いした。

中江が何かを悟った様子はなかった。

三人が戻ってきた。

すぐ近くまできて、東が助手席の窓を覗き込む。

「おい、ちょっと」

川尻を呼ぶ。中江も降りようとしたが、東は「あんたはいいから」と彼を制した。

対馬警備隊の隊長と、桑島、東、そして川尻。車の前に出て、四人で向かい合う。

切り出したのは東だった。

「この先に民家がある。代々漁業を営んできた一家だそうだ。どうも、そこの様子がおかしい」

背筋に、細い針で突かれたような、鋭い痛みが走る。

最悪の予感。

「立てこもり、ですか」

東が小さく二度頷く。

「今、こちらの隊の方が集音マイクで中の様子を探っているが、聞こえるのは子供の泣き声と、苛立ったような韓国語ばかりだそうだ」

背筋に当たる針先が、次第にその数を増やしていく。

東が隣を見やる。

「……桑島さん。こうなったらもう、特殊犯事案です。県警捜査一課の、特殊班に応援を要請しましょう」

誘拐、立てこもり、ハイジャックは、殺人などの強行犯捜査と異なり、専門的なノウハウを持つ「特殊犯捜査係」が対処に当たるのが通例だ。

「そうですね。早速」

桑島が携帯電話をポケットから取り出し、太い親指でボタンを押す。

「ああ、桑島です……」

まず本署に、手配車両の発見を報告。続けて状況を説明し、県警本部への応援要請を要求する。

川尻は何も言わず、その様子を見守っていた。公安部員としては決して嬉しい展開ではないが、致し方ない。今は、島民の安全確保の方が優先されるべきだ。

桑島が話し終えるのを待ち、また東が切り出した。

「警備隊の方は……ご協力、ありがとうございました。あとはこちらで」

すると桑島が、睨むように東に顔を向ける。

だが口を開いたのは、隊長の方が先だった。

「東警部補……厳原港における発砲事案の概要は、最初に桑島さんからお伺いしております……お分かりとは思いますが、ここは国境の島です。日本の危機管理の最前線です。私どもが治安をお預かりするこの対馬での発砲は、東京や大阪の繁華街での一発とは、まるで意味が違います。ここで一発撃ったら、それは単なる発砲事案ではすみません……『事変』です。これはれっきとした、国境事変です。しかもそれが、隣国の人間の手によるものであるとするならば、なおさら、黙って帰すわけにはいきません。挙句、人質をとって立てこもっていると推測されるこの状況で、我々が何もせず隊に帰るなど……とても、許されないことです」

闇の中。東が姿勢を正し、頷くように一礼する。

「分かりました……警備隊の方には、引き続き現場内と周辺の探査、及び警備を、お願いいたします」

隊長が「了解しました」と返す。

「どれくらいかかるかは分かりませんが」

東が腕時計を覗き込む。文字盤と針が、鈍い緑の光を帯びている。

「……二時間か、二時間半。長崎県警の特殊班、あるいは福岡県警のＳＡＴが到着するまではこの状態を維持。もし何か動きがあったとしても……現場は引っ張る方向で、よろしくお願いします」

桑島も「了解」と返し、まもなく到着するであろう南署員を迎えに坂を上っていった。

隊長は逆に下っていく。現場にいる隊員に下命するためだろう。

東がこっちに向き直る。

「……お前も、英男を連れて下までこい」

雲が晴れたのか、ふいに月明かりが降り、東の顔が見えるようになった。厳しい目は車内を睨んでいる。

「なぜです」

「いま隊員が使っている集音マイクは、直接無線では音を飛ばせないものらしい。英男に聞かせるには、下まで連れていくしかない」

「なぜ彼に聞かせるんです」

「朝鮮語ばかりで、意味が分からないからだ」

「彼は、朝鮮語なんて分かりませんよ」

東は、馬鹿馬鹿しいとでも言いたげに溜め息をついた。

「……だとしても、誰が喋っているのかは分かるはずだ。どうも、犯人グループと人質の仲介役というか、通訳みたいなことをやっている人間がいる。それが誰なのか……あの家の者なのか、あるいはお尋ねの、金日東とやらなのか。英男ならそれが分かるかもしれないだろう」

なるほど。

川尻は了承し、車の後部座席に向かった。

東を先頭にし、三人で、尾浦の集落まで下りていく。

真っ暗な林道を抜けると、一度畑のような場所に出た。手配車両が発見された畑というのはここだろうか。全くそのようなものは見当たらないが。

そこを過ぎるとまた片側が林になり、そしてようやく、少し開けた平地に出ることができる。

山間の小さな漁村。その向こうには暗黒の海。民家が漏らすわずかな明かり。正面に白く浮かんで見えるのは、コンクリート製の防波堤か。あるいは桟橋か。

潮の匂いが濃く風に混じっている。

少し進んだところで、隊長が合流してきた。

「……なるべく、右側を歩いてください……足元に気をつけて」

道の左手には五、六軒の民家。南署から何か注意を受けているのだろうか。明かりはあるのに人の動きはない。右手は、なんだろう。プレハブの、物置のような建物が並んでいる。明かりは一つもない。

前方右手に、また三軒ほど民家が連なって見える。裏手は山。向かいが港になっている。

「……あれの、一番奥です」

一軒手前まで行き、そこで足を止めた。

隊長の指示で全員、ブロック塀の陰に身を隠す。

「周囲の者には、外に出ないよう言ってあります。むやみに電気を点けたり消したりもしないよう、頼んであります」

東が前方を覗く。

「あの家の、家族構成は」

「六十代の男性が一人。漁師をしているその息子と、女房が共に三十代。それに小学生の男の子一人と、未就学の女児が一人。計五人ということです」

隊長が「こちらに」と促す。一つ手前の路地から迂回して、裏から現場に接近するようだ。

「じゃあ、英男くん、頼む」

「……はい」

隊長、英男、川尻と並んで奥に進む。東もあとから付いてくる。

いったん民家の裏の、雑木林のようなところに出る。窓から漏れてくる蛍光灯の明かりが、足元を見るいい助けになってくれる。

次の暗がりに達したところで、隊長が「止まれ」の手振りをした。

すぐ、英男のみが前に送られる。どうやらそこに集音マイク係がいるらしい。だが上手く闇に溶け込んでおり、その姿は、川尻の位置からは全く見えない。ただヘッドホンをかぶらされ、しゃがんで丸まった英男の背中が、ぼんやりと見えるだけだ。

そんな時間が、五分、十分と続いた。あとからジュラルミンの盾二枚を持った桑島も合流し、所轄署員が現場を包囲する配置に付いたとの報告がなされた。

山の斜面。土から、木々から染み出してくる湿った空気。前方の重たい闇。波の音。

さらに五分ほどして、中腰のまま、英男が戻ってきた。

どうだった。そう訊くまでもなく、英男は話し始めた。

「……船を出せ、と、言っているのは、金日東です……間違いありません」

思わず、東と目を見合わせた。

「でも、彼自身が言っているんじゃなくて、誰かに言わされてるっていうか、そういう感じは……」

隊長がこっちを振り返り、口に人差し指を立てる。分かったと、頷いておく。

「英男くん……」

同じように「しっ」とやると、英男はすまなそうに小さく頭を下げた。

「……あの……さっき、あの家の方は、漁師をしていると、言ってましたよね」

桑島が「ええ」と頷く。

「だから、たぶんですけど……朴大容が、金日東に、船を出せと言って、金日東が、それを漁師の人に、伝えているんだと、思います……それで、たぶん、なんですけど……」

英男の顔が、今にも泣き出しそうに歪む。

「……奴らは、子供を、人質にして、親を……つまり、漁師の方と、奥さんを、脅してるんだと、思います……たぶん、そのお父さん、っていうか、お祖父さんも、もとは漁師なんでしょう」

桑島が「そうです」と答える。

「そのお祖父さんが、自分が行くって、言うんですけど、奴らは、それじゃ納得しないみたいで、お前が来い、お前が運転しろって、何度も、繰り返してて……」

英男が唇を嚙む。強く、血が滲むほどに。

「……あいつら」

人質、拉致、恐喝、親、子供。これまでも北が、ことあるごとに繰り返してきた卑劣な手口。そこに彼が何を思うかは、もはや問うまでもない。

そのときだ。前方の暗がりにいた隊員が、慌てた様子で振り返った。隊長に、手振りで何かを伝えてくる。

隊長が頷く。

「……中で、何か動きがあったようです」

同時に叫び声。

リカ、パパ、リカ、ママ――。

続く朝鮮語の怒声。

よせ、やめてくれ、という、老いた男の声。

そして、銃声。

「イヤァァァーッ」

もう、マイクもヘッドホンも必要なかった。

「行くぞ」

立ち上がる東、桑島。川尻も続く。

「リカァーッ」

女の悲鳴。それに続く、たぶん小学生くらいの、男の子の声。

「リカーッ、リカーッ」

川尻たちが表に回ったときには、すでに三人の男たちが玄関から出てきていた。顔までは分からないが、三人とも拳銃を持ち、一番背の高い男が、脇に小さな女の子を抱えていた。その隣の男は、英男から奪ったあのバッグを抱えている。

さらに二人出てくる。漁師らしき、背中に拳銃を突き付けられた男と、百八十センチ近く上背のある男。

さらにもう二人が続く。両手を後ろで縛られた男と、その背中を銃口で押す男。おそらく縛られているのが金日東で、銃で脅しているのが朴大容だ。

人質を含む八人は玄関を離れ、向かいにある港へと進んでいく。

「ママ、ママ、ママ……」

抱えられ、それでも女児は玄関の方に両手を伸べ、足をばたつかせる。

「リカッ」

玄関先に出てきた、母親と息子。

人質も荷物も抱えていない朝鮮人が何やら叫び、玄関の方に銃を向ける。出てくるな、という意味か。

だがそれでも、母親の足は止まらない。吸い寄せられるように、フラフラと前に出ていく。もしかしたら、止まれと言われているのが分かっていないのかもしれない。

かあちゃん。そう叫び、息子が腰にしがみ付く。それでも彼女は止まらない。息子を引きずってでも、娘のところに行こうとする。

マズい。撃たれる——。

そう思った瞬間、川尻は、

「やめろッ」

ほとんど発作的に、道に跳び出していた。

バカヤロウ。そう東が吐き捨て、

「動くなッ」

それでも銃を構え、川尻の横に並ぶ。

桑島も出てくる。ジュラルミンの盾を前に並べ、しゃがんで、しゃがんでと、押し殺した声で言う。

さらに民家の向こう、山に近い暗がりが蠢《うごめ》き、同じ銀色の盾が数枚現われた。見れば港の防波堤にも、桟橋にも並んでいる。南署の警備課員だろう。対馬警備隊員は後方支援に回ったのか、少なくともこの位置から、その姿は確認できない。

　東が「おいッ」と発する。

「もう逃げられんぞッ」

　だが、そのひと言を遮るように誰かが撃った。漁師の頭髪を、後ろから鷲掴《わしづか》みにしている男だ。

　いま撃ったばかりの銃を漁師のこめかみに当て、何やら朝鮮語で怒鳴る。意味するところは、その動作から充分察せられた。

　低い嗚咽《おえつ》――。

　母親と息子は、玄関と港のちょうど真ん中辺りにへたり込んでいる。人質を含む犯人グループは、まもなく船の停まっている岸壁に達しようとしている。

　先頭の、手ぶらの一人がまずコンクリートの岸に上った。その向こうには大小様々な漁船が、十艘近く並んでいる。

　娘とそれを抱えた男。荷物持ちの男。漁師とその髪を鷲掴みにした男。金日東と朴大容。犯人側はそれぞれ周囲を警戒し、東たちに、警官隊に、それ以上近づかせないよう視線を配っている。

　朴大容が金日東を岸に上らせる。同様に漁師も肩を小突かれ、上がれと命じられる。

娘を抱えた男が、岸の上を見上げて何か言う。手ぶらの男が頷き、片手を出す。この娘を受け取ってくれ。分かった。そういうやり取りに見えた。

だが、伸びてきたその手に、

「アウッ」

娘が、噛み付いた。

男たちの手からこぼれ落ちた娘は、まるで猫の如く空中で体を捻り、四つん這いで地面に下り立つと、

「……ママッ」

起き上がり、全力で駆け出した。

「リカッ」

ハッとなった母親が、這って前に出ようとする。

でも駄目だ、間に合わない――。

娘を逃した男がすぐに銃を構える。その腕に、父親である漁師が摑み掛かる。

「リカ、逃げろッ」

振り払われても、殴られても、銃を持つ腕を抱え込んで、離そうとしない。

だが銃を持っているのはその男だけではない。別の一人が構える。

危ない、伏せろ。川尻が、そう叫ぶ間もなかった。

一発――。

それは、娘の背中には当たらず、立ち上がり、妹を抱き止めようとした息子にも当たらなかった。

ただ、膝立ちになっていた母親の、華奢《きゃしゃ》な上半身が、勢いよく、真後ろに仰《の》け反《ぞ》った。

あっ、という、声にならない叫び。

頭から地面に倒れる。耳を覆いたくなるような、鈍い音が辺りに響き渡る。

場が、凍り付いた。

川尻たちも、警官隊も、犯人グループさえも、一瞬、動きを止めた。

波の音も、風の音も、何も聞こえなくなった。

その沈黙を破ったのは、漁師の男の、自らの肉体を引き裂かんばかりの叫び声だった。

ミナコ――。

岸壁から下り、妻のもとに走ろうとする。だが周りの男たちがそうはさせない。襟首を捕まえ、引き倒し、殴り、膝蹴りを喰らわせ、立たせ、胸座《むなぐら》を摑むなり、顔面に頭突きを叩き込む。気でも狂ったか、口の中に銃をこじ入れる。

狙撃用のライフルがあれば、射殺という手段もあり得る場面だったかもしれない。だが、後方支援に回った対馬警備隊員が装備しているのはあくまでも小銃。警官隊に至っては全員が拳銃だ。人質に当てずに済ませる絶対の自信は、誰一人持ちようがなかった。

そのときだ。

誰かが、叫んだ。

「やめろッ……もう、いいだろ……もうそういうの、いい加減、終わりにしてくれよッ」

なお叫びながら、その誰かが、道に跳び出してくる。

よせ、英男――。

川尻は力の限り叫んだ。

だが止まらない。英男は倒れた母親のもとにたどり着き、二人の子供の無事を確かめ、背中に匿《かくま》い、なお怒声をあげ、両手を広げ、犯人グループに突進していく。

我に返った犯人たちが、再び銃を構える。

銃声。英男の左肩が弾け飛ぶ。それでも彼は止まらない。

銃声。英男の頭が黒く爆《は》ぜる。それでもまだ止まらない。

銃声。脚を撃ち貫かれ、勢い余って前に倒れる。

銃声。川尻たちも駆け出していた。

銃声。二人の人質が、隙を見て海に飛び込むのが見えた。

銃声。犯人たちは脚を撃たれ、腕を撃たれ、一人ひとり、力なく、その場に倒れ込んでいく。

警官隊の、銀色の盾がワッと寄り集まり、犯人グループを取り囲む。

やがて「確保」の声が、確かめ合うように何度も、小さな港で繰り返された。

川尻は、大の字に倒れた英男に駆け寄った。

「英男くんッ」

上半身を起こし、膝に抱える。

頭の右側が、大きく欠けていた。左腕は、ほとんど千切れる寸前だった。滝のような出血が、体温そのままに流れ出ていく。川尻の腕を伝い、胸を濡らし、足元に広がっていく。

それだというのに、英男は、笑っていた。もう、痛みもあまり感じていないようだった。

口を開き、何か言いたげに舌を、唇を動かす。

「……なんだい、英男くん」

耳を寄せると、微かに、言葉らしきものが聞こえた。

ごめんなさい――。

それが彼の、最期のひと言になった。

終章

数日前から対馬に潜伏し、金日東なる男を捜し回っていた二人と、博多で呉英男からボストンバッグを奪い、警視庁公安部外事二課の広瀬敬之《のりゆき》巡査部長を射殺したと見られる三人、のちに呉英男も殺害した計五人の犯人グループは、九月十七日午後八時半頃、長崎県対馬市厳原町尾浦の漁港にて逮捕された。

犯人グループに身柄を拘束、漁船を出すよう強要されていた被害者、島本浩一《しまもとこういち》は全治一週間の怪我を負ったが、一緒に人質となった長女・利香《りか》は大きな怪我もなく、無事保護された。また拳銃で撃たれた浩一の父・大助《だいすけ》と、浩一の妻・美奈子《みなこ》はいずれも命に別状はなく、全治三ヶ月と診断された。

だが、厳原港で犯人グループと接触、尾浦まで連行され、岸壁から海に飛び込んで逃げたとされる金日東はその後、行方が分からなくなっていた。

むろん、対馬南署員、対馬警備隊員も、金日東の行方を必死で捜索した。救命胴衣を着けていたわけではないので、特に港内の海中は念入りにさらった。しかし遺体は疎か、着衣すらもそこからは発見できなかった。

金日東は、一体どこに消えてしまったのか。

深夜を過ぎ、これ以上の捜索は困難と見た対馬南署は作業をいったん中止。続きは翌日行うとして署に引き揚げた。

だが、桑島五郎巡査部長を始めとする数名の警察官と、一部の対馬警備隊員は現地に残っていた。

午前三時過ぎだったろうか。警視庁の東警部補のもとに、桑島から連絡が入った。対馬警備隊の隊員が尾浦の南、「アマカ崎」を越えた辺りの一般道路上において不審人物を発見。現在、監視を続けているという内容だった。

他の捜査員も同様の連絡を受けたのだろう。東警部補が到着した時点ですでに、他の捜査員は全員現地に集合していた。

街灯もない、地元民でも夜は絶対に歩かないような道。懐中電灯を点けなければ、頼りになるのは木漏れの月明かりのみ。そんな状況でよくも東京の警察官が、この短時間のうちにたどり着いたものだと感心した。

幅二メートルほどの道。右手はガードレールもない山の斜面。そこに生える木の根元に、確かに誰かが座っている。その人影を挟んで向こう側に桑島を含む二名が、こちら側に東警部補を含む四名がいる。ただ、対馬警備隊員の姿は見えなかった。周囲のどこかに潜伏しているものと思われた。

最初に動いたのは向こう側だった。続いてこちらも、足音を忍ばせ、距離を詰めていく。警視庁の捜査員は全員、拳銃を構えていた。

「……金、日東」

こちら側の、川尻巡査部長が第一声を発した。

影は動かない。

包囲網は、もうどうやっても逃げられないほどに狭まっている。

一番近くまで行っているのは向こう側の一人だ。事件後に到着した警視庁の捜査員で、川尻の上司だという警部補だ。

その彼が、影の頭に銃口を向ける。

「顔を上げてください。アカイ、シゲユキ警部」

それでも影は動かない。

「本名など、もう忘れてしまわれましたか。だったら、こうお呼びしましょうか……ムライ教官」

言葉はなかったが、それでも目の前の川尻がハッとなったのは、気配で分かった。

ようやく、影が声の方に顔を向ける。

「……さすがだな、マエダ。いや、『モグ』と……呼んだ方がいいか。あるいは『ヨツヤ』と」

落ち着いてはいるが、やや痰《たん》の絡んだ、疲れた感じの声だった。

マエダと呼ばれた彼が、もう一歩詰め寄る。

「別に昔話をしにきたわけじゃない。今のあんたがいる、二進《にっち》も三進《さっち》もいかない状況について、少しだけ弁解を聞いてやろうと思ってるだけさ」

東が右腕を腰まで下げる。だが銃口は影に向けたままだ。すぐに川尻も、もう一人の警視庁捜査員も同じ姿勢をとる。

「アカイシゲユキ……現在は、警視庁公安部、外事三課二係で、国際テロに関する情報収集と取り締まりを行っている……と言えば聞こえはいいが、あんたが接触、潜入していたのは、脱北工作員、朴大容のグループだ。違うか」

影が頷く。

「……よく、調べたな」

「わざわざ顔を変え、在日二世と身分を偽り、朴一派に潜入した目的とはなんだ。朴大容は北の現体制転覆を目論《もくろ》む革命分子だ。それをなぜ、日本の公安警察が取り締まる必要がある」

遠い潮騒《しおさい》が、沈黙の穴埋めをする。あるいはそれは、影の含み笑いだったのか。

マエダが続ける。

「あんたも他の課と同様、公安警察存続のため、自ら焚《た》き付けて、自ら火消し役を買って出るつもりだったか」

影が姿勢を変える。どこか怪我をしているのかもしれない。吐息に、苦しげな呻き声が入り交じる。

「……誤解をしてもらっては、困る。我々の目的は、従来の公安警察の維持などという、消極的なものではない。むしろ、発展的解消……さらに上位に位置付けられるべき、最高情報機関の設立に他ならない」

川尻の手に力がこもるのが、暗闇の中でも分かった。

「それが革命分子に手を貸し、戦術核兵器を国内に持ち込んだ理由か」

「だから、諸君は誤解をしているというのだ。アイアン……つまり、あのミニニュークは、彼らが盗んだものではない。あれは、ＣＩＡが朴に、貸与したものだ。これで北の現体制を転覆させてはどうか、という含みを持たせてね。実際、朴は本気だった。だが、そうは問屋が卸さない」

「どういう意味だ」

「決まっているだろう。米国が北の体制崩壊を目論み、テロリストに戦術核兵器を差し出したのだぞ。こんな好事を見逃す手はない。そのやり取りの一部始終を記録したディスクを、私は朴の私物の中に見つけ、コピーして持ち出した。この材料があれば、この材料を保持してさえいれば、我が国は様々な外交交渉の局面で米国に対し、無言の圧力を掛けることができる。日米安保がある以上、力関係が逆転することはあり得ないが、ただこれまでのような、隷属的な立場に甘んじる必要はなくなる。少なくとも、情報戦の現場においてはな……ただ、持ち出しの際に少々手抜かりがあり、足が付いたことは認めておこう」

「その結果、ＣＩＡに正体を暴かれ、朴に追われる立場になったというわけか……大した情報戦だな」

影は答えず、深く呼吸をし、また姿勢を正した。

「……ただし、問題はある。現状、警察庁警備局が握る公安情報の一切は、政治的意思決定には影響を及ぼさないという建前のもと、収集、活用されている。しかし、こんな宝の持ち腐れはない……防衛省はすでに、陸海空を束ねた情報本部の設置、運営に成功している。だが衛星写真や電波情報ではない、人的情報の収集能力は、明らかに我々の方が高い。今こそ、政治的意思決定に直接関与し得る、国内最大にして最高の情報機関を設置すべきなのだ。そしてそれは、決して難しいことではない。我々『チヨダ』が、『ゼロ』が、名乗りを上げればそれでいい。そうだろう、ヨツヤ」

「……絵空事を」

鼻で笑ったマエダを、影は斜めに見上げた。

「果たして、そう言いきれるかな。新型公安の設置は絵空事と、断言することができるかな。君の掌握している公安部内の情報で、この大局を見極めることは、現実的に可能か？」

風が森を鳴らす。

影は、それが収まるのを待って、再び口を開いた。

「……実際問題として、一人ひとりの人間が確かめることのできる事実の数は、あまりにも少ない。それゆえ人は、多くの欠損を情報によって穴埋めし、事実と呼べるものに作り変える……歴史認識、プロパガンダ……権力者が最終的に手に入れるものとは、情報を操作する力だ。またそれ以前に、権力者になるために必要なのも、情報の操作能力だ。事実なんてものは、実際はほんの一部分だけでいい。あの荷が、本当はどういった狙いで朴に貸与されたのか、諸君には分かるか」

今度こそ、影ははっきりと、声に出して笑った。

「……中国だよ。ＣＩＡは、あれが北朝鮮国内に持ち込まれたのを確認し次第、朝鮮人民軍が、密かに戦術核兵器を保有している可能性がある旨をＩＡＥＡ（国際原子力機関）に通告、あまつさえそれが、中国からの技術提供によって実現したものであるとブチあげるつもりだった。そうやって北も、中国も、いっぺんに国際社会の舞台から、引きずり下ろすつもりだったのだ」

なるほどな、とマエダが挟む。

「それでか。朴一派に、日本の公安が入り込んでいると知ったＣＩＡは、慌てて自力でミニニュークの回収に動いた……」

川尻の、拳銃を持つ手が震えている。

「分かるかね、諸君。真実なんてものは、全て幻想なのだよ。事実そのものに力はない。あるとすれば、それは情報の中にこそある。情報こそが力を生み、事実を作り上げる。人々が受け入れたとき、初めてそれが真実と認知される。その情報を、これからは我々が操作し、発信していくのだ。諸君」

「……そんなことのために、あんたは、あの一家を」

影が川尻の方を向く。

「トシマ。君は今一度、私の教えを思い返す必要があるのではないか。公安と刑事警察とを、同じレベルで考えるのは実に愚かなこと。多少の犠牲は、国防の現場では常に付いて回るものなのだよ。それくらい、君はとっくに理解して……」

東がかぶりを振る。

「もういい……川尻、こいつを、俺の目の前で逮捕しろ。ワッパくらい持ってるだろう」

だが、川尻は動かない。

「おい、どうした川尻。こいつは少なくとも、厳原港で一度は発砲している。それだけで逮捕の条件は満たしている。おまけにこいつは、外事三課だそうじゃないか……叩けば埃はいくらでも出る。ひょっとしたら、北の一本釣りにも、深く係わっていたのかもしれんぞ」

ようやく、川尻が動く。腰に着けた手錠ホルダーに手を伸ばす。

マエダが肩を怒らせる。

「よせ」

東が半歩前に出る。

「やれ、川尻。キサマは公安である前に、まず警察官だろう」

「よせ、やめろ川尻」

東は右で銃を構えたまま、詰め寄ってきたマエダの胸座を左手で摑んだ。

「……黙ってろ、ドブネズミ。お前らの保身芝居に付き合わされるのは、もううんざりなんだよ」

それでもマエダは引かない。

「川尻、そいつを逮捕してもなんにもならん。これは、現場で判断できる案件じゃないぞ」

だが、誰かが言った。

「……だったら、ここで死ぬのは他の誰でもねえ……金日東って、ただの朝鮮人だ」

閃光が、その場にいた者の表情を、一瞬だけ、暗闇に浮かび上がらせた。

川尻は、閻魔《えんま》の如き怒りを表わしていた。

マエダは、訝《いぶか》るような目で銃口を見ていた。

桑島は、どちらかといえば呆然としていた。

東は、後ろからだったのでよく分からない。

撃ったのはたぶん、警視庁からきた、左手を吊った警察官だったのだと思う。

直後、地面に何か硬いものが落ちる、鈍い音がした。閃光に目が眩《くら》んでいたので、それが影の倒れた音だったのか、それとも別の何かだったのかは、確かめることができなかった。

「……本当に、誰が撃ったのか、分からないのだな」

「はい」

後日警察庁に呼び出され、査問を受けた。自分なりに誰が撃ったのかは見当が付いていたが、それを明らかにすることが国益に適うとは思えなかった。

「もう一度訊く。九月二十四日、長崎県対馬市厳原町尾浦の一般道付近で発見された遺体は、誰のものか」

「はい。同月十七日の夜、尾浦の漁港から姿を消した、金日東という北朝鮮人と思われます」

「頭部を撃ち抜かれ死亡していたが、それについて心当たりは」

「ありません」

「現地で銃声や犯行に関する情報は」

「一切ありません」

「尾浦の事件当時、対馬入りしていた警視庁警察官は」

「四名おられましたが、特に紹介などは受けておりませんので、名前は存じません」

「いま顔を見て、分かるか」

「分かります」

「確かめる気はあるか」

「いえ、ありません」

「君は、十七日にこのカバンを回収した際、中身を見たか」

「見ておりません」

「何が入ってるかは知っているか」

「知りません」

「組織防衛のための機密を、君は命に代えてでも、守ることができるか」

「はい。その覚悟です」

「よろしい」

身分も明らかでない三人の面接官は、それ以上質問がないことを互いに確かめ合うと、改めてこちらを向いた。

「では、中江巡査長。君には本日から、警備専科教養講習を受講してもらう。講習終了後は、長崎県警警備部警備第一課の所属になる。対馬南署の寮に関しては、こちらで手配して片付けさせる。何か希望があれば、いま言いたまえ」

「いえ。特にありません」

窓の外。
東京『チヨダ』の空は、晴れても灰色をしている。

*

晴れた日の空は青い。それを映す海も、また青い。

自分は、そんな当たり前のことすら実感できない日々を過ごしていた。今あの頃のことを思い返すと、心底ゾッとする。

これ食べて、と持ち込まれる、土の付いた野菜。開け放しの玄関。名前で呼び合う人々。まとめて叱られる近所の子供たち。遠慮のないアッカンベー。

泥棒のいない世界は、存在する。

犯罪のない社会は、存在する。

莫大な富や、叫び出したくなるような刺激はないけれど、そんなものはなくても、人は生きていける。ここにいると、そう思えてくる。

離島の駐在所勤務。昨今は妻帯者だけでなく、独身者の赴任も多くなってきているという。実に都合のいい話だった。定期異動の時期に重なったのも幸いした。転属願いを出すとあっという間、ここへの赴任は決まった。

今でもときどき、前田から電話がかかってくる。戻ってこい。そう言ってくれるのは嬉しいが、まだしばらく、そんな気にはなれそうにない。

東からもかかってくる。捜査一課へのお誘いだ。とてもではないが自分には務まらないと、遠慮し続けている。謙遜するなとも言われたが、そうではない。本当に、自分には務まらないと思う。

今はここで、連なった小さな山々と、こぢんまりとした入り江と、大きな空を眺めて過ごしたい。あの対馬とよく似た景色の中で、英男が最後に守ろうとしたもの、自分自身が失ってしまったものを、ゆっくりと見つめ直したい。

それがなんなのかは、まだよく分からない。

ただ一つだけ、分かっていることはある。

人が生きていく上で、最も大切なもの。
それは決して、情報などではない。
それだけは、確かだと思う。

参考・引用文献

『激震！　朝鮮総連の内幕』李策／小学館
『朝鮮総連と収容所共和国』李英和／小学館
『朝鮮総連工作員』張龍雲／小学館
『朝鮮総連』金賛汀／新潮社
『親日派のための弁明』金完燮／扶桑社
『朝鮮総連の大罪』金昌烈／宝島社
『内側から見た朝鮮総連』李策ほか／イースト・プレス
『韓国民に告ぐ！』金文学　金明学／祥伝社
『「反日」という甘えを断て』金文学／祥伝社
『私はいかにして「日本信徒」となったか』呉善花／ＰＨＰ研究所
『対馬から見た日朝関係』鶴田啓／山川出版社
『対馬新考』嶋村初吉／梓書院
『海から見た日本の防衛』松村劭／ＰＨＰ研究所
『海からのテロリズム』山田吉彦／ＰＨＰ研究所
『諸君！　二〇〇七年四月号』文藝春秋
『日本の国境』山田吉彦／新潮社

『核兵器のしくみ』山田克哉／講談社
『核兵器と原子力』ニュースなるほど塾 編／河出書房新社
『朝鮮半島「核」外交』重村智計／講談社
『アメリカ帝国はイランで墓穴を掘る』桜井晴彦／洋泉社
『警察学読本』斉藤直隆／アスペクト
『警視庁捜査一課特殊班』毛利文彦／角川書店
『警視庁捜査一課殺人班』毛利文彦／角川書店
『日本の公安警察』青木理／講談社
『日本警察の解体』鈴木卓郎／講談社
『警察官の現場』犀川博正／角川書店
『日本警察がダメになった50の事情』久保博司ほか／宝島社
『公安アンダーワールド』宝島社
『公安警察　スパイ養成所』島袋修／宝島社
『公安警察の手口』鈴木邦男／筑摩書房
『自衛隊「戦略」白書』宝島社
『いまこそ知りたい　自衛隊のしくみ』加藤健二郎／日本実業出版社
『図解雑学　自衛隊』高貫布士　斎木伸生　田村尚也／ナツメ社
『寺山修司』平凡社

謝辞

本作品を書くにあたり、関係者の皆様には貴重なご教示をいただきました。
あらためて心から御礼申し上げます。

著者

解説

宇田川拓也

第四章～第五章にかけてページから迸《ほとばし》る熱量。

誉田哲也『国境事変』について語るとき、この点に触れず、済ませてしまうわけにはいかない。『ジウ』三部作に続き、このたび新装化と相成った本作を読み返し、やはりこれまで同様、後半のこの箇所で熱く心を打たれた。本作が書き下ろし単行本として最初に刊行されたのは、二〇〇七年十一月である。そこから現在までに流れた決して短くない時間、そして世相と国際情勢の大きな変化を思うと、本作の主題と物語の力が少しも錆《さ》びついていない事実には、感服せずにはいられない。

『国境事変』は当初、圧倒的なインパクトでその名を轟《とどろ》かせた『ジウ』三部作にも登場した刑事――東弘樹《あずまひろき》が再登場するスピンオフといった捉えられ方をしていたように思う。その後、文庫化を経て、〈ジウ〉サーガのエピソード4として正式にナンバリングされ、『ハング』とともに、『歌舞伎町《かぶきちょう》セブン』への流れをつなぐ重要な位置づけを得るに至った。それは確かに為されるべき必要な措置ではあったのだが、サーガのいちエピソードとされることで、近年の読者には作品単体としての評価がいささか見えづらくなってしまった感も否定できない。『ジウX』までの十作品で、三百万部という途轍《とてつ》もないセールス記録を打ち立てた大ヒットサーガだからこそ生じてしまった懸念に、こうして新たな装いとあわせ、作品単体としての再評価の機会が訪れたのは僥倖《ぎょうこう》というしかない。

〝歌舞伎町封鎖事件〟から二年後、韓国釜山《プサン》まで五十キロにも満たない国境の島――対馬《つしま》から幕が上がる本作には、主要人物として三人の刑事が登場する。

序章で住人の通報により海で見つかった分厚いゴムの断片から、密入国、密輸入、テロといった重大な事件の臭いを嗅ぎ取る、対馬南署刑事生活安全課の桑島《くわじま》巡査部長。

北新宿の雑居ビル脇の路地で貿易商社を営む在日三世の男の撲殺《ぼくさつ》死体が発見された事件を担当し、取り調べで被害者の実弟である若松英男《わかまつひでお》こと呉英男《オヨンナム》が事件のカギを握っていると確信する、警視庁捜査一課の東弘樹警部補。

そして、撲殺された若松吉男《よしお》（呉吉男《ギムナル》）が父親から引き継いだ「東侑《とうゆう》エンタープライズ」を監視していたが、東たちの捜査から公安の活動と〝G4〟と称される協力者の存在を秘匿しようとする、警視庁公安部外事二課の川尻冬吾《かわじりとうご》巡査部長だ。

本作でまず着目すべき読みどころは、彼ら刑事たちがそれぞれに抱える職務に対する信念と埋めがたい現実との差だ。

桑島は長崎県警本部の捜査一課で強行犯捜査を手掛けてきた〝歴戦のつわもの〟という

人物だが、二年前から赴任するここ対馬では、マナーの悪い韓国人観光客や釣り師を苦々しく思う住人からのクレーム処理対応がせいぜいで、大きな事件自体がそもそも起こらない。

　――「離島の平和」という退屈の中で、いかに刑事として生きていくか――

という言葉が、桑島の置かれた状況とそれでも揺らがない芯の強さを表している。いっぽう東はというと、先を読んだ行動や周囲の観察といった端々から、刑事としての優秀さは読者の目にも明らかである。けれど川尻が同僚から伝えられるその人物評は、「東警部補は、捜一の人間も煙たがる有名な堅物だ。とにかく動いて動いて、いったんネタに喰らいついたら、喰い千切《ちぎ》るまで放さない。デカの不眠不休は当たり前。行くとなったら一人でも突っ走る。その上、大の公安嫌いで通っている。俺様こそが正義……まあ、そんな感じのデカだよ」といったもので、能力の高さは認めるも、そこに敬意や称賛の念は一切ない。正しさと熱意もあまりに鋭さが過ぎると組織のなかで孤立してしまう――そんな皮肉に抗《あらが》いながら、頑《かたく》なに姿勢を貫いている東のキャラクターがじつによくわかる。さらに第四章に目を通すことで、その人物像はよりいっそう目の離せないものになるはずだ。

　そして川尻は自らを警察官には向いていると自己評価するとともに、刑事捜査が扱うよりも大きな脅威を相手にし、公共の安全と自国の国益を守る立場にあることも理解している。公安の一員になるために警察庁で受けた講習で、教官から告げられた「君は目の前の事象に対し、いちいち感情移入したり、逆に大局を見渡そうとなどしなくていい。ただ対象を見て、聞いて、読んで、それを報告する。その情報に意味を見出すのは上層部だ。君ではない。己の立ち場を弁《わきま》えろ」という非情な言葉が現在の職務の基礎となっているのだ。しかし、活動そのものが機密事項であり、違法性の高い捜査手法を日常的に用いている公安の特殊な仕事には矛盾《むじゅん》を感じてもいる。加えて、高校時代に経験した国籍が絡んだ差別による苦い記憶が決して割り切ることのできない悩みとなり、いまだ拭《はら》えずにいた。

こうした三者三様の複雑な刑事像が、朝鮮半島に関係した深刻な問題を孕みながら東京から対馬へと疾走するポリティカル・サスペンスといった大筋に、刑事捜査と公安捜査の対比、立場や保身よりも各人の信念に従って事件を追う鮮烈な警察小説としての面白さが重なり、作品としての魅力を倍増させている。

ここに本作のテーマのひとつである「あるべき警察官の姿」が映されているわけだが、それを踏まえて描かれるもうひとつのテーマが「本当の正義とは」である。

本作の第二章以降、一連の事件の背後にいる——と思《おぼ》しき何者かの独白が挿《はさ》まれる。そこからは、北朝鮮の問題や日本人の危機意識についての言及だけでなく、犯罪を取り締まり、治安を守るといった、警察機構が日々目指している目的とは異なる道義が見えてくる。なぜ国防・諜報《ちょうほう》の世界では、日本に敵対する様々な脅威を防ぎ、治安維持に努めるその正義の在り方に、刑事警察との違いが生じてしまうのか。大きな目的のためならば、正義が個人の想いや尊厳をないがしろにし、ルールを逸脱することは果たして許されるのか。

こうした無視できない問題提起が、物語を通じて読む者の胸を容赦なく突き刺していく。

冒頭で挙げた、第四章〜第五章にかけてページから迸る熱量、それが何度読み返しても胸を熱く打つ理由は、いま挙げた問題や提言への強烈なカウンターパンチになっているからだ。第四章で、東がコンビを組んで捜査に当たっていた林田に告げる、刑事としての決意とも取れる言葉。川尻に向けて東が放つ、〝警察官を名乗る資格〟について。第五章で、川尻が丸腰の東にある物を差し出す場面。桑島が東に向かって険しい目を向けて口にする、〝警察官たる者の危機管理意識〟。そのひとつひとつが、貫くことがどんなに難しくても失ってはならない「本当の正義」として、説得力を持って心に訴えてくるからにほかならない。

世界情勢はこれからも数多くの危険を孕んだ形で変化し、日本もそれにともなう様々な影響を受け、脅かされていくのは避けられないだろう。終章では、黒幕の正体に続き、表舞台では描かれない暗闘が今後も続くことを示唆する場面が用意され、決して明るくはない先行きの厳しさを予感させる。しかし、本作のラストシーンで、ある人物が胸の内で漏らす言葉は、年月だけでなく、情勢の変化や現実の厳しさにも風化することなく、きっと読者を大いに頷《うなず》かせ続けるはずだ。やはり『国境事変』は、数ある誉田作品のなかでも指折りの名作である、そう断言しておきたい。

ところで、本稿執筆のために本作を読み返した筆者は、いま『ジウX』の結末を思い出し、東の身を案じずにはいられなくなっている。そこで東は、「本当の正義」が何かを深く理解する刑事だからこその辛《つら》い状況に追い詰められ、重大な岐路を迎えているのだ。本書発売時にはまだ上梓されていない『ジウX』以降のエピソードで、どのような展開を迎えるのか。もしかしたら、新装化を機に『ジウ』三部作から本書にたどり着いた方、あるいはたまたま手に取った初めての誉田哲也作品が本書という方もいるかもしれない。ぜひ『国境事変』『ハング』から〈歌舞伎町セブン〉シリーズへと拡がるサーガ全体に手を伸ばしていただき、東の〝現在〟に追いついていただきたい。なお、本作で主要キャラを務めた川尻も、いずれかの作品で思わぬ形の再登場を果たすので、こちらにもご注目を。

（うだがわ・たくや　ときわ書房本店　書店員）

この作品はフィクションであり、登場する人物・団体等は実在するものとは一切関係ありません。

『国境事変』中公文庫　二〇一〇年六月

中公文庫

新装版《しんそうばん》
国境《こっきょう》事《じ》変《へん》
——〈ジウ〉サーガ4

2010年6月25日　初版発行
2024年3月25日　改版発行

著　者　誉《ほん》田《だ》哲《てつ》也《や》

発行者　安部順一

発行所　中央公論新社
〒100-8152　東京都千代田区大手町1-7-1
電話　販売　03-5299-1730　編集　03-5299-1890
URL https://www.chuko.co.jp/

DTP　ハンズ・ミケ
印　刷　大日本印刷
製　本　大日本印刷

Published by CHUOKORON-SHINSHA, INC.
Printed in Japan　ISBN978-4-12-207499-6 C1193

各書目の下段の数字はＩＳＢＮコードです。978－4－12が省略してあります。

中公文庫既刊より

ほ-17-14　新装版　ジウⅠ　警視庁特殊犯捜査係　誉田哲也

人質籠城事件発生。門倉美咲、伊崎基子両巡査が所属する警視庁捜査一課特殊犯捜査係も出動する。だが、この事件は〝巨大な闇〟への入口でしかなかった。

207022-6

ほ-17-15　新装版　ジウⅡ　警視庁特殊急襲部隊　誉田哲也

誘拐事件は解決したかに見えたが、依然として黒幕・ジウの正体は掴めない。事件を追う東と美咲。一方、特進をはたした基子の前には不気味な影が。〈解説〉宇田川拓也

207033-2

ほ-17-16　新装版　ジウⅢ　新世界秩序　誉田哲也

新宿駅前で街頭演説中の総理大臣を標的としたテロが発生。歌舞伎町を封鎖占拠し、〈新世界秩序〉を唱えるミヤジとジウの目的は何なのか⁉〈解説〉友清　哲

207049-3

ほ-17-5　ハング　誉田哲也

捜査一課「堀田班」は殺人事件の再捜査で容疑者を逮捕。だが公判で自白強要の証言があり、班員が首を吊った姿で見つかる。そしてさらに死の連鎖が……誉田史上、最もハードな警察小説。

205693-0

ほ-17-7　歌舞伎町セブン　誉田哲也

『ジウ』の歌舞伎町封鎖事件から六年。再び迫る脅威から街を守るため、密かに立ち上がる者たちがいた。戦慄のダークヒーロー小説！〈解説〉安東能明

205838-5

ほ-17-11　歌舞伎町ダムド　誉田哲也

今夜も新宿のどこかで、伝説的犯罪者〈ジウ〉の後継者が血まみれのダンスを踊る。殺戮のカリスマvs.新宿署刑事vs.殺し屋集団、三つ巴の死闘が始まる！

206357-0

ほ-17-17　歌舞伎町ゲノム　誉田哲也

大人気シリーズ、〈ジウ〉サーガ第九弾！　伝説の暗殺者集団「歌舞伎町セブン」に、新メンバー加入！　彼らの活躍と日々を描いた傑作。〈解説〉宇田川拓也

207129-2

ほ-17-12
ノワール 硝子の太陽
誉田哲也
沖縄の活動家死亡事故を機に反米軍基地デモが全国で激化。その最中、この国を深い闇へと誘う動きを、東警部補は察知する……。〈解説〉友清 哲
206676-2

ほ-17-6
月光
誉田哲也
同級生の運転するバイクに轢かれ、姉が死んだ。殺人を疑う妹の結花は同じ高校に入学し調査を始めるが、やがて残酷な真実に直面する。衝撃のR18ミステリー。
205778-4

ほ-17-13
アクセス
誉田哲也
高校生たちに襲いかかる殺人の連鎖。仮想現実を支配する「極限の悪意」を相手に、壮絶な戦いが始まる！ 著者のダークサイドの原点！〈解説〉大矢博子
206938-1

ほ-17-18
あなたの本 新装版
誉田哲也
これは神の悪戯か、一冊の本が狂わす人間の運命――表題作をはじめ、万華鏡の如く広がる七つの小説世界。新たに五つの掌篇を収録。〈解説〉瀬木広哉
207250-3

ほ-17-19
主よ、永遠の休息を 新装版
誉田哲也
暴力団事務所との接触で、若き通信社記者は、ある誘拐殺人事件の犯行映像がネット配信されている事実を知るが……。慟哭のミステリー。〈解説〉瀬木広哉
207309-8

ほ-17-20
幸せの条件 新装版
誉田哲也
恋も仕事も中途半端な若手社員・瀬野梢恵に、突如下ったとんでも社命。それは、日本の未来を変えるかもしれないものだった⁉〈解説〉田中昌義
207368-5

お-87-1
アリゾナ無宿
逢坂剛
時は一八七五年。合衆国アリゾナ。身寄りのない一六歳の少女は、凄腕の賞金稼ぎ、謎のサムライと賞金稼ぎのチームを組むことに⁉〈解説〉堂場瞬一
206329-7

お-87-2
逆襲の地平線
逢坂剛
〝賞金稼ぎ〟の三人組に舞い込んだ依頼。それは十年前にコマンチ族にさらわれた娘を奪還してほしいというものだった……。〈解説〉川本三郎
206330-3

各書目の下段の数字はISBNコードです。978－4－12が省略してあります。

お-87-3
果てしなき追跡（上）
逢坂 剛
土方歳三は箱館で銃弾に斃れた――はずだった。一命を取り留めた土方は密航船で米国へ。友を、そして記憶を失ったサムライは果たしてどこへ向かうのか？
206779-0

お-87-4
果てしなき追跡（下）
逢坂 剛
西部の大地で離別した土方とゆら。人の命が銃弾一発より軽いこの地で、二人は生きて巡り会うことができるのか？ 巻末に逢坂剛×月村了衛対談を掲載。
206780-6

お-87-5
最果ての決闘者
逢坂 剛
記憶を失い、アメリカ西部へと渡った土方歳三を狙うのは、女保安官と元・新選組隊士。大切な者を守り抜き、失った記憶を取り戻せ！〈解説〉西上心太
207245-9

こ-40-16
切り札 トランプ・フォース
今野 敏
対テロ国際特殊部隊「トランプ・フォース」に加わった元商社マン、佐竹竜。なぜ、いかにして彼はその生き方を選んだか。男の覚悟を描く重量級バトル・アクション第一弾。
205351-9

こ-40-17
戦場 トランプ・フォース
今野 敏
中央アメリカの軍事国家・マヌエリアで、日本商社の支社長が誘拐された。トランプ・フォースが救出に向かうが、密林の奥には思わぬ陰謀が⁉ シリーズ第二弾。
205361-8

こ-40-19
任俠学園
今野 敏
「生徒はみな舎弟だ！」荒廃した私立高校を「任俠」で再建すべく、人情味あふれるヤクザたちが奔走する！「任俠」シリーズ第二弾。〈解説〉西上心太
205584-1

こ-40-22
任俠病院
今野 敏
今度の舞台は病院⁉ 世のため人のため、阿岐本雄蔵率いる阿岐本組が、病院の再建に手を出した。大人気「任俠」シリーズ第三弾。〈解説〉関口苑生
206166-8

こ-40-23
任俠書房
今野 敏
日村が代貸を務める阿岐本組は今時珍しく任俠道を弁えたヤクザ。その組長が、倒産寸前の出版社経営を引き受け……。『とせい』改題。「任俠」シリーズ第一弾。
206174-3

こ-40-38
任侠浴場　今野　敏
こんな時代に銭湯を立て直す⁉ 頭を抱える日村に突然、阿岐本が「みんなで道後温泉に行こう」と言い出し……。「任侠」シリーズ第四弾！〈解説〉関口苑生
207029-5

こ-40-39
任侠シネマ　今野　敏
今度は、潰れかけている映画館を救え⁉ 昔ながらのヤクザ・阿岐本組は、今日も世のため人のために奔走する！ 大好評シリーズ第五弾。〈解説〉野崎六助
207355-5

こ-40-24
新装版 触　発　警視庁捜査一課・碓氷弘一1　今野　敏
朝八時、霞ヶ関駅で爆弾テロが発生、死傷者三百名を超える大惨事に！ 内閣危機管理対策室は、捜査本部に一人の男を送り込んだ。「碓氷弘一」シリーズ第一弾、新装改版。
206254-2

こ-40-25
新装版 アキハバラ　警視庁捜査一課・碓氷弘一2　今野　敏
秋葉原を舞台にオタク、警視庁、マフィア、中近東のスパイまでが入り乱れるアクション&パニック小説。「碓氷弘一」シリーズ第二弾、待望の新装改版！
206255-9

こ-40-26
新装版 パラレル　警視庁捜査一課・碓氷弘一3　今野　敏
首都圏内で非行少年が次々に殺された。いずれの犯行も瞬時に行われ、被害者は三人組で、外傷は全くないという共通項が。「碓氷弘一」シリーズ第三弾、待望の新装改版。
206256-6

こ-40-20
エチュード　警視庁捜査一課・碓氷弘一4　今野　敏
連続通り魔殺人事件で誤認逮捕が繰り返され、捜査は大混乱。ベテラン警部補・碓氷と美人心理調査官・藤森のコンビが真相に挑む。「碓氷弘一」シリーズ第四弾。
205884-2

こ-40-21
ペトロ　警視庁捜査一課・碓氷弘一5　今野　敏
考古学教授の妻と弟子が殺され、現場には謎めいた古代文字が残されていた。碓氷警部補は外国人研究者を相棒に真相を追う。「碓氷弘一」シリーズ第五弾。
206061-6

こ-40-33
マインド　警視庁捜査一課・碓氷弘一6　今野　敏
殺人、自殺、性犯罪……。ゴールデンウィーク最後の夜に起こった七件の事件を繋ぐ意外な糸とは？ 藤森紗英も再登場！ 大人気シリーズ第六弾。
206581-9

各書目の下段の数字はISBNコードです。978 - 4 - 12が省略してあります。

こ-40-28
孤拳伝(一) 新装版　今野　敏
九龍城砦のスラムで死んだ母の復讐を誓った少年・剛は苛酷な労役に耐え日本へ密航。暗黒街で体得した拳を武器に仇に闘いを挑む。〈解説〉増田俊也
206427-0

こ-40-29
孤拳伝(二) 新装版　今野　敏
松任組が仕切る秘密の格闘技興行への誘いに乗った剛は、賭け金の舞う流血の真剣勝負に挑む。非情に徹し、邪拳の様相を帯びる剛の拳が呼ぶものとは!
206451-5

こ-40-30
孤拳伝(三) 新装版　今野　敏
中国武術の達人・劉栄徳に完敗を喫し、放浪する朝丘剛。忍術や剣術など、次々と現れる日本武術を極めた強敵たちに、剛は……⁉。
206475-1

こ-40-31
孤拳伝(四) 新装版　今野　敏
岡山に美作竹上流の本拠を訪ねた剛は、そこで鉢須賀了太に出くわす。偶然の再会に血を滾らせる剛。果たして決戦の行方は——⁉ シリーズ第四弾!
206514-7

こ-40-32
孤拳伝(五) 新装版　今野　敏
それぞれの道で、本当の強さを追い求める剛とそのライバル達。そして、運命が再び交差する——。武道小説、感動の終幕へ!〈解説〉関口苑生
206552-9

こ-40-34
虎の道龍の門(上) 新装版　今野　敏
極限の貧困ゆえ、自身の強靭さを武器に一攫千金を夢みる青年・南雲凱。一方、空手道場に通う麻生英治郎は流派への違和感の中で空手の真の姿を探し始める。
206735-6

こ-40-35
虎の道龍の門(下) 新装版　今野　敏
「不敗神話」の中、虚しさに豪遊を繰り返す凱。「常勝軍団の総帥」に祭り上げられ苦悩する英治郎。その二人が誇りを賭けた対決に臨む!〈解説〉夢枕　獏
206736-3

こ-40-37
武打星　今野　敏
一九七九年、香港。武打星(アクションスター)という夢があった——。ブルース・リーに憧れた青年が白熱の映画界に挑む、痛快カンフー・アクション。
206880-3

さ-83-1
連弾　佐藤青南
幼き頃の憧憬は、嫉妬、そして狂気へと変わる——。彗星の如く現れた天才作曲家の正体を追う、二人の刑事が辿り着いた真実とは⁉　文庫書き下ろし。
207087-5

さ-83-2
人格者　佐藤青南
オーケストラの人気ヴァイオリニストが殺害された。誰からも愛された男がなぜ殺されたのか？　あの『連弾』の異色刑事コンビが謎に挑む！　文庫書き下ろし。
207229-9

さ-83-3
残奏　佐藤青南
人気ロックバンドのメンバーが、何者かに殺害された。音喜多弦刑事と、絶対音感を持つ鳴海桜子刑事は被害者の母校吹奏楽部を訪れるが。文庫書き下ろし。
207390-6

と-26-9
SRO Ⅰ　警視庁広域捜査専任特別調査室　富樫倫太郎
七名の小所帯に、警視長以下キャリアが五名。管轄を越えた花形部署のはずが——。警察組織の盲点を衝く、連続殺人犯を追え！　新時代警察小説の登場。
205393-9

と-26-10
SRO Ⅱ　死の天使　富樫倫太郎
死を願ったのち亡くなる患者たち、解雇された看護師、病院内でささやかれる『死の天使』の噂。SRO対連続殺人犯の行方は。待望のシリーズ第二弾！　書き下ろし長篇。
205427-1

と-26-11
SRO Ⅲ　キラークィーン　富樫倫太郎
SRO対〝最凶の連続殺人犯〟、因縁の対決再び‼　東京地検へ向かう道中、近藤房子を乗せた護送車は裏道へ誘導され——。大好評シリーズ第三弾、書き下ろし長篇。
205453-0

と-26-12
SRO Ⅳ　黒い羊　富樫倫太郎
SROに初めての協力要請が届く。自らの家族四人を殺害して医療少年院に収容され、六年後に退院した少年が行方不明になったというのだが——。書き下ろし長篇。
205573-5

と-26-19
SRO Ⅴ　ボディーファーム　富樫倫太郎
最凶の連続殺人犯が再び覚醒。残虐な殺人を繰り返し、日本中を恐怖に陥れる。焦った警視庁上層部は、SROの副室長を囮に逮捕を目指すのだが——。書き下ろし長篇。
205767-8

各書目の下段の数字はＩＳＢＮコードです。978－4－12が省略してあります。

と-26-35	ＳＲＯ Ⅵ 四重人格	富樫倫太郎	不可解な連続殺人事件が発生。傷を負ったメンバーが再結集し、常識を覆す新たなシリアルキラーに立ち向かう。人気警察小説、待望のシリーズ第六弾！	206165-1
と-26-36	ＳＲＯ episode0 房子という女	富樫倫太郎	残虐な殺人を繰り返し、ＳＲＯを翻弄し続けるシリアルキラー・近藤房子。その生い立ちとこれまでが、ついに明かされる。その過去は、あまりにも衝撃的！	206221-4
と-26-37	ＳＲＯ Ⅶ ブラックナイト	富樫倫太郎	東京拘置所特別病棟に入院中の近藤房子が動き出す。担当看護師を殺人鬼へと調教し、ある指令を出すのだが――。累計60万部突破の大人気シリーズ最新刊！	206425-6
と-26-39	ＳＲＯ Ⅷ 名前のない馬たち	富樫倫太郎	相次ぐ乗馬クラブオーナーの死。事件性なしとされるも、どの現場でも人間と同時に必ず馬が一頭逝っている事実に、ＳＲＯ室長・山根新九郎は不審を抱く。	206755-4
と-26-45	ＳＲＯ Ⅸ ストレートシューター	富樫倫太郎	ついに１ｓｔシーズン完結⁉ 悪魔的な連続殺人鬼・近藤房子、最後の闘い。怒濤の結末を見逃すな、大人気シリーズ第９弾！ 文庫書き下ろし。	207192-6
と-26-46	ＳＲＯ neo Ⅰ 新世界	富樫倫太郎	最凶シリアルキラー近藤房子が育てた、非情な殺人鬼が誕生！ 宗教団体によるテロ事件から三年、ＳＲＯは新たな局面に。待望の新章始動。文庫書き下ろし。	207470-5
ゆ-6-1	盤上の向日葵（上）	柚月裕子	山中で発見された身元不明の白骨死体。遺留品は、名匠の将棋駒。二人の刑事が駒の来歴を追う頃、将棋界では世紀のタイトル戦が始まろうとしていた。	206940-4
ゆ-6-2	盤上の向日葵（下）	柚月裕子	世紀の一戦に挑む異色の棋士・上条桂介。実業界から転身し、奨励会を経ずに将棋界の頂点に迫る桂介の、壮絶すぎる半生が明らかになる！〈解説〉羽生善治	206941-1